FELIX LEIBROCK **LUTHERS KREUZFAHRT**

Felix Leibrock

Felix Leibrock

LUTHERS KREUZFAHRT

Roman

Michael Imhof Verlag

Für Helene Leibrock,
die starb, als dieses Buch entstand

Michael Imhof Verlag GmbH & Co. KG
Stettiner Straße 25
D-36100 Petersberg
Tel. 0661/9628286; Fax 0661/63686
www.imhof-verlag.de

Gestaltung und Reproduktion: Michael Imhof Verlag
Umschlagfoto: © Karl-Heinz Liebisch/pixelio
Druck: artprint, Fulda

Printed in EU

ISBN 978-3-86568-727-2

Das Wesen der Religion ist weder Denken noch Handeln, sondern Anschauung und Gefühl.

Friedrich Schleiermacher (1799)

Jesus verkündete das Reich Gottes, und gekommen ist die Kirche.

Alfred Loisy (1902)

Liebe Lehrer! Ich wünsche mir ein neues Fach in der Schule: Emotionalität.

Dieter Bohlen (2008)

I

Die Quote grandios. After-Show bis in die Puppen. Viel *Veuve Clicquot*. In der Hotelsuite alleine. Schlafen, schlafen. Vielleicht träumen. Warm Duschen, zwanzig Minuten. Brunch, mit Pressegespräch. Jetzt endlich nach Hause.

Er scrollte durch das Telefonverzeichnis der Freisprechanlage, wählte, es läutete an.

„Hallo, Vögelchen, ich hätte ja jetzt Zeit."
Leicht erregter Atem, keine Antwort.

„Hallo, huhu." Er pfiff wie eine Schwarzwälder Kuckucksuhr. „Wollen wir uns nicht ein bisschen den Abend verschönern?"

Bad Wiessee, das Ortsschild. Rechter Hand starrte das stählerne Spielcasino fremd und leer auf den See.

„Na komm schon, Vögelchen! Nimm dir ein Taxi! Das zahlt dir der Didi! Wir wollen mal sehen, was so an schönen Dingen zwischen Mann und Frau möglich ist! Lust?"

Er lachte leicht zotig, wartete die Antwort ab und drückte das Gespräch weg. Vögelchen war überredet, der Abend gerettet. Sie studierte Germanistik in München, mehr zum Zeitvertreib. Wie er sie kennengelernt hatte? Na, wie das in seinem Gewerbe halt so ablief. Als Praktikantin hatte sie in den Proben von *Einer ist der Doofste* weibliche Promis gespielt. Die waren als Gäste in seine Show eingeladen. Dann die After-Show-Party. Sie neben ihm, ihr schmachtender Augenaufschlag. Leichte Berührungen, ihr Ellenbogen an seinem, oh, ihr Parfum, ein Kribbeln. Champagner, er prostete ihr zu, sie mit einer kaum merklichen, aber eindeutigen Lippenbewegung. Bewunderndes Nicken bei jedem seiner Worte, leichte Beute.

Jetzt wird sie sich noch ein bisschen stylen, die hellblonden Locken mit ihren Spitzen vielleicht nach außen föhnen oder frech nach oben stecken, einen heißen, knappen Lederrock anziehen. Unwillkürlich leckte er sich mit der Zunge die Lippen und blickte zufrieden auf den See zu seiner Linken. Er bekam sie alle! Jedenfalls alle diese jungen Dinger, die davon träumten, ein Star zu werden. Das verschaffte ihm ein tiefes Gefühl von, ja, Befriedigung. So, wie es ältere Jäger empfinden, die ihre Abschussquote halten, obwohl die Arthritis den Aufstieg zum Hochsitz in eine anhaltende Qual verwandelt. Klar, er nahm jetzt auch diese ovalen blauen Pillen, die seine Manneskraft unterstützten. Aber nur zur Sicherheit. Man will sich doch keine Blöße geben! Er summte *I did it my way*, Frank Sinatra auf BR3.

For what is a man, what has he got? Jetzt sang er laut. Ein Rentner in seinem Vorgarten schüttelte den Kopf über die Inbrunst, die ihm entgegenschallte. Es klingelte. Das Display zeigte „Chantal“ an, die junge französische Dolmetscherin, die in seiner Show einmal als Vertretung simultan übersetzt hatte. Seit der ersten gemeinsamen Nacht in einem Berliner Hotel hing sie wie eine Klette an ihm. So charmant sie sich gab, so erquickend die Stunden mit ihr jedes Mal waren, heute hatte er einfach einen anderen Tagesplan. Kurz überlegte er, den Anruf einfach zu ignorieren. Bei Chantal, der hartnäckigen? Das war sinnlos. Die versuchte es den ganzen Abend, unerbittlich. Außerdem SMS, Mail und, das war die größte Gefahr, sie fuhr womöglich einfach mit ihrem kleinen Peugeot vor seinem Haus vor. Unseligerweise hatte er sie ein Mal, – es sollte ja nur eine absolute Ausnahme sein, ach wie blind er damals war, von einigen Gläschen Genever umnebelt – also, er hatte sie ein Mal für ein Wochenende mit in sein Tegernseer Haus genommen. Natascha? Die war damals mit Starcouturier Angelo Sabatoni zu seiner Prêt-à-porter-Show im *Ritz-Carlton* in New York. Sturmfreie Bude also, gewissermaßen. Doch Chantal, die kündigte seitdem Überraschungsbesuche an. Nur weil er erzählt hatte, er lebe zurzeit monogam. War doch nur eine kleine Lüge, um sie abzuschleppen. Denn sie war, für seine Verhältnisse, zunächst erstaunlich abweisend. Ein Spiel! Wecken des Eroberers. Französin durch und durch. Mit dem Haus wollte er sie beeindrucken. Es gab so viele schöne Hotels. Warum nur hatte er sie nicht mit einer Suite im *Bayerischen Hof* überwältigt! Stattdessen sie mit nach Hause genommen! Wie ein Anfänger! Und das passierte ihm, der manchmal fünf Frauen gleichzeitig mühelos jonglierte. Aber selbst dem erfahrensten Piloten unterlaufen Fehler.

„Mäuschen, hallo", begrüßte er sie mit leidendem Unterton.

„Was iste denne los, mein, ööö, Liebster?"

Ihr französischer Akzent törnte ihn an. Wie jedes Mal. Aber jetzt musste er die Nummer durchziehen.

„Ach nichts, Mäuschen!", hustete er.

„Schatze, mit dire stimmte etwas nichte. Sages mir!"

Er wartete ein bisschen, das erhöhte die Glaubwürdigkeit.

„Schatze, du fährst doch Auto. Wo biste du? Solle iche soforte zu dir, ööö, kommen? – Allo?"

Noch drei, vier Sekunden Warten, dann brach es aus ihm heraus. Die Stimme tränengetränkt:

„Ach, nichts, Mäuschen, es ist nur, ach, weißt du, ich habe dir doch von meiner letzten Untersuchung beim Arzt erzählt, dieser dunkle Fleck auf der Lunge. Jetzt habe ich erfahren, dass es Lungenkrebs sein könnte."

Er hustete kräftig. Chantal schwieg, betroffen, um Worte ringend. Dann stammelte sie:

„Aber Schatze, ich komme soforte zu dir. Du brauchst jemanden an deiner Seite. Ich wille dir jetzt elfen in dieser schwierigen Zeite. Iche pack mir ein paar Sachen ein und in einer Stunde, iche bine bei dir!"

„Nein, Mäuschen, nein, nein. Ich bin doch auf dem Weg zu einem Arzt in Frankfurt. Habe den Tipp in der Klinik bekommen. Vielleicht fliege ich morgen sogar noch zu einem anderen Spezialisten in die USA."

„Dann kann ich diche jetzt nichte sehen? – Aber dann komme ich morgen zum Flugaafen. Wenigstens verabschieden wille iche diche!"

„Mäuschen", hustete Didi, leidend, aber bestimmt, „das ist nicht die erste Krise in meinem Leben. In solchen

Situationen kann mir niemand, hörst du, NIEMAND helfen. Ich habe das schon immer mit mir alleine ausgemacht. Glaub mir, du hilfst mir am meisten, wenn du mich ganz alleine mit meinem Kummer lässt. Zwei, drei Wochen, dann melde ich mich wieder bei dir. Das verspreche ich dir. Versprichst du mir, bis dahin ganz tapfer zu sein und mich nicht anzurufen und ganz dolle die Daumen zu drücken, dass alles gut geht?"

„Ja", hauchte sie nach einer Weile des Schweigens ins Telefon und weinte verzweifelt, „ja, iche warte aufe Nachrichte von dire, meine Didi-Schatze, ich denke Tage und Nachte an dich. Iche küsse diche. Umoa, umoa, umoa."

Die Sonne stand auf halber Höhe über dem Wallberg. Der See schimmerte golden. Mit Schwung nahm er die aufwärtsführenden Kurven zum Freihaus. Der Wald öffnete sich zu einer Wiese hin, sein vor fünf Jahren im alpenländischen Bauernstil errichtetes Haus mit dem noch nicht nachgedunkelten Holz von Mondfichten erhob sich mächtig und strahlend über der Hangwiese. Doch plötzlich war da etwas, was ihm die gute Laune schlagartig nahm.

„Scheiße, Bullen! Sind da schon wieder solche Idioten bei mir eingebrochen?"

Ein kurzer Tritt aufs Gas, dann bremste er den purblauen Porsche 911 *Speedster* scharf ab, direkt vor der Metallschranke und der installierten Kamera, mit deren Hilfe er neugierige Touristen vor dem Betreten seines Anwesens hoch über dem Tegernsee abzuschrecken hoffte. Er schob die *Ray Ban* auf das soeben nach der Dusche im Golfclub frisch gegelte, noch feucht glänzende Haar und blinzelte Richtung Hauseingang. Den beiden Polizeiautos vor seinem Haus musste der Gärtner die Schranke geöffnet haben. Natascha weilte noch vier Tage in Mailand zur privaten Modemesse Angelo Sabatonis. Natascha, der Gärtner und er selbst, nur sie drei besaßen eine Fernbedienung für die Schranke.

„Scheiße, warum hat der Patermann mir das nicht gesagt? Wenigstens 'ne SMS hätte er mir doch schreiben können! Na supi-dupi. Da gönnst du dir nach dieser verdammt anstrengenden Show eine Golf-Runde und freust dich auf deine Masseuse Mai-Lin! Ein halbes Stündchen Relax-Massage! Du freust dich auf den Besuch von Vögelchen, mit der ganz andere körperliche Berührungen angedacht sind! Du freust dich auf ein bisschen Ablenkung! Und jetzt empfängt dich hier eine Hundertschaft der Polizei. Was soll das? So eine Scheiße!“

Er war wütend auf den Gärtner, der immer nicht da war, wenn es drauf ankam. Wie damals, beim Überfall dieser maskierten Bande. Oder der ihm wichtige Informationen vorenthielt wie jetzt. Sein Haus, von Bullen heimgesucht. Und Patermann? Schweigt. Auf BR3 lief *Killing me softly with his song*. Jäh erstarben die Stimmen der Fugees, als er den Zündschlüssel zog. Erst jetzt hörte er Geräusche. Tritte auf Kies, die sich ihm näherten. Ein schneller Blick in den Rückspiegel, und er sah: Auch hinter ihm stand ein Polizeiauto, aus dem zwei Beamte entstiegen waren.

„Hey, Leute, was ist denn hier los? Welche verpissten Idioten sind da wieder bei mir eingebrochen?“

Die Stimme, leicht überschlagend, mit einem Hauch Nervosität. Die Polizeibeamten ignorierten die Worte.

„Herr Dollmann?“

Was sollte diese Frage? Wollten die ihn auf den Arm nehmen? Er zählte zu den bekanntesten Leuten im Land. Dutzende Zeitschriften zeigten sein Konterfei Woche für Woche auf den Titelblättern. Dollmann war gut für Skandale, verfügte über lockere und freche Sprüche, führte jedes Jahr eine neue Gespielin über die roten Teppiche der Galas, Fernsehpreisverleihungen und Opernbälle. Er war Hauptjuror und Moderator von *Einer ist der Doofste*, einer der beliebtesten Shows im deutschen Fernsehen. Keine Minute, in der ihn nicht jemand auf der Straße ansprach. Und nun wollte dieser Bulle allen Ernstes wissen, ob er Herr Dollmann sei?

„Herr Dollmann, Dietrich Dollmann?“

Dietrich, dieses Beamtenhirn! Nicht mal seine Mutter

hatte ihn so genannt. Ganz Deutschland, alle kannten ihn als Didi Dollmann.

„Was soll der Scheiß? Didi Dollmann, ja, der bin ich!"

„Dann kommen Sie bitte mit, Herr Dollmann."

Die beiden Beamten nahmen ihn in die Mitte, wiesen ihm mit einer Handbewegung die Richtung und gingen zum breiten Treppenaufgang aus Carrara-Marmor. Sissi, die Angorakatze, strich mit ihrem seidig-weißen Fell um Dollmanns Beine und schaute ihn aus ihren Mandelaugen treuherzig an.

Ein mulmiges Gefühl stieg in ihm hoch, als er sah, wie Zivilbeamte Leitz-Ordner in grünen Kisten und seinen Laptop aus dem Haus trugen. Durch das Küchenfenster erkannte er Kripomitarbeiter in weißen Overalls, die verschiedene Ablagen und Gegenstände einpinselten. War da was mit Patermann passiert? Hatten die Einbrecher ihn etwa tätlich angegriffen? Patermann war doch nicht …

„Verdammt noch mal, was ist denn hier los? Was macht ihr hier alle in meinem Haus?"

Auf der Treppe erschien ein spindeldürrer Riese mit faltigem Gesicht und einem auffallend großen Kehlkopf. Die ganze Erscheinung erinnerte an einen Truthahn.

„Herr Dollmann?"

Nicht schon wieder. Sind das hier alles Marsmenschen? Oder wollen die mich provozieren?

„Huber ist mein Name. Kriminaloberrat der Bayerischen Bereitschaftspolizei. Sie sind vorläufig festgenommen als dringend Tatverdächtiger."

„Eh, euch geht's wohl nicht gut! Ich zahl meine Steuern! Könnt ihr meinen Steuerberater anrufen! Und das Finanzamt. Die Hälfte meiner Kohle fließt an den Staat. Damit werden eure Gehälter gezahlt. Hej, was soll das hier? Ich bin voriges Jahr selbst überfallen worden! Ich bin Opfer und nicht Täter. Das ist doch völlig bescheuert, die Nummer, die ihr hier abzieht!"

Der Kriminalbeamte hörte sich die Suada an und fuhr dann unbeeindruckt fort:

„Ihnen wird vorgeworfen, am vergangenen Donnerstag gegen 22.00 Uhr Frau Natascha Nowikow hier in diesem Haus vergewaltigt zu haben. Sie können jetzt Ihren Anwalt anrufen. Wenn Sie damit fertig sind, bringen wir Sie in die Untersuchungshaft nach München."

„Ihr seid wohl wahnsinnig? Was wird mit Mai-Lin? Was mit Vögelchen? Was sagt ihr da? Vergewaltigung? Natascha? Ihr seid doch verrückt."

Er zückte sein Handy. Nervös durchblätterte er sein Telefonbuch. Irina, Iris, Istel-Bergewitz.

„Hallo, ich muss Klaus-Dieter, ähm, Rechtsanwalt Dr. Istel-Bergewitz sprechen --- JA, SOFORT. ES IST SEHR DRINGEND."

Sissi maunzte zu ihm hoch. Im Garten warf Patermann die Heckenschere an.

„He, hallo, Patermann!" Der Gärtner hörte das Brüllen nicht. Dollmann ging zwei bestimmende Schritte Richtung Garten, dann stellte sich ihm der Truthahn in den Weg.

„Ich muss dem Deppen doch sagen, dass er sich um die Katze kümmert!"

„Wir werden es ihm mitteilen, Herr Dollmann."

Ganz in der Ferne war ein Donnern zu hören. Der Himmel zog sich mit Wolken zu wie ein schwarzer Vorhang. Kaum hatte er das Verdeck seines *Speedsters* geschlossen, geleiteten ihn der Truthahn und ein weiterer Beamter zu einem der Polizeiautos und schoben ihn leicht auf die Rückbank. Bilder vom letzten Donnerstag schossen ihm durch den Kopf. Er und Natascha. Sie hatten gestritten, ja, wie so oft in der letzten Zeit. Sie hatte ihn verdächtigt, neben ihr noch andere Frauen zu haben. Aber dann hatten sie sich geliebt. Mit ihrer beider Vorliebe für Bondagespiele. Handschellen, Seile, Korsett. Das gab ihnen den Kick. Ihnen beiden! Da ging es auch mal härter zur Sache. Am Donnerstag war er nicht zimperlich gewesen. Er ihr Zuchtmeister, der sie ans Bett fesselt. Klar hatte er sich auch etwas an ihr abreagiert. Sie hatte es gewagt, seinen Lebensstil anzugreifen, ihm seine Freiheit nicht zuzugestehen. Das verlangte nach Genugtuung. Mit Bondage ging das hervorragend. Spielerisches Abarbeiten von Konflikten. Das war doch ihre stille Verabredung. Hatte sie nicht auch alle Freiheiten? Wusste er, was sie mit Angelo Sabatoni in den Hotels der Modemetropolen dieser Welt so trieb? Es war doch ein Geben und Nehmen und sie waren beide keine Klosterschwestern. Mann, was sollte die Scheiße hier? Morgen waren doch alle Zeitungen voll, wenn das rauskam. Wenn das sich nicht ganz schnell auflöste, war er erledigt. Er musste unbedingt mit Natascha sprechen. Er kannte ihren wunden Punkt. Den würde er ausnutzen, gnadenlos. Was hatte er noch zu verlieren?

II

„Da hätte ich eine Stelle für Sie auf der NOFRETETE!"

Alles am Sachbearbeiter Heinz Schmidt wirkte verlebt: Das beige C&A-Sakko mit Lederbesatz an den Ellenbogen, verbeult und nichtssagend, das verwaschene T-Shirt, die eingefallenen Wangen, der ungepflegte Oberlippenbart. Vor und nach dem politischen Umbruch von 1989 war er fünfundzwanzig Jahre lang als Angestellter der Stadt Suhl zuständig für das Texten von Verbotsschildern. Bei einer routinemäßigen Überprüfung seines Dienstcomputers vor ein paar Jahren fanden sich zahlreiche Webseiten deutscher Eheanbahnungsinstitute sowie Korrespondenzen zwischen blutjungen Thailänderinnen und dem deutschen Stadtbediensteten Heinz Schmidt, die nur schwerlich mit der Recherche zu Verbotstexten auf städtischen Schildern in Einklang zu bringen waren. Er musste gehen. Über viele Umschulungen verschlug es Heinz Schmidt für die letzten drei Jahre vor der Rente in die Suhler Arbeitsagentur.

Fahrig huschte er jetzt die Computermaus hin und her. Trister Büroalltag. Ein Dasein am untersten Rand der Hierarchie. Um dem entgegenzuwirken, hatte er es sich angewöhnt, die Jobs, die er zu vermitteln hatte, als seinen Privatbesitz zu etikettieren. ICH hätte da einen Job, ICH kann Ihnen da einen Zuschuss für die Fahrtkosten gewähren, ICH bin die Arbeitsagentur, ICH bin Deutschland, ICH bin dein Herr und Gott. Kein Team-Gedanke, kein kollektives Selbstverständnis, kein WIR. Wie auch? Kolleginnen und Kollegen waren es doch, die ihn bei der Stadt verpfiffen hatten. Der Wink an die Controlling-Abteilung. Nein: ICH, du Arbeitsloser, ICH habe dein Leben in meiner Hand und pass du gut auf, dass ich dich nicht fallen lasse.

„Auf der NOFRETETE?" Wolle Luther sah über den Rand seiner Gleitsichtbrille auf das apathische Wesen ihm gegenüber. Über mehrere Arbeitsagenturen hatte es ihn in die Kleinstadt am Rande des Thüringer Walds verschlagen. Beim Gang durch das Zentrum hatte er sich die schwarze Fleecejacke zugezogen. DRAUSSEN ZUHAUSE. Werbeslogan des Jackenherstellers. Ihn fröstelte trotzdem. Die Stadt wirkte auf beklemmende Weise gesichtslos. Er fragte nach. Gewissenlose Architekten hatten sie ihres historischen Kerns beraubt.

„Ja, ICH könnte Ihnen da den Posten eines Barassistenten anbieten. Haben Sie eine Beziehung zu Cocktails, Getränken überhaupt? Sie hätten die Aufgabe, die Gäste auf der NOFRETETE in Getränkefragen zu beraten und beim Mixen von Cocktails assistierend zur Hand zu gehen. Also Früchte schneiden, die Spülmaschine bedienen, Gläser auf dem Deck einsammeln. ICH krieg das hin mit der Stelle."

Die Suhler Arbeitsagentur hatte sich als maritimes Kompetenzzentrum etabliert. Die Vermittlung von Jobs in den Bereichen Fluss- und Hochseekreuzfahrt entsprach einem immer höheren Bedarf seitens der großen Reedereien. Die Küstenregionen waren, was Arbeitskräfte betraf, mehr oder weniger abgefischt. Hier aber, in dieser abseits der Meere und der großen Zentren gelegenen Kleinstadt gab es ein großes Potenzial an Erwerbslosen. Auch ältere, die noch nicht mit dem Berufsleben abgeschlossen hatten und für neue, ein wenig abenteuerliche Aufgaben zu gewinnen waren. Sie hatten keine Familienanbindung, kein größeres soziales Umfeld, waren darum unabhängig und kurzfristig verfügbar. So jedenfalls hatte der Leiter der Arbeitsagentur bei den Gesprächen mit den Reedern im Warnemünder Hotel *Neptun* die Vorzüge eines zu gründenden maritimen Zentrums in Suhl bei den ersten Verhandlungen gepriesen. Mit Erfolg.

„Barassistent?", grummelte Wolle und faltete die Hände auf seinem voluminösen Bauch.

„Ja, Mann, Herr Luther, Sie haben doch sicher den Anspruch, Gäste zu verwöhnen. Ihre Begeisterung zeigen Sie mit einem Lächeln!"

Heinz Schmidt gähnte ungeniert und linste mit großen Augen auf den Bildschirm seines Computers, gerade so, als lese er ab, was er gerade sagte.

„Sie handeln verantwortlich. Sie sehen den Kontakt zu internationalen Gästen als Herausforderung und möchten diesen einen unvergesslichen Urlaub bieten. Ihre Leidenschaft zum Beruf, Ihre hohe Motivation und Ihre Herzlichkeit zeichnen Sie aus."

„Beim Einsammeln leerer Cocktailgläser? Da zeige ich meine Leidenschaft zum Beruf?"

Wolles Gegenrede gefiel dem Leblosen nicht. Er war es gewohnt, die freien Stellen schnell zu vermitteln und dankbare Huldigungen entgegenzunehmen. Seine Klientel war in der Regel froh, irgendeinen Job auf hoher See zu bekommen, egal ob Gastronomie, Entertainment, Massage, Fitness, Kosmetik, Nautik oder Technik. Auf See war der Wechsel des Tätigkeitsfelds möglich. Wichtig war es, erst mal anzufangen.

„Tja", seufzte Heinz Schmidt gespielt und glotzte wieder auf den Bildschirm, „ICH habe noch Dutzende Bewerber für diese Stelle. Bedenken Sie, Sie begeben sich beruflich auf Weltreise. Es erwartet Sie ein dynamisches und gut ausgebildetes Team unterschiedlichster Nationen. Sie erreichen interkulturelle Kompetenzen, die Sie sonst nur auf Urlaubsreisen gewinnen. Sie sammeln Referenzen für Ihren weiteren beruflichen und persönlichen Lebensweg, Ihre Unterbringung erfolgt in Doppelkabinen …"

Die Hebungen und Senkungen in der Rede des Sachbearbeiters wogten hin und her und erinnerten an Meereswellen. Gleichmäßig, monoton, einschläfernd. Kein Zweifel, er hatte seinen Redefluss dem künftigen Tätigkeitsort seiner Klientel angepasst.

Wolle wog den Kopf hin und her, ebenfalls einer Wellenbewegung gleich. Die Suhler Arbeitsagentur, ein riesiges Schiff, der Boden im Sachbearbeiterzimmer, schwankte er nicht auch? Es klopfte an die Tür. Im Türspalt zeigte sich ein kleiner Mann mit Pickel auf der Nase, lichtem Haar und Ziegenbart.

„Tach, ick bin Rauschi. Is dit hier der Raum, in dem ick meinen neuen Job uff de NOFRETETE kriege?"

Der Sachbearbeiter sah in seinen Kalender.

„Wenn Sie der Herr Rausch sind, Sie sind erst in einer Viertelstunde bei MIR dran."

„Iss jut. Danke, Meester!", beschied Rauschi ihm und stieß nicht gerade leise die Tür zu.

„Nun, wie sieht's aus, Herr Luther, Barassistent oder was? Wenn ich mir Ihren Lebenslauf", der Leblose verzog das Gesicht, blätterte in einer Akte und betonte jede Silbe einzeln noch einmal, „Le-bens-lauf ansehe, sind die Spielräume eng. Ansprüche erheben, das können Sie vergessen. Kein einziges Zeugnis, nach eigenen Aussagen früher Campingplatzwart, dann lange Zeit krank und schließlich Straßenmusiker und Imitator von Martin Luther. Das – ist – nüscht!"

Wolle seufzte tief und sah durch das geöffnete Fenster über Plattenbauten hinweg in vom Wind stark wogende Baumwipfel. Krähen und Elstern lieferten sich ein lärmendes Gefecht. Dunkle Wolken in der Ferne kündigten ein Gewitter an. Was wusste dieser Sachbearbeiter von seinem Leben wirklich? Kannte er, Wolle Luther, sich eigentlich selbst? Wer war er?

Ein Unfall hatte sein Leben vor einem halben Jahr gedreht. Mit seinen Inlineskates war er gegen eine 500

Jahre alte Deutsche Eiche geknallt. In der Nähe hatte er auf einem Campingplatz als Hausmeister und Empfangschef gearbeitet. Seine Chefin und Lebensgefährtin Rosemarie Aicher hatte den Campingplatz gepachtet. Nach dem Unfall lag er im Koma, erwachte mit einer retrograden Amnesie und posttraumatischen Belastungsstörungen. Er lebte für einige Zeit aus voller Überzeugung in einer anderen Identität und war kein geringerer als Martin Luther selbst. Wochenlang zog er als Straßenmusiker mit seinem Akkordeon durch seine früheren Wirkungsstätten: Augsburg, Coburg, Worms, Eisenach, Erfurt, Wittenberg. Als Martin Luther erschrak er über die Trennung der Kirche in zwei Konfessionen, von ihm mit verschuldet und eine Schande für die Christenheit sondergleichen. Dass es das 500 Jahre nach der Reformation immer noch gab! Das durfte nicht so bleiben. Der Höchste selbst gab ihm die Erinnerung an den Böhmischen Kelch ein, jenen legendären Kultgegenstand, mit dem Jan Hus das Abendmahl in Brot und Wein für alle Gläubigen seines Umfelds ausgeteilt hatte. Luther hatte den Kelch 1519 bei einem Antiquitätenhändler erworben und erst in Wittenberg, dann in Erfurt versteckt. Fast 500 Jahre später entdeckte er, Wolle, diesen Kelch wieder und verbarg ihn erneut, um ihn 2017, dem Jubiläumsjahr der Reformation, einzusetzen und die Spaltung der Christenheit mit einer großen Symbolgeste zu überwinden: Das gemeinsame Mahl, ausgeteilt vom Papst und einer deutschen Bischöfin. Hier ist nicht Mann noch Frau. Alle sind eins in Christus. Halleluja, die Spaltung ist überwunden!

Auch jetzt erwärmte ihn der Gedanke. So viel Zuspruch hatte er als Martin Luther bei seinem Zug durch deutsche Städte erfahren. „Luther, wir danken dir“, skandierten ökumenische Kirchenchöre. „Wir sind das Kirchenvolk!“, riefen Kolpingfamilien. Der Verband protestantischer Glöckner forderte gar: „Luther in den Vatikan!“

Und jetzt? Wo er wieder erwacht war in sein altes Leben? Sollte das alles gewesen sein? Das Ende seines Einsatzes für die Beziehung des modernen Menschen zu einer anderen Wirklichkeit?

Ihm war ein Buch in die Hände gefallen, in dem sein Leben beschrieben war. *Lutherleben* war der Titel. Der Autor verfügte über mehr Quellen und Dokumente über sein, Wolles, Leben als er selbst. Eine Klinikseelsorgerin hatte demnach recherchiert, woher er, Wolle Luther, der eigentlich Wolfgang Trödler hieß, dieses enorme Wissen zur Reformationszeit hatte, das in der Zeit nach dem Unfall so eruptiv wie ein Vulkan hervorbrach. Ja, er hatte Theologie studiert, hatte sich intensiv mit Luther beschäftigt, vor allem mit dem Bruch in Luthers Leben, der ihn von einem progressiven Reformator zu einem ängstlichen Bremser hatte werden lassen. Luthers Bremse wirkt bis heute in der Kirche fort. Die Kirche, die nur noch Ordnungen und Hierarchien kennt! Die den Glauben am Auswendiglernen von Lehrsätzen festmacht! Die die Kraft der Religion und die Erfahrung der höheren Macht, die Anschauung, das Gefühl und die Emotion nahezu komplett aus der Alltagspraxis vertrieben hat! Auch oder vielleicht gerade weil er, Wolle, das Theologiestudium nicht zu Ende führte, trug er unfertige Gedanken, offene Rechnungen, nicht eingelöste Hoffnungen mit sich herum. Als Martin Luther wollte er sie verwirklichen. Doch dann kam die Ernüchterung, die Erkenntnis, dass er gar nicht der auferstandene Reformator war. Aber er konnte und wollte das Kapitel Kirche und Glauben in seinem Leben mit der Rückkehr ins Leben des Wolfgang Trödler nicht einfach abschließen!

Gott sei Dank, seine Auftritte als Straßenmusiker hatten ihm eine Vielzahl von Presseartikeln beschert. Diese Berühmtheit ermöglichte ihm die Eintragung eines Künstlernamens in den Pass. „Wolle Luther“, das war der Name, der sein altes Leben, das des Wolle auf dem Campingplatz, und das neue, das des wieder lebendigen und nicht nur hoch auf dem Sockel fern von den Menschen thronenden und um 500 Jahre veraltet wirkenden Reformators, symbolisierte. Noch am selben Tag hatte er einen

Account bei Facebook als Wolle Luther eröffnet und dort erste Gleichgesinnte gefunden. Er freundete sich in Weimar mit Bewohnern der besetzten Häuser in der Gerberstraße an. Die Lektüre von Büchern über die Nazizeit fesselte ihn und er diskutierte nächtelang mit seinen jungen Freunden, wie das alles passiert war. Im ehemaligen Konzentrationslager Buchenwald offerierte er bald Führungen für Jugendgruppen, mit ausdrücklicher Bezugnahme auf Luthers mehr als problematische Haltung zu den Juden. Die Bewegung hin zu einer neuen Kirche, nah dran an den Menschen, gerade auch den jungen, hin zu einer Kirche, die offen mit ihrer Geschichte umgeht und in der die Emotionen ein Zuhause finden, sie nahm ihren Anfang. Doch sollte sie jetzt im Einsammeln von Cocktailgläsern enden?

„ICH hätte da noch was in der Abteilung Animation", hörte er wie durch einen dünnen Vorhang den Leblosen sprechen. Ein Hubschrauber des ADAC zog brüllend über den Waldkamm. Animation, Motivation, Begeisterung, darum ging es, wenn heute die Rede von der höheren Macht die Menschen erreichen sollte. Wie fern war die Kirche seiner Tage den Menschen! Wie ein Relikt aus längst vergangenen Zeiten wirkte sie! Mit ihrer, den meisten unvertrauten Liturgie! Mit ihren vorformulierten und brav abgelesenen Gebeten! Mit ihren immer nur den Tod thematisierenden Liedtexten und Glaubensformeln! Wo war der lebendige Mann aus Nazareth, wo der Hinweiser auf die überirdischen Dinge, wo waren die heutigen Glaubenserfahrungen? Sollte die höhere Macht vor zweitausend Jahren ihr Reden zu den Menschen eingestellt haben? Wenn nicht, wo waren dann die heutigen Begegnungen mit der anderen Wirklichkeit dokumentiert? Wo fanden sie ihren Raum? Etwa bei den sogenannten Freikirchen, bei denen er einmal an einem Gottesdienst teilgenommen hatte? Dort legten sie „Zeugnis" ab, berichteten, wie die höhere Macht ihr Leben prägt. Aber das Ganze wirkte so gezwungen, so künstlich, das war keine Herzenssprache. Gotteszwang herrschte, und die Bibel galt da Wort für Wort, trotz aller Widersprüche und gegen allen Verstand. Er empfand das als eine Beleidigung der höheren Macht, ihr ihre Widersprüchlichkeit zu nehmen. Sie gegen allen Verstand glauben zu wollen. Sie künstlich zu harmonisieren als eine liebe Tante, die immer nur, heidschibumbeidschi, lieb ist, ach, ich bin ja so wunderbar erlöst. Dazu das Herabsehen auf die anderen Christen, die an der höheren Macht zweifeln, ja, verzweifeln. Nein, diese arrogante Truppe der Halleluja-Jubler war nichts für ihn. Wo aber dann sollte er mit seinem Anliegen andocken?

„Hallo, Herr Luther, jetzt kommt gleich der Herr Rausch dran. Entscheiden Sie sich!"

„Ähm, wofür?"

„Na, ob Sie nun als Barassistent oder als Animationsassistent anheuern!"

Man merkte dem Leblosen die Ungeduld an. Wolle war nicht fähig, sich zu entscheiden. Aber war es nicht auch wirklich schwierig? Sagte er zu, war er für Wochen auf einem Schiff gefangen. Was, wenn er seekrank wurde? Was, wenn er seine Aufgabe nicht umsetzen konnte, Luthers Denken, seine seelsorgerische Kompetenz für die Sehnsüchte der Menschen in unsere Zeit zu verpflanzen? Der Religion, dem Leben mit der anderen Wirklichkeit wieder eine Chance zu geben? Auch gerade fernab der kirchlichen Strukturen, die der Beziehung zur höheren Macht oft mehr im Weg standen als sie zu befördern? War da so ein Schiff eine gute Möglichkeit? Eine Seefahrt, die ist lustig, eine Seefahrt, die ist schön, das war doch mit dem Vertrauen auf die höhere Macht genauso. Lustig und schön war auch das Leben, wie sie es schenkt. Freunde, Feste, gutes Essen, das Meer, Cocktails, Verliebtsein, Sex, alles von der höheren Macht gegeben. Oder von wem sonst? Die Beziehung zu ihr, warum war sie so eingeengt auf Leid und Tod?

Es klopfte an der Tür und eine Nase mit Pickel linste um die Ecke.

„Isset nu so weit, Meester?"

„Augenblick noch, ICH rufe Sie, wenn Sie dran sind!"

Campingplatz oder Meer, das waren die beiden Optionen, die sich für Wolle stellten. Wenngleich der Campingplatz keine wirkliche Variante war. Rosemarie, seine gute Rosemarie hatte ihn seit Monaten nicht mehr kontaktiert. Wie aber auch hätte sie das tun sollen? Er war ja unter die Schar der Wohnsitzlosen gegangen. Sicher hatte sie sich inzwischen mit seinem Fernbleiben arrangiert. Einmal, da hatte er sich still und heimlich in der Abenddämmerung an den Campingplatz herangepirscht. Rosemarie ließ sich auf der Terrasse nieder, sichtbar erschöpft von der Arbeit des Tages. Ihr gegenüber saß, einen Salatteller verspeisend, ein Herr mit gezwirbeltem Schnauzbart und edlem Cowboyhut. Zärtlich legte er seine altersfleckige Hand auf ihren fleischigen Unterarm. Ob das ihr neuer Lebensgefährte war? Er, Wolle, hatte sich in der Dunkelheit davongestohlen, den Schritt an der 500 Jahre alten Eiche beschleunigend, die sein Leben gewendet hatte.

„Ich mache das mit dem Animationsassistenten!", sagte er bestimmt zum Sachbearbeiter.

„Na endlich. Warum nicht gleich so!"

Der Leblose tippte einige Daten in den Computer, druckte dann ein Formular in mehrfacher Ausfertigung aus und legte es dem Arbeitsuchenden zum Unterschreiben vor. Als Wolle wankend den Raum verlassen hatte und ein Herr namens Rainer Rausch, der sich selbst Rauschi nannte, eingetreten war, sah Heinz Schmidt irritiert auf die Sätze, die Wolle unter eine seiner Unterschriften gesetzt hatte:

„Über allen Gipfeln
Ist Krach.
In allen Wipfeln
Ist von Ruh
Kein Hauch.
Die Vögelein streiten im Walde.
Warte nur, balde,
bist im Stress du auch."

III

Als Kind kannte Didi das Gefühl, besser nicht geboren zu sein. Auch wenn er ihr einziges Kind war, hatten seine Eltern eigentlich keine Zeit für ihn. Sein Vater, Erich Dollmann, betrieb einen Ein-Mann-Sanitärbetrieb in Bruchköbel, einer hessischen Kleinstadt. Die Aufträge, die er bekam, waren mehr als bescheiden. Hier mal ein verstopftes Abflussrohr bei einer alten Witwe, da mal ein tropfender Wasserhahn, das war zum Leben zu wenig. Ein paar Mal hatte er versucht, bei größeren öffentlichen Aufträgen mitzuhalten. Die neuen Sanitäranlagen der städtischen Grundschule, die Gemeinschaftsdusche in der Kreis-Sporthalle. Er plante, Arbeitskräfte zumindest befristet einzustellen, um den Auftrag auszuführen. Didi saß im Peugeot-Lieferwagen, wenn der Vater zur Gebotseröffnung in die Stadtverwaltung oder ins Landratsamt fuhr. Er wartete im Auto und sah schon am schleppenden Gang des Vaters, dass es wieder mal nicht geklappt hatte. Auf der Rückfahrt war der Vater einsilbig, murmelte etwas von illegalen Absprachen und griff zu Hause immer häufiger zur Cognacflasche. Das waren die Augenblicke, in denen Didi höchst wachsam sein musste. Mehr als einmal hatte der Vater den ersten Anlass genutzt, um seinen Frust an ihm abzureagieren. Nicht nur mit Worten. Auch die Hand rutschte ihm das ein oder andere Mal aus, wie er euphemistisch die Tracht Prügel beschrieb, die er dem Sohn verabreichte. Aus schlechtem Gewissen heraus nahm er ihn dann am nächsten Tag mit zu einem Auftrag, gab ihm einen Groschen für das Halten des Rohres oder das Tragen der Wasserpumpenzange und erlaubte ihm, für ihn die Knöpfe des Spielautomaten in den Kneipen zu drücken, die sie auf der Heimfahrt aufsuchten und in denen Vater Erich nicht nur ein Pils trank. Obwohl sie es sich eigentlich nicht leisten konnten, fuhr der Vater mit Didi einige Jahre im Sommer für ein, zwei Wochen zu einem Bauernhof in der Nähe des oberbayerischen Wolfratshausen. Der Vater half dem Bauern, einem entfernten

Verwandten, gegen freie Kost und Logis bei der Ernte, während Didi an der Isar entlangzog, ohne wirklichen Kontakt zu den Kindern des Ortes zu finden. Am Abend pichelte der Vater mit dem Bauern selbstgebrannten Schnaps. Didi blieben nur die Katzen, Schweine, Kühe und Bobo, der Hofhund, als Bezugswesen. Wen er schmerzlich bei diesen Urlauben vermisste, war die Mutter. Hier hätte er vielleicht eine innigere Beziehung zu ihr gefunden! Sie wäre mit ihm gemeinsam an der Isar spazieren gegangen, hätte ihm Käfer und Gräser erklärt und ihm gezeigt, wie man Steine auf dem Wasser hüpfen lässt. Aber seine Mutter war nie dabei. Sie musste Geld verdienen, um die Existenz der Familie abzusichern. Die wenigen Einnahmen des Vaters wanderten zunehmend in seinen Alkoholkonsum.

Christel Dollmann war in jungen Jahren eine schöne, sportliche Frau. Mit ihren eingedrehten blonden Locken und ihrer natürlichen Eleganz erinnerte sie nicht wenige an die damals von allen bewunderte Grace Kelly. Erich Dollmann hatte Christel beim Tanz kennengelernt. Es imponierte ihr, wie aufgeschlossen er den neuen Tänzen Boogie-Woogie und Rock 'n' Roll gegenüber stand. Wild warf er sie bei diesen Tänzen hin und her und bei innigen Tangoschritten zu Freddy Quinns *Die Gitarre und das Meer* hauchte er ihr ins Ohr, er möchte mit ihr alt werden. Die Hochzeit fand in großer Bescheidenheit statt, alles Geld wurde gespart für die Flitterwochen am Lago Maggiore, wo man dem Brautpaar in einem kuscheligen Albergo das schönste Zimmer gab, mit Blick auf den See.

Didi kam ein Jahr später zur Welt. Die Ehe ging sehr schnell in Routine über, in ein Zusammensein, das geprägt war von Streiten über fehlendes Geld, Trunkenheit des Vaters und Gesprächen nur noch an der Oberfläche. Die Familie, das zeigte sich bald, brauchte ein zweites, ein sicheres Einkommen. Christel Dollmann erwarb als eine der ersten Frauen in Bruchköbel den Führerschein. Mit Hilfe eines Kredites kauften sie einen VW-Bus T1, den sie zu einem Verkaufswagen umbauten und mit dem fortan Christel Dollmann über die Dörfer fuhr, um Brot, Eier, Wurst und andere frische Lebensmittel zu verkaufen. Vor allem die alten, nicht automobilisierten Leute auf dem Dorf waren dankbar für diesen Service. Der Service funktionierte aber nur, so dachte Didis Mutter, wenn sie 365 Tage im Jahr immer zur gleichen Zeit bei Wind und Wetter die Dörfer anfuhr. Verlässlich zu sein war das A und O, sonst überließen die alten Leute zunehmend den Kindern die Versorgung. Und die, die fuhren in die wie Pilze aus dem Boden schießenden Supermärkte. Dort fanden sie eine größere Auswahl, und die Preise waren auf Grund der Massenkontingente beim Einkauf günstiger. Darum fuhr die Mutter nie mit nach Oberbayern. Darum war Didi immer alleine an der Isar unterwegs. Urlaub war für seine Mutter, die selbst an Heiligabend über die Dörfer fuhr, ein Fremdwort, und er musste sich alleine beibringen, wie Steine auf der Isar hüpfen.

An die Schulzeit dachte Didi nie gerne zurück. Jede Klasse hat mindestens einen Außenseiter, und manchmal gab es auch einen Außenseiter für die ganze Schule. Didi war so einer. Oft war er Gesprächsthema in allen Schulklassen des von ihm besuchten Knaben-Realgymnasiums. So einmal, als ihm einige Jungs der höheren Klassen mit Nägeln seine neue Windjacke, auf die er so stolz war, auf einer der Holzbänke unter der alten Linde des Schulhofs festtackerten. Der Schulgong ertönte. Er bemühte sich, eilig in den Unterrichtsraum zu kommen, ergriff die Jacke im Rennen. Mit einem großen Ratsch riss sie mitten entzwei. Natürlich war das keiner der Jugendlichen gewesen, als es zur Gegenüberstellung beim Direktor kam. Sie gaben sich gegenseitig ein Alibi. Didi stand alleine da mit seiner kaputten Jacke – und musste ein häusliches Donnerwetter vom Vater zusätzlich fürchten. Tagelang sah er in grinsende Gesichter der höherklassigen Schüler. Als er einmal auf einen losstürmte und ihm die Faust ins Gesicht schlagen wollte, stürzten sich die anderen auf ihn und lieferten ihn beim Direktor ab. Mehrere Tage Nachsitzen!

Demütigend war vieles in der Schule. In den Hofpausen bildeten sich mehrere Teams, die mit einem Tennisball auf verschiedenen Feldern des Schulhofs Fußball spielten. Nicht, dass er davon ausgeschlossen war. Aber am Anfang stand die Wahl der Mannschaften. Die beiden Anführer bildeten einen Abstand von einigen Metern und gingen dann, abwechselnd Fuß vor Fuß setzend und Schnick-Schnack rufend, aufeinander zu. Wer den Fuß am Schluss auf den Fuß des anderen setzte, begann mit der Wahl. In Form eines neuzeitlichen Sklavenhandels gingen zuerst die guten und beliebten Spieler weg. Zwar war Didi gar kein so schlechter Fußballer. Aber warum sollten sich die Mitschüler diese Gelegenheit entgehen lassen, ihn zu demütigen? Also wählten sie auch die schwächeren Spieler in die Teams und ließen ihn am Schluss alleine schmoren. Obwohl klar war, dass er nun zu dem Team kam, das als letztes an der Wahl war, sagte deren Anführer demonstrativ: „Nee, lieber spielen wir mit einem weniger als mit DEM da." Erst nachdem sich alle eins abgelacht hatten, durfte er gnadenhalber mitspielen. Oft ging er dann ruppig zur Sache, was ihm die kollektive Wut der gegnerischen, manchmal sogar der eigenen Spieler bescherte. In ihm stieg in solchen Situationen ein schwarzes Tier auf, ein unbändiger Hass auf die Mitschüler, das Leben überhaupt. Warum, so fragte er sich, wenn er einsam nach Hause trottete, bin ich auf der Welt?

Oft überlegte er, warum er in diese Außenseiterrolle geraten war. Ihm kam dabei stets die verwundete Katze in den Sinn. Sie war ihm und einigen Klassenkameraden über den Weg gelaufen, humpelnd, da ihr ein Bein fehlte. Die anderen machten sich einen Spaß daraus, das geplagte Tier durch den Park neben der Schule zu jagen, nach ihm zu treten und es mit übelsten Schimpfworten zu belegen.

„Halt, hört auf, lasst sie in Ruhe!", war er, Didi, damals vehement dazwischengegangen. Er hatte den Klassenkameraden sogar gedroht, es ihren Eltern zu sagen. Mit Katzen hatte er auf dem Bauernhof bei Wolfratshausen geschmust, sie waren ihm lieb und wertvoll. Verächtlich hatten ihn die anderen angeschaut. Einer, Kalle, spuckte ihm ins Gesicht. Am nächsten Tag machte das Erlebnis die Runde in der Klasse, dann in der Schule: Didi, das Weichei! Der Katzenfreund!

Einige Wochen später, bei einer Exkursion, versuchte Didi, sein Image aufzupolieren. Sie kamen an einen Tümpel voller Frösche. Der Biologielehrer, Herr Weschke, war mit einem Teil der Klasse bereits weitergegangen. Didi zog den Strohhalm aus seiner *Caprisonne*, grapschte nach einem Frosch, steckte ihm vor den verwunderten Augen seiner Mitschüler den Strohhalm in den Hals und blies ihn kräftig auf. Erst als das Tier zu platzen drohte, warf er es ins Wasser zurück. Erwartungsvoll sah er auf die Umstehenden, die sogleich murmelnd in Gruppen davongingen. Er trottete alleine hinterher. Am Ende der Exkursion bat ihn Weschke zu einem Einzelgespräch. Ob es stimme, dass er einen Frosch gequält habe und so weiter. Eine Woche Nachsitzen und alleiniger Tafeldienst. Die Aktion war danebengegangen. Nichts mehr konnte ihn aus der Außenseiterrolle herauskatapultieren. Er hatte das Kainsmal auf der Stirn, unwiderruflich. Weil er keine Katzen quälte.

Doch es gab auch lichte Momente in seiner Jugendzeit. Mit zwölf Jahren hatte er Geld angespart und kaufte sich eine gebrauchte Gitarre. Lange hatte er davon geträumt. Sogar sein Vater steuerte fünf Mark für ein Lehrbuch zum Selbstunterricht bei; denn für den Unterricht in der städtischen Musikschule reichte sein Geld nicht. Stundenlang saß er in seinem Zimmer oder am Schmelz-Weiher und übte Griffe. Manchmal gab ihm sein Musiklehrer am Gymnasium, Herr Leyser, ein paar Tipps. Er begeisterte sich für Jimi Hendrix an der Gitarre und die Liedtexte von Jim Morrison. Beide genial als Musiker, aber jung gestorben. Morbide Anwandlungen. Träume von Jamsessions mit Gleichgesinnten. Der Reiz der Drogen. Erstmals taten sich ihm Auswege aus seinem tief empfundenen Verlorensein in dieser Welt auf. Seine erstaunlichen Fortschritte brachten ihm auch kleinere Auftritte bei Schulfesten. Gelegentliche Versuche, eine eigene Band zu gründen, scheiterten an fehlender Disziplin der Mitspieler, die oft die Proben schwänzten. *Live fast, love hard, die young*, das war die Lebensmaxime nicht nur von Hendrix und Morrison. Auch er nahm sich mehr und mehr vor, schnell und intensiv zu leben, aus der Isolation auszubrechen, heftig zu lieben und jung zu sterben. Ohne genau zu wissen, wie ihm geschah, hatte er eines Tages seinen ersten Samenerguss. Verwundert sah er auf die milchige Flüssigkeit und fragte sich, wie er wohl diesen Teil des Dreiklangs erfüllen sollte: *Love hard*, heftig lieben. Noch nie hatte sich ein Mädchen für ihn, den Außenseiter, das Spottobjekt der Schule interessiert. Mit seinem kastenförmigen Kopf und den damals stark abstehenden Ohren, mit seinen vielen Pickeln auf der blassen Gesichtshaut war er alles andere als ein Schönling. Auch sein Interesse am anderen Geschlecht war noch nicht erwacht. Im Gegenteil. Bei einer Klassenfahrt nach Mannheim mit einer Übernachtung in der Jugendherberge kam es im Schlafsaal eines Nachts zu einer homoerotischen Orgie. In der Dunkelheit gab einer aus der Klasse das Kommando vor. Alle zogen sich aus und langten sich in wildem Durcheinander an ihre schon bald erigierten Glieder. Auch er war Teil dieses juvenilen Erlebnisses, weil ihn niemand erkannt hatte und der Kick des Abenteuers die Lust am Demütigen seiner Person überwog. Die Mitschüler hatten schlicht und einfach vergessen, dass auch er an der Orgie teilnahm. Für ihn ein positives Erlebnis, auch wenn am nächsten Tag alle betreten beim Frühstück saßen und sich ihrer Ausgelassenheit schämten. Die Wochen darauf waren die Zeit der Paarbildung. Die Penisorgie verletzte die Mannesidentität. Mädchen erobern, das war der Weg, das Selbstbild zu korrigieren, vor sich selbst und den anderen. Die Jungen seiner Klasse eilten nach Schulschluss zum nahe gelegenen Mädchengymnasium. Schon bald gingen sie mit einer Auserwählten Händchen haltend zur Eisdiele oder in das

Eye, den Jugendclub, in den nur reinkam, wer gute Beziehungen zum Türsteher hatte. Didi gehörte nicht dazu. Wütend drosch er zu Hause die Akkorde in die Gitarre. Auch er sehnte sich jetzt plötzlich nach einer Freundin, die er von ganzem Herzen liebte und die ihm diese Liebe erwiderte. Doch die Beutezüge ans Mädchengymnasium liefen ohne ihn ab.

Wie ein Wunder erschien es ihm, als sie plötzlich in seinem Leben auftauchte: Ulrike Braunholz. Nie zuvor hatte er sie gesehen. Den Namen las er auf ihrer Schultasche, als sie vor ihm in den Bus stieg. Er empfand sie überirdisch schön. Einmal erhaschte er an der Bushaltestelle einen Blick in ihre dunkelbraunen Augen. Für ihn war es der Blick in die Tiefe seines Lebens. In ihr, Ulrike, lagen alle Antworten auf seine existenziellen Fragen verborgen. Sie, nur sie war die Frau, mit der zusammen ein Weiterleben einen Sinn hatte. So dachte der Fünfzehnjährige. Wie aber sollte er, der, von einer langweiligen Cousine bei Familienfeiern abgesehen, noch nie mit einem Mädchen gesprochen hatte, wie sollte er sie kennenlernen? Er hatte keine Ahnung, wie man anmacht, anbaggert, aufreißt. Begriffe, die er von Klassenkameraden aufgeschnappt hatte. Ulrike ansprechen, allein der Gedanke bereitete ihm Schweißausbrüche. Aber sie war sein einziger Ausweg. Für sie war er in die Welt gekommen. Und sie, hoffentlich, hoffentlich, für ihn. Sie kennenlernen. Nichts essen konnte er in dieser Zeit, an Schlaf war nicht zu denken. Er war krank, herzkrank, ulrikekrank. Dann war sie da. Die Idee, wie sie anzusprechen war.

IV

Urlaub, Zeit zum Ausschlafen. Nicht so auf der NOFRETETE. Vor Sonnenaufgang, exakt um 5.15 Uhr, joggte auf Deck 15, dem Sonnendeck, die sehnige, drahtige, stirnbandgezierte Gazelle Gesine Harms aus Harrislee an der dänischen Grenze, das blonde Haar zu einem

Hochzopf zusammengeflochten, die Ohren iPod-bestöpselt, ihre Runden um den Schornstein. Das war nur das Vorspiel zur einstündigen Übungseinheit an den Foltergeräten des Fitness-Centers. Auf diese Art bereitete sie vielen, in die Restaurants zum Frühstück strömenden Gästen am Rand der Adipositas ein schlechtes Gewissen. Nicht ohne Absicht. Die erwünschte Wirkung war aber fragwürdig, hörte sie doch einen schmerbäuchigen Herrn mit tiefsitzender Cordhose Worte wie „Fitness-Terroristin“ und „Schau dir das Wäschegestell an“ zu seiner ebenfalls kugelrunden Gattin nicht gerade leise sprechen. Gesine Harms belegte Kurse in Tae Bo, Ballooning Ball, Power Dumbell, Step, Yoga und Pilates, um dann zur Mitternachtsstunde am Indoor-Cycling auf dem Sonnendeck teilzunehmen. Am Abend zuvor, beim Auslaufen aus Palma de Mallorca, hatte sie sich beim Buffet auf den *Caesar Salad*, die gebratene Ananas mit Kokossorbet und die glasierten Perlzwiebeln gestürzt. Dabei fragte sie den philippinischen Buffethelfer, dem ein Schild den in diesem Zusammenhang irritierenden Namen „Bonsai“ zuwies: „Ist die Geflügelbrust auf dem *Caesar* auch schön mager?“ „Ja, Mam“, kam es zurück. Gesine Harms war nicht überzeugt, er habe sie verstanden. Bonsai hatte offenbar die Anweisung, die Fragen der Gäste stets zuvorkommend, mit einem Lächeln und zustimmend zu beantworten. Sein freundlicher Blick verleitete die Fastdänin, die etwas Sinnenverachtendes verströmte, zu einem Augenaufschlag und einem Deut mit dem rechten Zeigefinger auf ihr eigenes karges Dekolleté, das sich in einer lila Strickweste verlor. Gerade wollte sie zu formulieren beginnen, wie man es Fremdsprachigen gegenüber gelegentlich tut: „Ich“ (Zeigefinger), „ich“ (noch mal Zeigefinger) „nix fett essen ...“, da sah er auf ihren Oberkörper und sagte mit breitem Lächeln: „Ah, verstehe, ja, Hühnerbrust, mager, Mam“. Kurz überlegte sie, ob sie da was falsch verstanden hatte. Dann war ihr klar, dass die Äußerung des Kochs mit ihrer Handbewegung zusammenhing. „Unerhört“, sagte sie vor sich hin, „Was dieser Bonsai sich wohl untersteht!“ Kurz überlegte sie, sich beim Front Office Manager zu beschweren, unterließ es aber angesichts der kompromittierenden Beweisführung, die anzutreten ihr nicht erspart bliebe. Dafür bekommt der kein Trinkgeld, nicht einen müden Cent, schwor sie sich.

Während sie ihre Runden drehte, hatte sich an exponierter Stelle auf Deck 13, dort, wo sich auf anderen Kreuzern Liebende das Weiterschlagen des Herzens Hüfte an Hüfte und unter elegischen Klängen zusichern, eine Armada von Photographen aufgebaut. Mit ihren Stativen und überdimensionierten Objektiven erweckten sie den Anschein, neue Galaxien, das Heranrücken der mittelalterlichen Türkenflotte oder zumindest den Start der *Air Force 1* auf der anderen Seite des Erdballs einzufangen. In Wirklichkeit ging es ihnen, mit dem Sinn für außergewöhnliche, einmalige, noch nie dagewesene Naturereignisse, um den Aufgang der Sonne, den sie in Myriaden von Fotos festhielten. Bedauernswert die Verwandten und Bekannten, die, an verregneten Abenden in muffigen Wohnstuben in Hoyerswerda oder Hanau mittels dieser Aufnahmen das millimeterweise Aufsteigen eines roten Punktes am Horizont nachzuvollziehen gezwungen waren, begleitet von einem emphatischen „Da, da, da ist sie, seht ihr sie, da, da, die Sonne, da, seht ihr sie …“ des Photographen.

An einer abgelegenen Stelle des Decks stand Wolle Luther. In der rechten Hand hielt er eine Plastiktüte von Aldi. Seine Blicke schweiften über das Deck. Niemand durfte ihn bei der Aktion beobachten. Umständlich kramte er ein schwarzes Kleidungsstück hervor. Sein Lutherrock war es, den ihm ein Kirchenvertreter während der Zeit geschenkt hatte, als er glaubte, Martin Luther höchstselbst zu sein. Nein, das war er nicht. Aber er fühlte sich als Luthers Anwalt. Dem Reformator sollte Gerechtigkeit widerfahren. Keine Anachronismen! Keine Luther-Sätze aus der Reformationszeit, die heute noch genauso gelten sollen! Schutz des Reformators vor seinen blinden Verehrern! Um diese Aufgabe umzusetzen, um seine neue Rolle anzunehmen, brauchte Wolle eine Symbolhandlung.

Er sah ein letztes Mal, nicht ohne Wehmut, den Lutherrock an und packte ihn dann wieder in die Plastiktüte. Auf einen Zettel schrieb er: „Zur allgefälligen Benutzung. Wolle Luther.“ Den Zettel gab er ebenfalls in die Tüte, verschnürte und verklebte sie und holte weit aus. Der so eingetütete Lutherrock schwebte in die von den Schiffsschrauben aufgewühlten Wellen. Ein kurzer Tanz auf den Schaumkronen, und Neptuns Kleiderkammer hatte sich erweitert.

Das eigentliche Leben bei aufgehender Sonne spielte sich auf dem Pooldeck ab. Die Philippina Mary Ann, die gerade die Handtuchausgabe eröffnete, sah sich verschlafenen, aber dennoch nicht aggressionsfreien Gesichtern ausgesetzt. Die drei Söhne der Familie Becker aus dem Saarland; Jupp Schmitz aus Köln mit der elfjährigen Tochter Julia; die mit zwei anderen Witwen verreisende Helga Haseneier aus Offenbach, die ihren Namen, um anzügliche Gedanken zu vermeiden, seit Kindheit an „Hase-neier“ aussprach; Ottilie Greis und zwei andere Mitglieder des Frauenkneippvereins Harmonie Stuttgart-Bad Cannstatt; Pfarrer Cornelius Schwacke, Leiter einer Luthertagung (auch das war auf der NOFRETETE mit ihrem hochmodernen, allen technischen Wünschen gewachsenen Conference Center möglich); Hugo Frank mit Panamahut als Vertreter der Sächsischen Imker. Bis auf Schwacke, der abwartete, entrissen sie Mary Ann geradezu die Pool-Handtücher, um sie, ergänzt mit Sonnenbrillen, vergilbten Bastei-Lübbe-Schmökern und fast leeren Cremetuben auf die in geordneter Phalanx stehenden Liegen zu werfen. Die Handtuchholer waren nach einem undurchschaubaren, aber effizienten Selektionssystem von ihrem Clan oder ihrer Stammesgemeinschaft auserkoren, stellvertretend für die anderen die besten Plätze für die Vergnügungen des ersten Tages, eines Seetages, also das Animationsprogramm mit Gewinnmöglichkeiten, das Freibier des Kapitäns und andere Lustbarkeiten, zu okkupieren. In an paramilitärische Operationen erinnernden Formationen gingen sie vor und binnen weniger

Minuten hatte die Pooldeckguerilla den ersten Grabenkampf gewonnen. Alle Liegen vor den diversen Pools und der später als Bühne dienenden Freitreppe hatten sie unter Zeugen belegt. Kein Zweifel, hier waren Wiederholungstäter am Werk, notorische NOFRETETE-Reisende, die auf der ersten Fahrt leer ausgegangen waren und auf einem abgelegenen Liegestuhl fernab des Geschehens unter der prallen Sonne dahindarbten. Aus dieser frustrierenden Erfahrung klug geworden, hatten sie jetzt das kryptische Motto verinnerlicht, das Darwins *survival of the fittest* nur unwesentlich nachstand: Der frühe Vogel fängt die Liege.

Ab 7.00 Uhr füllten sich die Restaurants mit Frühstücksgästen, denen der viele Gratis-Wein beim Buffet des ersten Abends anzusehen war. Der in Zivil umherstreifende Schiffsarzt Dr. Moll, ein Ruheständler, der im Gegenzug für seine Leistungen kostenfrei reiste, erspähte erste Opfer und gab beim Frühstück Ferndiagnosen. Ein Spiel, das er sich seit Jahren mit seiner Gattin, einer Krankenschwester, die er in vierter Ehe geheiratet hatte und die also auch vom Fach war, gönnte. Gastritis, Bluthochdruck, Fettleber, Reflux, Gallensteine, das ganze Programm war abzusehen. Einmal kam beiden gleichzeitig die Anorexia nervosa über die Lippen, als sich nämlich Gesine Harms an ihnen vorbei zur Obstbar schlängelte.

Die Sonne war ein gutes Stück am Horizont hochgeklettert, eine leichte Brise wehte. Auf dem Pooldeck erschien das strahlend weiß gekleidete Animationsduo: Jenny, 25 Jahre, Studienabbrecherin aus der Hansestadt Bremen, die einfach gerne was mit Menschen machen wollte und mal gucken wollte, was sich beruflich vielleicht so ergibt, und die NOFRETETE ist ja irgendwie toll, da sind so viele spannende Leute und immer schönes Wetter und das Meer und mit der Crew einen Cocktail zwischendurch trinken und, ach, ich weiß auch nicht. Kai aus Leipzig, sein Abitur lag schon acht Jahre zurück, wollte nur mal ein paar Monate nach den Prüfungen relaxen, war ja echt Stress, auch wenn's nur mit dem Notendurchschnitt drei Komma zwei endete, aber dann waren die Fristen zum Einschreiben an der Uni verstrichen, BWL und so, und dann hat ein Kumpel in einem Hotel auf Ibiza den Animateur gegeben und geschwärmt und dann hat sich das mit der NOFRETETE ergeben und ist ja auch total cool, obwohl, ich mein, manchmal geht's auch ganz schön auf den Geist, jede Woche das gleiche Programm abziehen, den ganzen Sommer über, und manchmal gibt's richtig Ärger mit Gästen, die rummaulen, und was soll aus mir werden, frag ich mich schon und überhaupt, und, ach, ich weiß auch nicht.

Mit ein paar launigen Floskeln weckten die beiden Animateure die vom Frühstück erschöpften Beckers, Schmitz', Haseneiers (gesprochen Hase-neiers), Greis', den Frauenkneippverein, die sächsischen Imker und all die anderen. Wie dösende Seelöwen, speckig glänzend von der ersten Sonnenmilch, hatten sie dagelegen. Jetzt stellten sie die Liegen in die Sitzposition um. Jenny piepste begeistert: „Nun präsentieren wir Ihnen unseren Neuzugang. Wir, Kai und ich, wir haben unser Team erweitert. Freuen Sie sich mit uns über unseren neuen Animationsassistenten, Wolle Luther!"

Bei diesen Worten trat Wolle aus der Pool-Bar hervor und zeigte sich der Menge. Der anfangs noch sehr spärliche Applaus ging, für ihn rätselhafterweise und ohne, dass er etwas getan hatte, in ein Gelächter über, das sich wie ein Lauffeuer über das ganze Deck verbreitete. Wie er aus manchen witzig gemeinten Äußerungen mitbekam, war es seine Kleidung, die diese Wirkung erzielte. Wie seine beiden Kollegen hatte er eine weiße kurze Hose und ein gleichfarbiges T-Shirt an, beides mit dem marineblauen Emblem der NOFRETETE. Bei der Bestellung der Größen war man offenbar von Bonsai und seinen Kollegen ausgegangen. Die riesigen Bestände an Mannschaftsbekleidung auf der NOFRETETE reichten nicht über die Größe XL hinaus. So hing das T-Shirt an Wolle mit seinen stattlichen 150 Kilogramm eher wie ein Lätzchen am Säugling. Nicht mal bis zum Bauchnabel reichte der Stoff, darunter quoll die gewaltige Plautze in mehreren Wulsten hervor. Die Hose war an Wolles Körper nur ein Höschen und erinnerte fatal an einen String-Tanga, bedeckte sie gerade mal das Geschlecht und einen Teil des Gesäßes, nicht den größten.

„Wolle, wenn wir absaufen, leihst du mir dann einen deiner Rettungsringe?“, prustete Hans Blumenstiel los, einer der Imker.

„Sexy, sexy“, riefen die drei Becker-Söhne fast unisono frech.

„Is dat Hagrid, Rubeus Hagrid?“, staunte Julia Schmitz, die ausgewiesene Harry-Potter-Expertin an der Seite ihres zähnebleckenden Vaters.

Nur Pfarrer Cornelius Schwacke, der mit seinen raspelkurzen Haaren und seiner rauhen Stimme verblüffend an den Sänger Sting erinnerte, fragte ernst hinter seiner Sonnenbrille hervor, einem Gucci-Imitat: „Schreibt er sich wirklich Luther? Wie der Reformator?“

„Ja, ihr Lieben“, griff Kai die Worte auf, „ich merke, Wolle schlägt voll bei euch ein. Mit seinen 51 Jahren ist er im Herzen jung geblieben, wie ihr seht. Sonst hätte er sich nicht auf so einen Job beworben. Ha, ha. Vielleicht sagst du mal selbst was zu deiner Person. Ich meine, wer du so bist, Wolle, und wo du herkommst und so. Echt cool, dass du hier bist, altes Haus.“

Er drückte Wolle, der auf die Freitreppe gestiegen und damit für alle gut sichtbar war, das Mikro in die Hand. Dieser stierte verärgert ins Wasser des neben ihm sprudelnden Whirlpools.

„Los, sag was, Wolle, ha, ha“, spornte Kai ihn an.

Wolle pumpte Luft in sich, das T-Shirt spannte bis zum Äußersten, dann brüllte er los:

„Ihr wollt mich hier alle verarschen, was? Lachen auf meine Kosten, oder was? Wisst ihr, wie ich das nenne? He? Gottlos ist das!“

Wolle stand auf der Freitreppe wie King Kong auf dem *Empire State Building*, bereit zum Sprung auf die unter ihm liegende Meute.

Gespenstische Stille trat ein. Einige klappten die Liegen wieder runter und machten den Seelöwen. Vom hinteren Teil des Pooldecks riefen einige „Pfui", „Dafür haben wir nicht bezahlt", „Uns noch beschimpfen lassen! Sauerei! Wir wollen Spaß haben!", „Was soll das mit Gott? Wir sind doch hier in keiner Kirche. Unverschämt. Ich bin Atheist!"

Kai und Jenny lösten sich erst langsam aus der Erstarrung, die sich ihrer bemächtigt hatte. Sie baten um eine kurze Unterbrechung und zogen Wolle in die Küche der Pool-Bar.

„Sag mal, du bist wohl völlig bescheuert", erregte sich Kai, „du kannst doch nicht die Leute anpflaumen. Wir müssen die unterhalten, verstehst du? Sonst verlieren wir hier alle unseren Job!" Jenny nickte heftig. Die beiden taten Wolle leid. Er hatte sie in richtig große Schwierigkeiten gebracht, weil er die Gepflogenheiten auf dem Schiff und die strengen Anweisungen für das Personal nicht kannte. Kleinlaut fragte er die beiden, was er tun solle, um die Scharte wieder auszuwetzen. „Keine Ahnung, lass dir was einfallen! Wir machen jetzt erst mal weiter."

Jenny und Kai sprangen wieder aufs Freideck, zeigten beste Laune und begannen ein Quiz, bei dem Cocktails und andere leckere Preise winkten. Wolle dagegen saß geknickt in der Küche der Pool-Bar. Schon mit seinem ersten Auftritt hatte er sich viele Sympathien verscherzt! Wie sollte er da seine Vision umsetzen, Luthers kreatives Denken und sein Vertrauen in die höhere Macht unters Volk zu bringen, wenn er selbst so ein Spielverderber war? Der Mann aus Nazareth, erinnerte er sich, hat auf der Hochzeit zu Kana nicht die Party mit irgendwelchen Befindlichkeiten verdorben. Im Gegenteil, als der Wein alle war, hat er noch besseren besorgt, damit die Party weitergeht.

Auf Deck war sie schnell wieder da, die unverwechselbare, einzigartige NOFRETETE-Laune. Scheppperndes, brüllendes, wieherndes Lachen auch beim dünnsten Witz, gierige Blicke beim Verteilen der Strohhalme auf richtige Fragen, die den erfolgreichsten Sammlern reiche

Cocktail-Ausbeute in Aussicht stellten. Jenny und Kai hatten es binnen kurzer Zeit geschafft, den von Wolle angerichteten Flurschaden nicht nur einzudämmen, sondern vergessen zu machen. Das Quiz war abgeschlossen, viele zufriedene Gesichter. Die beiden Animateure setzten an, mit *Waka-Waka, This Time for Africa* von Shakira auf den nächsten Hafen, La Goulette in Tunesien, einzustimmen, da ertönte Wolles ein wenig pastoral wirkende Stimme unverkennbar aus dem Poollautsprecher. „Achtung, Achtung, eine Durchsage. Hier spricht ein reuiger Sünder. Wolle Luther hat sich noch nicht akklimatisiert auf dem Schiff. Er kennt den NOFRETETE-Code noch nicht. Doch gelobt er jetzt Besserung. Hinter dem Vorhang zur Pool-Bar steht eine kleine Versöhnungsgabe. Bitte bedient euch. Ende der Durchsage. Euer Wolle."

Zwei Philippiner zogen den Vorhang, der vor der Pool-Bar aufgebaut war, auseinander und legten den Blick frei auf einen länglichen Tisch mit Hunderten Plastebechern voller frisch gezapften deutschen Pilsbieres. Eigentlich war das der Begrüßungstrunk des Kapitäns. Wolle aber hatte das erfahren, sich vergewissert, dass dieser nicht persönlich vorbeikam, sodann das Zweitmikrophon ergattert und sich die Runde Freibier auf die eigenen Fahnen geschrieben. Jenny, Kai und der philippinische Barchef der Pool-Bar durchschauten das Manöver. Allerdings sprangen die Seelöwen jetzt erstaunlich behände von ihren Liegen hoch und sicherten sich jeder einen, manche auch zwei der Halbliterbecher. Sie stießen auf Wolle an und ließen ihn hochleben. Dieser strahlte mit den kleinen Augen hinter seinem wallenden Bart hervor, stieß mit jedem fröhlich an und hatte am Schluss selbst einige Becher bei mittlerweile starker Sonnenhitze gekippt. Jenny und Kai waren froh, den Stimmungsfauxpas auf diese Weise ausgebügelt zu wissen. *Waka Waka* ertönte, und Wolle schritt stark hin und her wackelnd übers Deck und lud andere ein, ihm zu folgen, eine Polonaise zu bilden. Schon bald schlängelte sich ein langer Zug, darunter alle Jüngerinnen des Gesundheitsapostels Sebastian Kneipp aus Stuttgart-

Bad Cannstatt und die sächsischen Imker mit Panamahüten, über Liegen, steuerbord an den Tischtennisplatten vorbei zur Afrika-Bar und backbord zurück. Die Stimmung war prächtig. Jenny und Kai strahlten um die Wette. Wolle fühlte sich ermutigt, die Polonaise nun auch die Freitreppe hinauf an den Whirlpools vorbei zum Sonnendeck zu führen. Der Zug geriet ein wenig ins Stocken, als Wolle mit seinen kurzen Beinen Stufe für Stufe der Freitreppe erklomm. Von hinten gab es einen leichten Druck der Polonaisemasse. Plötzlich spürte Wolle ein Kitzeln an seinem Oberschenkel, verursacht durch die Yucca-Palme, die zwischen den beiden oberen Whirlpools zur Staffage stand und afrikanische Assoziationen wecken sollte. Kitzeln hatte Wolle noch nie ertragen! Hinzu kam der Druck der nachrückenden Polonaiseschar und die Wirkung der Pilsbecher. Wolle strauchelte und stürzte mit einem riesigen Platsch in einen der Whirlpools. Zuerst der Kopf und dann der ganze Körper hinterher. Gierig schlürften die Düsen des Pools nach Wasser, das aber nur noch in Restmengen im Pool selbst vorhanden war, dafür in umso größerem Maße jetzt die Freitreppe hinunterströmte. Auf ähnliche Weise musste das Nördlinger Ries entstanden sein, als ein gewaltiger Meteorit einschlug. Wer die Entstehung von Impaktkratern nachvollziehen wollte, war hier Zeuge einer beeindruckenden geologischen Demonstration geworden.

„Wat is denn da vorne los?“, krähte Jupp Schmitz vom Ende des Zuges. Vor ihm auf dem gesamten Pooldeck und oben an der Innenreling des Sonnendecks krümmten sich die NOFRETETE-Gäste vor Lachen. Wolle selbst war äußerst unglücklich mit der Nase auf einer lechzenden Sprudeldüse gelandet, die den Eindruck erweckte, sie wolle ihn in die Eingeweide des Whirlpools hineinziehen. Nur mühsam befreite er sich, richtete sich auf und sah, wieder in der King-Kong-Position auf dem *Empire State*, die wiehernde Masse. Dieses Mal wusste er, wie er sich zu verhalten hatte, auch wenn er zunächst nicht erkannte, warum das Lachen kein Ende nehmen wollte:

Das Whirlpool-Wasser hatte die bei seiner Leibesfülle ohnehin nur rudimentären Stoffelemente der Dienstkleidung so eng an seinen Körper geklebt, dass er problemlos an jedem Wet-T-Shirt-Wettbewerb hätte teilnehmen können. Mit seinen ausgebildeten Brüsten überbot er Gesine Harms um ein Vielfaches. Auch bei einem Wet-Boxer-Short-Contest standen seine Chancen nicht schlecht, wie ein Blick auf den Bereich unterhalb des Bauchansatzes verriet. Wolle Luther, ein moderner Hermaphrodit, zwei in eins. Er blickte an sich herunter, erkannte sein Zwitterwesen und stimmte dann in das Gelächter mit ein. Als ob es die ganze nordafrikanische Festlandsbevölkerung hören sollte, brüllte er vergnügt:

„Ist es ein lebendig Wesen,
Das sich in sich selbst getrennt?
Sind es zwei, die sich erlesen,
Dass man sie als eines kennt?
Solche Fragen zu erwidern
Fand ich wohl den rechten Sinn.
Fühlst du nicht an meinen Liedern,
Dass ich eins und doppelt bin?“

Lieder, das war das Stichwort für Jenny, ein paar heiße Sommerrhythmen aufzulegen. Die Stimmung war auf dem Siedepunkt. Wolle avancierte binnen kurzer Zeit vom Buhmann zum Liebling. Anerkennend klopfte ihm Kai auf die Schulter. „Gut gemacht! Echt professionell, wie du noch mal die Kurve gekriegt hast, ha, ha!“

Wolles Augen aber wanderten über das Pooldeck. Er sah, wie der Mann, der gefragt hatte, ob er wie der Reformator heiße, von einer Liege im Schatten aufstand. Mit einem Wink forderte er andere, die ebenfalls im Schatten lagen, zum Mitkommen auf. Alles Personen, die bei der Polonaise nicht mitgemacht hatten und auch nicht in Bikini oder Badehose, sondern in unauffälliger Sommerkleidung auf den Liegen unter dem Sonnendeck ausgeharrt hatten. Der Leiter der Gruppe war Cornelius

Schwacke, Pfarrer und Luther-Beauftragter mehrerer Kirchenkreise der Evangelischen Kirche in Westostdeutschland, der eine Tagung auf der NOFRETETE über die Perspektiven des Lutherjahres 2017 mit Vertretern aus Politik, Wirtschaft, Tourismus und Kirche durchführte. Leute, die sich bisher nur von Begegnungen in miefigen Sitzungsräumen her kannten. Kein Wunder, dass die sich nicht gleich voreinander entblößten. Perspektiven zum Lutherjahr 2017, da nehme ich teil, sagte sich Wolle. Doch wie sollte er das anstellen?

Erst einmal hatte er einen Termin beim Kapitän, wie ihm Nadja vom Key Account Management mit bedeutungsschwangerer Miene mitteilte. War es eine Einladung? Oder eher eine Vorladung? Mit vielem rechnete Wolle. Nie aber damit! Seine Vergangenheit sollte ihn auf der NOFRETETE einholen. Der Hammer!

VI

Ulrike Braunholz war, objektiv gesehen, keine makellose Schönheit. Das Gesicht etwas länglich und pausbäckig, die Nase schmal, die Wangenknochen slawisch ausgeprägt, die Figur unauffällig. Sie war nicht der Typ Mädchen, dem alle Jungs mit offenem Mund hinterherstarrten. Aber Didi war seit der ersten Begegnung an der Bushaltestelle vollkommen besessen von ihr. Unerfahren im Umgang mit dem anderen Geschlecht grübelte er Tage und Nächte nach einer Möglichkeit, sie kennenzulernen. Er wartete oft Stunden an der Haltestelle alle Busse ab, die in die Richtung fuhren wie bei der ersten Begegnung mit Ulrike. Nach einigen Tagen hatte er den Rhythmus ihrer Fahrten herausgefunden, registrierte, woher sie kam und wusste bald, dass sie am Mädchengymnasium war. Oft stand er seitdem hinter Büschen oder Bäumen und beobachtete sie, wie sie die Schule verließ oder morgens die Schule betrat. Bei ihrem Gang erschauerte er jedes Mal, mehr Schmerz als Freude empfand er. Das Nachstellen entwickelte sich zu einer Droge, ein Verhalten, das sich von Tag zu Tag steigerte. Mit der Zeit stieg er an ihrer Haltestelle mit aus, verfolgte sie in gehörigem Abstand und wusste bald über ihr Herkommen Bescheid: Ihr Vater war der bekannte Arzt und Stadtrat Dr. Friedrich Braunholz, Internist und CDU-Mitglied. Über die Gartenhecke erkannte er ein grün gefliestes Hallenschwimmbad, das an das Wohnhaus angebaut und am Abend exotisch beleuchtet war. Wenn er Personen durch die Glasbausteinwand schemenhaft ins Bad steigen sah, stellte er sich Ulrike im Bikini vor und bekam ein Gefühl, das mit Wollust nur unzureichend erfasst ist.

Manchmal fragte er sich, ob Ulrike sein Spannen und Nachstellen nicht schon bemerkt hatte. Der Gedanke war ihm gar nicht unrecht, ergäbe sich doch, sollte sie ihn darauf ansprechen, endlich eine Gelegenheit, sie kennenzulernen. Aber nur selten hatte er Blickkontakt, und wenn, sah Ulrike sogleich auf den Boden, wie sie es auch tat, wenn andere in ihre Augen sahen. Sie war scheu, sagte er sich, und mit ihren braunen Kulleraugen erinnerte sie ihn auch optisch an ein Reh.

Um einen Fortschritt zu erzielen, begann er, morgens um 5.00 Uhr aufzustehen und das Haus zu verlassen. Seine Mutter wunderte sich, aber er konnte ihre neugierigen Fragen gut abwenden. Er behauptete, sich am Morgen am besten auf die Schulaufgaben zu konzentrieren. Das Lernen in der Natur falle ihm leichter. In Wirklichkeit begab er sich auf eins der Felder vor der Stadt und pflückte jeden Tag einen kleinen Sommerstrauß, den er vor der Haustür der Angebeteten niederlegte. Allerdings tat er das, ohne eine Nachricht beizugeben, dazu fehlte ihm der Mut. Rational gesehen eine völlig unsinnige Aktion. Aber was ist in dieser Lebenssituation schon rational? Er freute sich, Ulrike später aus dem Bus aussteigen zu sehen und zu wissen, sie hatte sich am Morgen schon über sein Blumengeschenk gefreut. Irgendwie hoffte er auf ein Wunder, auf eine Begebenheit, die die Dinge zum Guten wendete. Das Wunder geschah, aber nicht in der Weise, wie er es sich erhofft hatte. Eines Tages legte er ein Sträußlein aus Klatschmohn und Kornblumen gegen 6.00 Uhr vor den Eingang. Er trat ganz vorsichtig auf die Treppenstufen, um jedes Geräusch zu vermeiden. Doch trotzdem öffnete sich plötzlich die Tür und heraus trat ein älterer, sehr rüstiger Herr, der ihn festhielt und fragte, warum er jeden Tag das Unkraut hier ablege. Es war Ulrikes Großvater, der im Erdgeschoss wohnte und als Frühaufsteher jeden Tag zuerst die Blumen entdeckt und sofort entsorgt hatte. Mühsam riss sich Didi von ihm los und suchte das Weite. Die Aktion, ein totaler Fehlschlag, ein Debakel, von dem er nur hoffte, Ulrike möge es nicht mitbekommen. Denn einen so feigen und anonymen Verehrer, wieso sollte sie den erhören?

So sah er nur noch einen Ausweg: Hubert. Er war der unbestrittene Flirtkönig der Klasse, hatte mit fünfzehn Jahren schon ein gutes Dutzend Freundinnen und mit den meisten „etwas gehabt", wie er das geheimnisvoll umschrieb. „Jedenfalls mehr als Knutschen", erläuterte er im Kreis der Mitschüler und genoss die bewundernden Blicke. Ihm, Didi, gegenüber zählte er nicht zu den Oberlästerern, ja, manchmal hatte er das Gefühl, Hubert hege sogar ein paar Sympathien für ihn. Immerhin hatte er ihn bei der letzten Englisch-Arbeit, bei der Hubert neben ihn strafversetzt wurde, ein paar Vokabeln spicken lassen und einen dankbaren Blick geerntet.

Hubert Knabe, der Liebesexperte, der Casanova, der wusste, wie das andere Geschlecht tickte, ihn bewunderte er insgeheim und von ihm erhoffte er sich Rat.

„Hubert, ich habe da so ein Problem", fing er den Dialog nach der Schule an und nahm in Kauf, Ulrike und ihren Bus an diesem Tag zu verpassen.

„So, na dann schieß mal los!", ermunterte ihn Hubert.

Didi erläuterte ihm in aller Kürze seine Lage, ohne seine Nachstellungen zu erwähnen, ganz zu schweigen von der misslungenen Blumenaktion.

„So, also einen Rat möchtest du!", unterbrach Hubert im Stile eines angehenden Eheanbahnungsinstitutsbesitzers endlich die Stille, die nach Didis aufgeregter Rede eingetreten war. „Was ist dir denn der Rat wert?"

Unsicher sah Didi in Huberts Augen, der dem Blick standhielt.

„Möchtest du Geld, Hubert?"

Hubert legte die rechte Innenhand an sein ausladendes Kinn und strich darüber.

„Ja, gute Idee, oder warte. Du hast doch einen neuen Füller, von Pelikan. Hab ich doch bei der Englisch-Arbeit gesehen. Das neueste Modell. Der *M150* mit vergoldeter Edelstahlfeder. Mit Tintensichtfenster. Da kenn ich mich aus. Also, ich will dich ja nicht ausnehmen, mit Geld und so. Aber der Füller, der wär nicht schlecht. Hast ja sicher noch den alten!"

Ja, schoss es Didi durch den Kopf, den alten hatte er noch. Aber der kleckerte manchmal und der neue, das war sein Geburtstagsgeschenk. Hatte ihm die Mutter direkt bei Pelikan besorgt, wo ihr Cousin in der Chefetage arbeitete. Sonderpreis und so. Den sollte er abgeben? Aber viel stand auf dem Spiel, alles! Wenn Hubert ihm dafür den todsicheren Tipp gab! Für Ulrike war nichts in der Welt kostbar genug!

„Okay, kannste haben. Dann sag mal an!"

„Erst mal den Füller!", gab Hubert die Bedingung vor. Bei ihm galt, wie bei Partnerschaftsagenturen, Vorauskasse ohne Anspruch auf Rückzahlung bei Misserfolg.

Nervös kramte Didi den Füller aus seinem Mäppchen hervor und reichte ihn Hubert, der ihn eilig einsteckte. Didis Hände zitterten.

„Na gut, also das läuft so mit den Frauen."

Hubert holte zu einem umständlichen Exkurs aus, deutete manch gelungene Eroberung an und gab sich wie ein Gunter Sachs oder ein Julio Iglesias auf dem Zenit ihrer Verführungskunst. Ein Charmeur vor dem Herrn, und das mit fünfzehn Jahren. Das jedenfalls legte der gockelhafte Blick in die Ferne nahe, mit denen er die Namen seiner Eroberungen erinnerungstrunken preisgab: Sabine, Linda, Conny, Andrea, jeden Namen mit einem

Seufzer versehen, ach, war das schön mit ihr. Die Methode, die er schließlich Didi benannte, um ein Mädchen zu erobern, reichte allerdings nicht an Casanova und seine modernen Nachfahren heran. Nein, sie erwies sich als ausgesprochen schlicht, um nicht zu sagen: primitiv.

„Wo triffst du deinen Schwarm immer?"

„Treffen ist zu viel gesagt", gab Didi kleinlaut zu, „ich sehe sie halt immer am Bus. Morgens, vor der Schule, und auch am Nachmittag."

„Ha, stellst ihr wohl nach? Aber egal. Sie geht allein zur Schule? Keine Freundinnen? Und du hast ein Mofa?"

Didi nickte.

„Dann geht das so. Du fährst nicht mit dem Bus in die Schule, sondern mit dem Mofa. Wenn sie den Bus verlässt und zur Schule läuft, fährst du wie zufällig mit dem Mofa seitlich an sie heran."

Hubert stand auf. Didi sah ihn entsetzt an. Sollte das alles gewesen sein?

„Und dann, was mache ich dann?", fragte er panisch den Casanova.

„Na, dann ist doch klar, was du machst. Du gehst zum Totalangriff über. Fragst sie: Eh, hallo, willst du mit mir gehen?"

„Wie, so direkt?"

„Na, was denkst du denn! Wer nichts wagt, der gewinnt nicht. Glaub mir, die meisten Weiber sind froh, wenn sie einen abkriegen. Sogar …", jetzt zögerte er etwas, „sogar einen wie dich."

„Aber, ich mein, das …" Didi stammelte nur noch, während Hubert sich entfernte. Der neue Füller war weg. Er hatte keine Ahnung, wie er das seiner Mutter erklären sollte. Und wenn der Vater das erfuhr, setzte es was. Im Hinblick auf Ulrike war er kaum einen Schritt weiter. Sie einfach so anzumachen, mit so einem blöden, frontalen Satz! Darauf wäre er auch von alleine gekommen. Das traute er sich nie! Andererseits: Nichts ging voran. Seit Wochen war er liebeskrank, hatte abgenommen, obwohl sowieso nicht viel an ihm dran war. Kein Appetit, kein

Schlaf, in der Schule nur noch schlechte Noten und bei Ulrike kein Millimeter Bewegung nach vorne, nur solche bescheuerten Blumenaktionen mit Totalrückschlägen. Und Hubert war nun mal vom Fach. Ein Flirtprofi. Er musste es wissen.

So wartete er mit springendem Herzen und laufendem Mofamotor etwa dreißig Meter von der Haltestelle entfernt. Ulrike stieg pünktlich aus. Ihre langen, kastanienbraunen Haare wehten im Wind. Langsam fuhr er an. Noch zwanzig Meter. Noch fünfzehn. Ob sie nicht vom plötzlichen Motorengeräusch erschreckt? Das wäre der Supergau. Nein, er schaltete den Motor aus. Sanft rollte er heran, um dann mit leiser Stimme die Frage der Fragen zu stellen. Russisches Roulette. Es gab keine Alternative. Noch zehn Meter. Fünf. Das Mofa glitt lautlos heran. Schon wehten einzelne Haare fast in sein Gesicht. Jetzt, die Wangenknochen, die Augen von der Seite, hatte sie Kontaktlinsen?

„Willst du …“

„Huaaaachhh, Hiiilfeee, uuuaaaaaaah!!!!“

Sie zuckte mit dem ganzen Körper zusammen, drückte sich mit beiden Händen an die Brust, ja ging sogar kurz in die Knie und drohte auf den Asphalt des Fußweges zu stürzen. Mit einem Flackern in den Augen sah sie ihn kurz an. Dann begann sie zu rennen, wie um ihr Leben. Immer schneller, schulwärts. Nichts wie weg von diesem gespenstischen Kerl, der sie da so irrsinnig erschreckt hatte.

Didi schlug mit beiden Fäusten auf das Lenkrad seines Mofas ein, schrie mit undefinierbaren Lauten sein ganzes Elend heraus, nicht ahnend, dass Ulrike, an der Schule angekommen, einen Blick zurückgeworfen hatte und ihn nun so sah. Ein irre zuckender und wild brüllender Junge, der, so vermutete sie, dringend einer psychischen Behandlung bedurfte.

Mit dieser Einschätzung lag sie nicht ganz verkehrt. Didis Noten in der Schule verschlechterten sich nochmals. Am Ende des Schuljahres erfuhren Christel und Erich

Dollmann vom Klassenlehrer Weschke, Didis Noten reichten nicht für die Versetzung in die nächste Klasse.

„Wissen Sie denn, was er hat, Frau und Herr Dollmann? Er ist immer so unkonzentriert. Wenn ich nur wüsste, wo er mit seinen Gedanken spazieren geht?"

Mit siebzehn hatte Didi seine erste Freundin, Lisa, die sich ins Kino, in die Eisdiele einladen ließ. Sie war ein Jahr jünger und durfte noch nicht in die Disco. So sagte sie. Strenge Eltern und so. Bei einem Discobesuch auf eigene Faust entdeckte er sie und wusste, warum sie ihn nicht dabeihaben wollte. Sie knutschte mit dem Discjockey wild hinter der Musikanlage. Danach kam Babsi, 18 Jahre, mit großer Brille, vielen Pickeln und ziemlich korpulent. Sie war das Mauerblümchen der Schule. Zum ersten Mal schlief er mit einer Frau oder, besser gesagt, er versuchte es. Aber er war zu nervös, das mit dem Kondom gestaltete sich schwierig, und so blieb ihm nur Petting, die libidinöse Magerkost der Generation Mofa.

Sein Außenseiterdasein in der Schule, seine Misserfolge in der Liebe, die fehlende Nestwärme im Elternhaus, sie stürzten ihn in depressive Phasen. Nach dem mühselig erworbenen Abitur streifte er stundenlang über die Felder um Bruchköbel und um den Schmelz-Weiher, oft mit der Gitarre unter dem Arm. Er improvisierte, dachte über die Zukunft nach. Langsam wandelte sich der Frust in Trotz. Ja, wartet nur ab, ihr alle, die ihr mich so demütigt! Euch allen werde ich es noch zeigen! Jedem von euch! Wartet nur ab!

VII

Wolle hatte sich zum Termin beim Kapitän umgezogen. Die neue Wäsche war trocken, aber genauso knapp wie die, mit der er auf dem Pooldeck seinen Einstand gegeben hatte. Komisch, dachte er sich, niemand hat mir bisher etwas vom Kapitän erzählt. Selbst sein überaus gesprächiger Kabinennachbar nicht, Rauschi aus Berlin. Ihn hatte er unfreiwillig bei der Suhler Arbeitsagentur kennengelernt. Er hatte als Kameraassistent fürs Bordfernsehen angeheuert.

Der Chief Engineer, ein Klaus-Peter Schulz mit strengem Blick und mehreren Abzeichen auf den weißen Schultern, die ihn als hohes Tier in der NOFRETETE-Hierarchie auswiesen, nahm Wolle vor der Brücke in Empfang. Von oben bis unten musterte er den neuen Mitarbeiter der NOFRETETE. Sein Blick blieb an den hervorquellenden Bauchrollen und am Sieben-Tage-Bart hängen.

„Also weeste, so wollen Sie Kapitän Lars Aicher entgegentreten? Wohl keinen Rasierapparat dabei? Und klamottenmäßig ist das ja wohl auch der Hammer!"

„Ja aber, ich muss doch Dienstkleidung hier tragen, und da gibt es keine Übergrößen", versuchte Wolle einen Protest.

„Wie wäre es mit FdH? So viel wiegt nicht mal annähernd einer hier in der Crew. Und außerdem: Widersprochen wird hier nicht. Kapiert?"

Wolle zog die Unterlippe schmollend nach oben. So einen unfreundlichen Ton hatte er nicht erwartet. Nur im Unterbewusstsein hatte er den Namen des Kapitäns registriert: Lars Aicher. „Mann, das kann doch nicht wahr sein", flüsterte er jetzt zu sich selbst, während der Chief Engineer mit Fingerscanner den Hochsicherheitstrakt namens Brücke öffnete. Er stellte ihn dem nautischen Wachoffizier, Guido Hansen, vor, einem stillen Herrn um die fünfzig, der mit seinen Spitzohren und seinem Habitus als Herr der Hebel und Knöpfe verblüffend an Mister Spock von *Star Trek* erinnerte. Wolle wartete neben dem Pult voller Geschwindigkeits- und Steuerhebel und blickte gebannt auf Monitor und See. Wenige Sekunden später trat Lars Aicher aus einem rückwärtigen Raum hervor und Wolle schaute betreten auf den Boden.

„Wolle, Wolle, so, so! So treffen wir uns also wieder, du merkwürdiger Geselle!" Der Kapitän machte auch vor seinen Mitarbeitern keinen Hehl daraus, Wolle persönlich zu kennen. Sogar sehr gut. Sie schüttelten sich kurz die Hand, dann bat Lars Aicher Wolle in einen Nebenraum und überließ das Kommando seinem Stellvertreter.

„Was trinken?"

Wolle brachte keinen Laut hervor.

„Mensch, Wolle, warum so stumm?", brach Lars Aicher das Schweigen. „Hast du denn ein schlechtes Gewissen, weil du meine Mutter so schmählich im Stich gelassen hast? Ich mein, der Unfall, dafür kannst du ja nichts. Auch die Luther-Nummer kann man medizinisch noch halbwegs nachvollziehen. Aber als du dann aus der Klinik entlassen wurdest, wieso bist du da nicht zurückgekommen zu meiner Mutter? Zum Campingplatz? Wenn dir schon die *Blaue Bucht* nichts bedeutet hat, wieso dann aber auch die Rosemarie nicht? Sie hat dir doch ein Zuhause geschenkt, oder etwa nicht?"

Jede dieser Fragen traf Wolle mitten ins Herz.

„Ich war wirklich der Meinung, Martin Luther zu sein. Auch noch, als ich aus der Klinik entlassen wurde!"

Lars hatte sich erhoben und schenkte sich einen Kaffee ein, rührte die Milch um und sprach hinter Wolles Rücken: „Aber jetzt, jetzt glaubst du das doch wohl nicht mehr!"

„Nein, ich weiß, dass sich da einiges bei mir vermischt hatte. Auch mein früheres und nicht abgeschlossenes Theologiestudium ist da hervorgebrochen. Sonst wäre ich doch als Martin Luther nicht so glaubhaft gewesen. Sogar die evangelische Krankenhausseelsorgerin und ihr katholischer Kollege waren verunsichert und meinten, ich könnte wirklich Martin Luther sein, wenn es nicht so absurd wäre. Aber ich habe sie an den Mann aus Nazareth erinnert, der auf dem See ging und …"

„Ist ja gut, Wolle, reg dich nicht so auf. Ich habe ja auch das Buch über dein Leben gelesen. Dieses, wie heißt es noch mal?"

„*Lutherleben.*"

„Richtig, danke. Aber als deine Reise zu Ende war, als der Böhmische Kelch gefunden war, da hättest du doch zu meiner Mutter zurückkehren können. Stattdessen heuerst du hier an und machst dich zur Lachnummer."

„Zur Lachnummer?"

„Ja, wir haben dich vorhin beobachtet!" Lars Aicher wies mit dem Finger auf eine Ansammlung von Bildschirmen neben dem Pult des nautischen Wachoffiziers, von denen aus alle öffentlichen Außenbereiche des Schiffs zu sehen waren.

„Oh Gott!", stieß Wolle aufrichtig beschämt hervor.

„Sag, warum bist du nicht zurückgekehrt?"

Wolle schluckte.

„Also, dafür gibt es zwei Gründe. Erstens war ich einmal am Campingplatz. Da habe ich deine Mutter gesehen, ziemlich abgekämpft. Ihr gegenüber saß so ein alter Knacker, der hat seine Hand auf ihren Arm gelegt und so. Da habe ich mir gedacht, sie hat einen Neuen."

Damit schwindelte Wolle ein wenig, denn er war zum Campingplatz gefahren und hatte die Szene beobachtet, nachdem er zuvor in Suhl für die NOFRETETE unterschrieben hatte. Also war das Motiv reine Neugierde und nicht der Wunsch, wieder ein Leben mit Lars' Mutter auf dem Campingplatz zu führen.

„Ja, Wolle, das war wahrscheinlich Herbie vom Country-Club. Der ist öfter bei ihr. Und der zweite Grund?"

Der zweite Grund war in der Tat der eigentliche, der die Entscheidung zu Gunsten der NOFRETETE gebracht hatte.

„Also meine Luther-Reise hat mir gezeigt, dass ich einen Auftrag habe. Ich will und muss die Gedanken Luthers in unsere Zeit transformieren. Ich bin fest überzeugt, jeder Mensch braucht die Beziehung zu einer höheren Macht. Nur taugen die Kirchen in ihrer jetzigen Form nicht dazu. Die sind doch wie Relikte aus der Kreuzfahrerzeit. Die haben doch …"

„Tsch, Tsch, Tschschsch", unterbrach ihn der Kapitän und legte den Zeigefinger auf die geschlossenen Lippen.

„Um eins mal klarzustellen: Wir sind hier ein Schiff, auf dem die Leute in erster Linie Spaß und gute Laune suchen. Fun, Flirt, gutes Essen und Trinken, auch Sex, wenn es sich ergibt, dazu kulturelle Entdeckungen bei den Landgängen. Von dem ganzen Kirchenzeug und Gott und was weiß ich will hier keiner, verstehst du, keiner etwas hören. Mag sein, dass das auf anderen Kreuzfahrtschiffen möglich ist. Manche haben sogar Schiffsseelsorger und Bordkapellen und so was. Aber auf der NOFRETETE nicht. HIER NICHT! Verstehst du mich?"

Die letzten Worte hatte Lars mit drohendem Unterton gesprochen. Besser, wenn ich nichts mehr dazu sage, dachte sich Wolle, fühlte sich in seiner Aufgabe aber noch mehr bestärkt als je zuvor. Lars hatte genau die Punkte benannt, an denen er, Wolle, glaubte, die Beziehung zur höheren Macht neu herstellen zu können: Spaß, gute Laune, Fun, Flirt, gutes Essen, Trinken, Sex, kulturelle Entdeckungen. Lars hatte Recht. Die Kirche von heute war eine Spaßbremse. Aber die Vorsicht gebot ihm, zumindest für heute das Thema ruhen zu lassen. Zumal Lars keine kirchlich geprägte Kindheit in der ehemaligen DDR hatte, wie er von seiner Mutter Rosemarie wusste.

„Lars, du verstehst mich vielleicht irgendwann einmal. Aber darf ich dich um etwas bitten? – Das mit dem Animationsassistenten ist vielleicht nicht mein Ding. Könntest du mir nicht eine andere Stelle an Bord beschaffen?"

„Warum sollte ich das tun? Dafür, dass du meine Mutter im Stich gelassen hast?"

Wolle sah gequält aus. Lars hatte irgendwie Recht. Sie schwiegen eine Weile, und Lars schlurfte seinen Kaffee leer.

„Also gut", erlöste er Wolle nach einer Weile, „ich bin zwar auch als Kapitän nicht allmächtig und nur bedingt in Personalangelegenheiten eingebunden, zumal nicht auf deiner Stufe. Aber ich will sehen, was sich machen lässt. Hast du denn eine Aufgabe im Visier, die dir besser liegt als die Animation?"

Wolle zögerte mit Absicht einen Augenblick, dann sagte er, und es sollte beiläufig klingen: „Im Conference Center vielleicht?"

Kaum hatte er den Raum verlassen, rief Lars Aicher den Leiter der Suhler Arbeitsagentur an. Ob denn jetzt wirklich jeder, der sonst nicht zu vermitteln war, für die NOFRETETE empfohlen werde. Er habe da gerade so einen Fall, Wolle Luther. Das sei ja unglaublich, dass man den nicht an seinen letzten Wohnort vermittle. Dort suche man auf einem Campingplatz händeringend einen Hausmeister. „Moment, Moment", beeilte sich die Stimme aus Suhl, „da ist unser Sachbearbeiter Heinz Schmidt zuständig, der bekommt von mir höchstpersönlich einen Riesen-Stress. Können Sie sich drauf verlassen, Herr Kapitän, versprochen!"

Was Rosemarie ihrem Sohn vorenthalten hatte, waren die Weibergeschichten Wolles. Kein Rock, keine Leggins auf dem Campingplatz *Blaue Bucht* war vor dem Hausmeister sicher. Das war Rosemarie peinlich und sie sprach mit niemanden darüber. Aber darin lag der Grund, warum sie Wolle gar nicht mehr als Lebensgefährten wollte, nicht mal geschenkt. Lars kämpfte an verlorener Front. Aus guten Motiven, aber völlig sinnlos.

Irgendwie fühlte sich Wolle nach dem Gespräch erleichtert. Nun hatte er wenigstens Rosemaries Sohn seine Motive erläutert, warum die *Blaue Bucht* und die Pächterin des Campingplatzes für ihn keine Option mehr waren. Ballast hatte er von seiner Seele abgeworfen. Manchmal genügt es, wenn man das Belastende jemand anderem gegenüber einfach nur ausspricht, sagte er sich. Vergnügt ging er den Gang entlang in Richtung Theater, das sich mitten im Schiff über mehrere Decks verteilte und gigantische Ausmaße hatte. Von allen Seiten war es begehbar, sämtliche Gänge der Decks acht bis dreizehn mündeten auf die Ränge oder die Bühne.

Die beiden Neuankömmlinge Wolle und Rauschi lehnten sich an die Balustrade von Deck zehn, von wo aus sie einen guten Überblick über das Kommen und Gehen der Gäste und auch einen Einblick in die verschiedenen Restaurants hatten. Erst um 20.00 Uhr hatten sie ihren nächsten Einsatz. Rauschis Aufgabe war es, das

Kabel des Kameramanns beim Filmen der Abendshow fürs Bordfernsehen zu tragen. Wolle musste die Kleider für Bühnenstars bereithalten, die *Famoust heroes* anboten, eine Art Potpourri-Musical mit berühmten Figuren der Geschichte von Caligula über Dracula zum Schneider von Ulm.

Rauschi hatte in der Zwischenzeit als Kameraassistent die Lage sondiert, bei zahlreichen Interviews fürs Bordfernsehen mitgehört und konnte Wolle umfangreich in die Gästegruppen und ihre Besonderheiten einführen. Neben dem tonnengleichen Wolle, dessen Graubart sich im Übergang vom Stoppeldasein zum Gesichtsfell befand, sah der kleine Rauschi mit seinem großen Pickel auf der Nase, dem ausgedünnten Haar und dem Ziegenbart wie ein durchgebrannter Gartenzwerg aus. Nicht wenige Passanten hielten die beiden für Don Quichote und Sancho Panza oder Dick und Doof, die bei *Famoust heroes* einen glorreichen Auftritt hinlegen würden.

Wolle jedenfalls hörte aufmerksam zu, als Rauschi ihm die zum Abendessen defilierenden Gäste beschrieb. Noch bevor um 18.00 Uhr die schweren Tore des Behappy-Restaurants öffneten, stand Familie Becker aus dem Saarland unruhig davor. Vater Becker hatte lässig den gelben Pullover über die Schulter geworfen und die Hände verschränkt, also die typische Vati-Erscheinung, wie man sie sonst an lauen Sommerabenden in den Fußgängerzonen deutscher Touristenorte oder an Samstagnachmittagen in den Gängen von Ikea antrifft. Mutti Becker zog im Spiegel neben dem Lift den Lippenstift nach und wirkte mit ihrem trägerlosen Kleid im Pepitamuster und ihrem khakifarbenen und mit Blumen verzierten Sonnenhut reichlich überkandidelt. Gerade so, als wolle sie zum Sommerfest des Bundespräsidenten, allerdings zu dem von Theodor Heuss. Kaum hatten sie das Behappy-Restaurant betreten, stürzten sich die halbwüchsigen Söhne Ben, Boris und Bodo auf die Buffets, kommandierten die Philippiner herum und gaben ständig fast volle Teller zum Abräumen frei. Allein mit dem, was sie wegwarfen, hätte sich eine Familie am Horn von Afrika einen Monat ernährt, wohlgemerkt eine Familie somalischen Ausmaßes, also mit reichlich einem halben Dutzend Kindern. Nichts aber lag Vater Becker ferner als solche Gedanken. Er sah nicht nur seinen Kindern mit Freude bei ihrem rotzigen Verhalten zu. Nein, er selbst blieb bis zum Ende der Restaurantzeit um 21.00 Uhr sitzen, um den im Buchungspaket enthaltenen Hauswein in mehreren Karaffen in sich hineinzuschütten. „Mir han jo schließlich bezahld devor", stieß er hervor und seine Frau nickte verständnisvoll. Immerhin waren das die Augenblicke, wo er sie seit Jahren erstmals wieder öffentlich berührte, ihr ungelenk den Arm um die Schulter legte, wie sonst den Kollegen vom Obstbauverein beim Schnapsbrennen, und ihr ins Ohr lallte: „Bisch schon in Ordnung, mei Guudi!"

Am Tisch daneben saß Jupp Schmitz aus Köln mit seiner sommersprossigen Tochter Julia. Im Unterschied zu den Beckers sah man dem Ess- und Konsumverhalten von Vater und Tochter das Primatentum deutlicher an. Vater Schmitz, dürr und dünnhaarig, von Beruf Studiendirektor am Heinrich-Böll-Gymnasium, erinnerte mit seinem breiten Mund und der alles dominierenden Nase an einen australischen Emu, zumal er wie dieser und aus gleichen Motiven den Blick wild umherschweifen ließ. Kein Zweifel, er war auf Brautschau. Die erste Ehe war vor fünf Jahren in die Brüche gegangen und im Reisebüro hatte man ihm gesagt: „Vesuuuchen se es doch mal auf de NOFRETETE. Da hat schon so manches Töppche sin Deckelche jefunde."

Ob Helga Haseneier, gesprochen Hase-neier, Philomena von Pfuel oder Roswitha Knarz zum Deckel taugten, war eher zweifelhaft. Sie waren im Status der Witwe und einem Flirt nicht abgeneigt, ja insgeheim hofften sie auf eine Wende des Lebens. Sie träumten davon, noch einmal einen verständnisvollen Partner zu finden, warum nicht auch einen emugleichen, sicher tierliebenden (sie hatten alle einen Pudel und sich beim Gassigehen am

Offenbacher Mainbogen kennengelernt)! Aber sie waren mindestens eine Dekade älter als der Herr Studiendirektor. Da müsste schon ein Wunder geschehen. Aber dazu war man ja auf diesem Traum von einem Schiff! Wenn nicht hier, wo dann! So gingen sie auffallend oft zum Buffet, wenn sich Jupp Schmitz Nachschub holte. Nur Julia irritierte sie einmal mit dem laut ausgesprochenen Satz: „Papa, wat schauen denn die Omas dich so an? Kennste die?" „Hach, die süße Göre!", versuchte Roswitha Knarz die peinliche Situation zu retten. Jupp Schmitz sah sie an, nein, er sah haarscharf an ihr vorbei zur Salatbar, wo Gesine Harms Oliven auf ihre Konsistenz untersuchte. Sie, nicht die Witwen, erregte seine Aufmerksamkeit. So wogte das Topf-und-Deckel-Spiel auch an vielen anderen Tischen hin und her. Die NOFRETETE, das schwimmende Hotel der einsamen Herzen. Ja, es war ein Kreuz mit dem Zusammensein von Mann und Frau, und der Begriff der Kreuzfahrt füllte sich für die Liebe suchenden Reisenden auf eine für sie ganz eigene Weise.

Frei von diesen Sorgen waren die Kneippfrauen aus Stuttgart-Bad Cannstatt. Die siebzehn Damen waren bis auf zwei, die verwitwet waren, verheiratet, und ihrer sprühenden Laune merkte man an, wie glücklich sie waren, temporär diesem Lebenszustand entflohen zu sein. Nicht, dass sie alle unglücklich verheiratet waren, nein, keinesfalls. Aber in ihren Ehen, im Hausfrauendasein der meisten, war so viel Routine eingekehrt. Nicht einmal die neue Bluse bemerkte der Herr Gemahl. Da mal auszuscheren, so eine Woche gutes Essen, Kultur und vor allem Gespräche unter Frauen, das war ein Labsal, wie es größer nicht vorzustellen war. Schon am ersten Abend kam es zu erheblichen Persönlichkeitsveränderungen und hormonellen Schüben ungekannten Ausmaßes. Nur als Ottilie Greis im Behappy-Restaurant das alte deutsche Volkslied *Wenn alle Brünnlein fließen* anstimmte, bat der eilig herbeigesprungene Restaurant Manager Jack, das zu unterlassen. Das sei eins der wenigen No-Gos der NOFRETETE, er bitte um Verständnis. Stattdessen spendierte er im Namen ebenjener NOFRETETE dem ganzen Chor eine Runde spanischen *Cuarenta y tres*. Weiterer Alkohol tat sein übriges, und später, in der Tagund-Nacht-Bar, sagten die Letzten, die die Tanzfläche verließen, während Gesine Harms schon ihre ersten Runden drehte, zum hochgewachsenen Barkeeper aus Ghana nicht „Auf Wiedersehen" oder „Ciao", sondern „Bis später, Schätzle!"

Die optisch auffallendste Gruppe auf der NOFRETETE waren die sächsischen Imker. Die Panamahüte schienen an ihren Köpfen angewachsen zu sein. Selbst im Whirlpool hatten sie sie nicht ausgezogen. Die Gackereien und Aufgeregtheiten um sie herum schienen nicht zu ihnen vorzudringen, so sehr waren sie ins Fachsimpeln über die Imkerei vertieft. Welches Reisebüro ihnen die kostspielige Reise auf der NOFRETETE empfohlen hatte, blieb ein Geheimnis. Für ihre Zwecke hätte es auch eine Hütte im Elbsandsteingebirge getan.

Die Lutherjahr-Gruppe um Pfarrer Schwacke war den ganzen Abend über nicht zu sehen. Protestantischer Leistungsethik verpflichtet war man früh zu Bette gegangen. Am nächsten Tag galt es, die Eckpfeiler für das Reformations- und Lutherjahr 2017 festzuklopfen. Ein Jubiläum, das aus Sicht der Vorbereitungsgruppe wie weiland 2006 bei der Fußball-WM ein deutsches Sommermärchen zu werden versprach. Man hatte so viele gute Ideen! Nur einer, so stellte sich bald heraus, war da ganz anderer Meinung.

Das Conference Center entwickelte sich mehr und mehr zu einem Magneten für Tagungsreisende. Trefflich verband sich hier das Nützliche mit dem Angenehmen. Tagen und Speisen, Arbeit und Muße, Sinnieren und Sonnen, was ergaben sich doch für wunderbare Synergien! Bei der Eröffnung des Conference Centers waren die Abgeordneten aller im Bundestag vertretenen Parteien zu Gast. Die Reederei bot ihnen an, im ersten Jahr zu Sonderkonditionen die Räume und das Equipment zu testen. Ihre Meinung als gremiengeübte Multiplikatoren war zur Optimierung der Tagungsqualität gefragt und ihre Mund-zu-Mund-Propaganda Gold wert. So war es nicht verwunderlich, zahlreiche politische Gruppierungen vorzufinden, die auf dem Pooldeck, in den Restaurants und ab und an im Conference Center zu sehen waren.

Schon am ersten Nachmittag saß im oberen der drei Whirlpools eine Selbsthilfegruppe griechischstämmiger FDP-PolitikerInnen, die alle ihren Doktortitel nach Plagiatsvorwürfen verloren hatten. Sie sprachen im Pool kräftig diversen Cocktails zu. Auf öffentlichen Druck hin waren sie von allen Ämtern zurückgetreten. Jetzt lief die Weltpolitik ohne sie. Unvorstellbar! Natürlich lief es nicht gut! Schade, schade! Wenn man sie doch nur wieder mitmachen ließe! Aber heutzutage zählte Ehrlichkeit offenbar mehr als gute Politik.

Die Treppe zum Gourmet-Restaurant *Karibik* stieg eine Reihe PolitikerInnen der Linken hoch. Ein Spezialitäten-Restaurant mit stattlichen Preisen, wo das gemeine Volk keinen Zugang hatte. Anführer der Gruppe war ein Herr mit Ernst in der Miene, Designer-Anzug und im Landleben bekennender Porsche-Fahrer. Sie hatten an diesem Nachmittag zum Thema „Glaubwürdigkeit in der Politik" im Conference Center getagt.

Eine an der Zahl beachtliche Gruppe ehemaliger CDU-Abgeordneter im Stuttgarter Landtag fand sich, nach heftigen Diskussionen im Conference Center, im Beauty-Bereich auf Deck dreizehn ein. Sie erhofften am Ende der Tagung Antworten, wie man zukünftig bei Wahlen „obe bleibe" kann.

Aus dem Landtag des benachbarten Bayern reisten sämtliche SPD-Abgeordneten auf der NOFRETETE mit. Also zwei, die zu vorgerückter Stunde gar nicht leise von der Selbstauflösung der Bayern-SPD vor der nächsten Wahl mangels Erfolgsaussichten trotz Lügenbaron und Pauly-Bankrott schwadronierten.

Nur die Grünen waren nirgends auf dem Schiff mit seiner ökologischen Negativbilanz zu sehen. So schien es. Doch dann tauchten Gerüchte auf, zur Prüfung des

Umweltberichts der NOFRETETE – zumindest sei das das vordergründige Motiv – nähmen einige VertreterInnen in einem der weniger zugänglichen Bereiche unter Decknamen ihre Drinks in der Bar der Kostverächter ein, mit eigens aufgebautem Müslibuffet fürs Frühstück und Körnerbar für den Abend.

Dank Rauschi hatte Wolle nun ein wenig Durchblick. Bei der Abendshow band Wolle Klaus Störtebeker irrtümlich die Flügel des Schneiders von Ulm um, drückte Mutter Teresa das blutige Messer, mit dem die altrömischen Gegner Caligula rituell geschlachtet hatten, in die Hand und fabrizierte, zur Erheiterung des Publikums und zur Verzweiflung von Jenny und Kai, noch einige andere kleine Verwechslungen. Danach streifte er durch die Gänge und über die Decks und sortierte die Eindrücke unter seinem großen Thema, wie das alles mit dem Glauben an eine höhere Macht in Verbindung stand. In der TagundNacht-Bar wohnte er der Show einer Flamenco-Gruppe bei. Das rhythmische Klatschen der Sängerinnen und Tänzer, die mit einer eigenwilligen Bewegung der rechten Hand den linken Daumen regelmäßig hochstreiften, hob sich wohltuend ab von dem monotonen, an pawlowsche Reflexe erinnernden Klatschen wie es bei vielen Deutschen zu Schunkel- und Bierzeltklängen einsetzt. Dann die Tänzerin. Welche Hingabe! Aufgehen im Tanz, voller Grandezza! Dazu die empathische Sängerin, der begnadete Gitarrist, das tönende Stampfen der Absätze. Wolle klatschte verzückt mit und schrie geradezu ein „Bravo!“ beim donnernden Abschlussgeklapper der Kastagnetten. Dann die Aufforderung, wer mit dem Tänzer der Truppe eine Sevillana zu tanzen bereit sei. Ein pummeliges Mädchen, vielleicht fünfzehn, meldete sich. Kaum, dass sie den Tanz begann, mit dramatischen, abgehackten Bewegungen, traten zwei, drei Speckrollen ihres Bauches aus dem T-Shirt hervor. Sie scherte sich nicht darum, im Gegenteil, sie stand dazu. Alle Blicke des Publikums klebten jetzt an ihr. Der Schüttelspeck, die beweglichen Schultern, die kunstvollen Luftgemälde, wie sie die Hände zeichneten, vor allem aber: die maronenbraunen Augen, die funkelten – eine Wildkatze, die jagt. Dem Publikum stockte der Atem. Wolle fasste sich unwillkürlich an den Bauch. In Zukunft stehe ich noch mehr zu meiner Plautze, sagte er sich. Ja, vielleicht werde ich sogar mal Flamenco lernen!

Erschöpft vom ersten Tag auf See betrat Wolle die enge Kabine und fand Rauschi vor, schnarchend wie ein sibirischer Tiger. Irrtümlich öffnete er statt seines eigenen Rauschis Schrank. Ungläubig sah er dort eine größere Sammlung Cocktail-Mixer, Wein-Karaffen, mehrere Flaschen *Cuarenta y tres*. Alles aus dem Besitz der NOFRETETE. Am nächsten Morgen stellte er Rauschi zur Rede, der aber nur trotzig davonstampfte. Es gab keinen Zweifel: Rauschi war Kleptomane.

VIII

Ende seiner Schulzeit. Auszug aus dem elterlichen Haus. Didi zwischen Genie und Wahnsinn, zwischen begnadetem Künstler und potenziellem Amokläufer, zwischen stillem, aber tief gründendem Wasser und tickender Bombe. Er bewunderte die Sängerin Janis Joplin. Früh verstorben. Wie sie zog ihn die erfolglose Suche nach Liebe, einem Zuhause für die Seele und nach ehrlicher Anerkennung in schwarze Löcher. Alkohol, Alkohol, gelegentlich härtere Drogen – wann öffnete sich ein Weg? Er komponierte, improvisierte wie im Fieberwahn auf der Gitarre. Innerlich zerrissen drückten seine Lieder, deren Texte anfänglich an Rimbaud und Verlaine geschult waren, tiefe existenzielle Not und zugleich bebende Hoffnung aus. Nach einigen Solokonzerten in zwielichtigen Discos am frühen Abend, wenn noch kaum jemand da war, gründete er eine Band. *Untamed Heaven*, die manchmal auch unter dem deutschen Titel *Wilder Himmel* auftrat, fand ihr Publikum. Nach einem Jahr gab es richtig gutes Geld für Auftritte nicht nur auf Sportfesten und

Kirmesfeiern, sondern auch für eigene Konzerte. Finanziert nur durch den Eintritt. Bald kamen Einladungen zu Festivals. Parallel dazu studierte Didi BWL in München. Für eine Musikerkarriere, so sagte er sich, war es mit Sicherheit kein Nachteil, sich mit finanziellen Dingen auszukennen. Wenn auch mit schlechtem Abschluss, schaffte er nach sechs Jahren das Examen.

Die erfolgreichen Auftritte als Musiker, das Bestehen der Prüfung und auch ein paar One-Night-Stands mit flüchtigen Bekanntschaften stärkten sein Selbstbewusstsein. Auch sein Äußeres entwickelte sich positiv. Sein Kopf war immer noch länglich, doch die ehemals abstehenden Ohren hatten sich irgendwie angelegt. Die früher so wuscheligen Haare waren jetzt einem gestuften Fassonschnitt gewichen, der durch ein paar kleine helle Spitzen im dunkelblonden Haar einen besonderen Kick erfuhr. Die Fingernägel pflegte er jetzt. Bei der Kleidung legte er Wert auf Sportliches, auf Markenware.

Nach dem Examen stand die Frage: Job in der Wirtschaft oder mit Musik weitermachen. Die Antwort erübrigte sich nach einem Interview, das er dem Bayerischen Rundfunk gab. Verschüttet unter den Trümmern seiner Jugend trat bei ihm eine Schlagfertigkeit hervor, die selbst den Interviewer, einen alten Hasen aus der Rockszene, sprachlos machte. Viele begeisterte Anrufe nach der Sendung gingen auch nicht am Programmchef des Senders vorbei. Wenige Tage später lag Didi das Angebot vor, eine eigene Sendung zu moderieren. Von da an ging es steil bergauf. Weitere Sendungen in der Primetime, dazu Einladungen bei verschiedenen Fernsehsendern, vor allem bei den immer bedeutsamer werdenden privaten Anstalten, verschafften ihm eine Berühmtheit, die mit hohen finanziellen Einnahmen einherging.

Aber es gab Rückschläge. Trotz seines BWL-Studiums saß er einem Finanzschwindler auf, der ihm astronomische Renditen für die Investition in chinesische Pinienhaine versprach. Der Betrüger setzte sich auf die Seychellen ab, mit Didis Geld, fast seinem ganzen Vermögen. Später, in seinem neu erbauten Haus am Tegernsee, nachdem er sich finanziell wieder auf schwindelerregende Höhen hochgearbeitet hatte, überfiel ihn eine maskierte Bande. Neben der Todesangst, die er auszustehen hatte, stahlen sie ihm Geld, Schmuck und, viel schlimmer, eine Vielzahl von Erinnerungsstücken. Wochenlang war er nach dem Überfall traumatisiert, erwägte den Wegzug vom Tegernsee in ein anderes Haus oder noch besser eine Stadtwohnung. 120 Quadratmeter, klein, kuschelig. Wozu unterhielt er Häuser zeitgleich in Lugano, Saint-Tropez, Palm Springs und Bad Wiessee, dazu eine Penthouse-Wohnung in Paris? Jede Immobilie erforderte einen enormen Sicherheitsaufwand. Wenn er mal in einem der Häuser weilte, war es ihm dennoch fremd. Hausmädchen und Gärtner schwirrten ständig umher und nahmen jede persönliche Freiheit. Kein Rülpsen, kein Mal-nackt-durch-den-Garten-Laufen. So vermietete er nach dem Überfall im Haus am Tegernsee alle anderen Villen, verkaufte die Pariser Wohnung und legte sich zwei Stadtwohnungen in München und Hamburg zu, 120 und 160 Quadratmeter, bescheiden für seine Verhältnisse. Das galt auch für den Fuhrpark, der früher in jedem Haus mindestens drei Luxusautos umfasste. All die Lamborghinis, Maseratis und Ferraris gab er ab, weil auch sie ihn eher unfrei als glücklich machten. In seinem *Speedster*, von dem er je ein Exemplar am Tegernsee und in Hamburg hatte, wusste er, wo die Knöpfe und Hebel waren. Das lästige Studieren und Lesen der Gebrauchsanweisung bei jeder Ausfahrt entfiel. Alternativ zum *Speedster* hatte er am Tegernsee noch einen BMW *Z4 Roadster*, und Nataschas roter Mini Cooper *Chili Pepper* gehörte ihm auch und stand vor der Haustür. Das genügte völlig.

Die vielen Autos und Häuser konnte er sich leisten, weil ihm mit einer Fernsehsendung der absolute Durchbruch gelungen war: *Einer ist der Doofste*. Rund acht Millionen Deutsche sahen jede Staffel, die vor allem jüngere Menschen ansprach. Aufgabe der Kandidaten war es, dumme Fragen zu formulieren und auf die gefundenen, meist falschen Antworten ein Lied zu texten. Der Song war dann mit Karaoke vorzutragen. So gab es auf die Frage nach dem Ort des schiefen Turms von Pisa die Antwort „Genua“ und ein Gedicht in Knittelversen, das die Sorgen vom Wurm unter dem Turm besang, mit Karaoke auf *Haus am See* von Peter Fox. Tausende Bewerbungen um die Teilnahme gingen für jede Staffel ein. Alle wollten gewinnen und am Schluss der oder die Doofste sein. Zwar war das keine schöne Etikettierung, nein, wirklich nicht. Aber das Ganze war schräg, abgefuckt, durchgedreht, geil und cool. Die Gier, mit der die Kandidaten nach dem Titel des Doofsten geierten, brachte Quote, Quote, Quote. Und das bedeutete Werbung, Werbung, Werbung. Und die brachte Geld, Geld, Geld.

Didi selbst hatte die Idee zu dieser Show, zu der es in den USA nur ein entfernt ähnliches Vorbild gab. Er beantragte den Markenschutz für die deutsche Ausgabe beim Patentamt in München. Die Einnahmen aus dem gesamten Merchandising-Bereich flossen zu einem erheblichen Teil in seine Privatkasse. Und welches Kind träumte nicht davon, ein T-Shirt mit dem Aufdruck „Einer ist der Doofste“ unter dem Weihnachtsbaum vorzufinden.

Der Star der Sendung war natürlich Didi, der seine Kandidaten gezielt beleidigte. Nur die Dollen schöpfen aus dem Vollen, lautete einer seiner Leitsätze. Dazu die Slogans der Sendung, die er selbst kreiert hatte und die er zum quietschenden Mitbrüllen des Livepublikums ständig einwarf: „Du wirst Deutschlands Doofster!“, „Doof, Doofer, Dollmann“, „Je doofer, desto Dollmann!“, „Didi und Doof“ und so weiter. Mal warf er der Kandidatin vor: „So doll-doof schaust auch nicht aus“, mal sagte er dem männlichen Mitbewerber: „Na, haben wir da so ein kleines Klugscheißerchen? Wie willst du jemals ein Doofilein werden?“

Didi Dollmann hatte die Mechanismen des deutschen Entertainments durchschaut, die Regeln des Quotensiegs verinnerlicht, die letzten moralischen Standards, die noch bestanden, exekutiert. Unterhaltung nach seinem Ableben, undenkbar. Nach ihm die Sintflut, das Harmagedon und die Sieben Plagen der Endzeit, *tabula rasa* für Fernsehshows, die Erde würde wieder wüst und leer sein.

Doch das alles war für ihn nur ein Spiel. Fernsehen, das war für ihn Circus Maximus, wo die Menschen das bekamen, was sie begehrten. Didi verstand sich als Dienstleister, der sich ein erstaunliches Maß an Ehrlichkeit bewahrt hatte. Wenn er Kandidaten kritisierte, und er kritisierte immer Kandidaten, dann, weil es seine ehrliche Meinung war. Wenn andere das als Angriffe unterhalb der Gürtellinie, als geschmacklos oder böse betrachteten, bitteschön, dann war das ihr Problem, nicht seins. „Ich tue“, so sprach er manchmal zu Sissi, seiner Angorakatze, wenn sie ihr Futter aus der Blechdose schleckte, „nichts anderes als die von Kitekat. Du bekommst Kabeljau und Seelachs in Soße. Zwar ein bisschen Abfall drin, aber dir schmeckt's und du wirst satt. Und das ist entscheidend.“

Auch gegenüber seinen Freundinnen hielt er das Spiel aufrecht. Mit dem Erfolg wuchs die Zahl der Verehrerinnen rapide. So manche Telefonnummer klebte nach der Show am Scheibenwischer seines Autos. Sie umschwärmten den Dompteur im Circus Maximus, nicht einen reflektierenden Medienstar mit problematischer Kindheit. Für ihn hatte das den Vorteil, die Defizite im Hinblick auf das andere Geschlecht aus seiner Jugendzeit weit mehr als nur zu kompensieren. Schon als Gitarrist und Frontmann von *Untamed Heaven*, gepaart mit der Pflege seines äußeren Erscheinungsbildes, hatte sich das Blatt zu wenden begonnen. Die Karriere beim Rundfunk, vollends aber die beim Fernsehen und die Show *Einer ist der Doofste* bescherte ihm Möglichkeiten, die auszukosten gleich mehrere Teams der National Basketball League in den USA nicht ausgereicht hätten. Er pickte sich die Frauen heraus, die seinem Geschmack entsprachen, vor allem junges Gemüse, das seinem Alterungsprozess, so hoffte er, entgegenwirkte. Aus seiner fatalen Jugend geblieben war ihm die fehlende Achtung vor Frauen, mit denen er zu tun hatte. Er hatte das Gefühl, sie für etwas abstrafen zu müssen, und begann, sie hemmungslos zu belügen. Ihm verschaffte es einen besonderen Kick, mit Terminen und erfundenen Geschichten zu jonglieren und so mehrere Freundinnen gleichzeitig zu halten, ohne dass die voneinander wussten. Mehr und mehr entwickelte sich dieses Spiel zur Droge, vor allem, als er auf Anraten des Arztes seinen hohen Alkoholkonsum drastisch reduzierte. Wie im Fernsehen gegenüber einer anonymen Masse, so fühlte er sich in seinen Frauenbeziehungen ganz individuell als Herrscher, Dompteur, Sieger.

Mit Natascha Nowikows Eintreten in sein Leben änderte sich sein Lebenswandel. Sie war die erste Frau seit Jahren, die richtig bei ihm einzog. Erstmals lebte er monogam. An ihrem Äußeren faszinierte ihn etwas, was ihn entfernt an Ulrike Braunholz erinnerte. Vielleicht waren es die hohen Wangenknochen, wie man sie an Russinnen oft beobachtet. Ja, Natascha war Russin und zum Mode- und Design-Studium nach Deutschland gekommen. Intelligent, schön, gebildet und aus besten russischen Kreisen hatte sie eins der begehrten Stipendien ergattert. Neben einem erfolgreichen Studium in Deutschland gab sie ihr zweites Ziel unumwunden zu: Einen reichen, gerne auch älteren Mann finden, der ihr ein paar Annehmlichkeiten wie exklusives Shoppen, ein kleines Autochen und ein bisschen zusätzliches Bargeld zum bescheidenen Stipendium ermöglichte. Mit ihren ellenlangen Beinen, zusätzlich verlängert durch unglaubliche High Heels und minikurze Röcke, beides wie es nur Russinnen tragen, war sie eine Erscheinung, die bei jedem Empfang die munter parlierenden Männerstimmen zum Ersterben brachte. „Wow, Wahnsinn", murmelten sie nach dem ersten Schreck. Eine wie Natascha war sogar für Didi eine Herausforderung. Als er sie zum ersten Mal auf sein vom Hausmädchen frisch bezogenes, achteckiges Bambuswasserbett im Haus am Tegernsee warf, hatte selbst er mal wieder das Gefühl, eine Frau richtig zu erobern. Was Didi unterschätzte, waren die angeblich besten russischen Kreise, aus denen Natascha kam.

IX

Er hatte es geschafft. Nach langwierigen telefonischen Verhandlungen des Kapitäns Lars Aicher mit Natalie Holler, Vice President Human Resources Management NOFRETETE Cruises, hatte diese ihm die Rolle zugestanden, die ihm wie auf den Leib zugeschnitten war: Getränkeassistent und zweiter Mundschenk im Conference Center. Hier war es ihm möglich, den Konsultationen zum Lutherjahr 2017 zu folgen. Niemand ahnte seine geheimen Ambitionen. Nur Pfarrer Schwacke, der Sting-Doppelgänger, sah ihn verwundert an, als er ihm ein stilles Wasser servierte. Er wusste sich nicht mehr an Wolles Namen zu erinnern, auch nicht an den markanten Nachnamen.

Schwacke, von seiner Landeskirche dazu beauftragt, eröffnete kurz die Tagung. „Ich hoffe, Sie haben alle gut geruht. Ich möchte eine kleine Andacht halten. Ich lese uns die Losung. Lassen Sie uns jetzt singen *All Morgen ist ganz frisch und neu des Herren Gnad und große Treu.*“

Ein müder und dissonanter Chor hob an. Man sah vielen Vertretern aus Politik, Wirtschaft und Tourismus den Schrecken ins Gesicht geschrieben. Schwacke hatte sie überrumpelt, ja, sie waren tatfrische Opfer einer Nötigung. Was unterstand sich der Kirchenvertreter, sie mit dieser Gesangsaufforderung zu kujonieren? War das nicht was für den Datenschutz? Denn hier zeigte sich, wer geübt war in kirchlichen Traditionen. Wer dem Verein Kirche angehörte und wer nicht. Indigniert schauten sie durch die mannshohen Fenster aufs weite Meer und fragten sich, worauf sie sich hier bloß eingelassen hatten.

Nach dem Katzengesang, den nur Schwacke, zwei weitere Geistliche, erkennbar am Silberkreuz, das auf das Anzugsrevers geheftet war, und eine ausgesprochen spröde wirkende Frau bis zum Ende durchgehalten hatten, ergriff ebenjene Frau das Mikrophon.

„Tach allerseits, mein Name ist Gesine Harms und ich bin Regionalpröpstin und Vize-Superintendentin der Evangelisch-Lutherischen Kirchen zwischen den Meeren, kurz: ELKZDM und Beauftragte der Lutherischen Kirchen in Nord-, Nordwest-, Nordostdeutschland samt nord- und westfriesischen Inseln sowie Ostseeinseln ohne Hiddensee, kurz: Beauftragte der LKINNWNOSNUWISOOH. Außerdem Verbindungsfrau für den Rat der Lutherischen Kirchen in Süd-, Mittel- und Südwestdeutschland, kurz RLKSMSWD. Ich besitze die Kompetenz-Kompetenz, das heißt, es besteht eine grundsätzliche Vermutung meiner Zuständigkeit, soweit kein anderes Leitungsorgan zuständig ist. Ich nehme teil, um Ihnen gleich ein großes Projekt zu verkünden."

Bei den anderen Teilnehmenden machte sich Unruhe breit. Schwacke hatte nicht mal in das Thema eingeführt, da riss diese Harms das Wort einfach so an sich.

„Tagesordnung, hallo", riefen einige, aber Gesine Harms beruhigte sie mit einer flachen Handbewegung und fuhr fort:

„Also, meine Damen und Herren, liebe Schwestern und Brüder", bei dieser Anrede blickten nicht wenige verstört auf den Boden, „wir in Schleswig-Holstein leiden seit der friedlichen Revolution von 1989 darunter, dass die Touristen nicht mehr zu uns, sondern in die neuen Bundesländer fahren. Eutin, die alte Residenzstadt, ist sich nicht zu schade, sich ‚Weimar des Nordens' zu nennen. Die Luther-Touristen, wo fahren sie hin? Nach Eisenach, Erfurt, Wittenberg. 2017 wird sich das noch verschärfen. Wer aber stellt die meisten Evangelischen in Deutschland? Doch wohl wir im Norden und Westen. Ungerecht, oder?"

Die Stimme der Pröpstin rutschte immer mehr ins Keifen ab. Allgemeines Brummeln. Wolle servierte, zur Beruhigung der Gemüter, einen San-Francisco-Cocktail, alkoholfrei.

„Ja, und deshalb werden wir 2017 ein großes Luther-Denkmal errichten. Worms, Erfurt, Wittenberg, kann man vergessen! Erbaut wird es, um ein Zeichen in die Zukunft zu setzen, im Offshore-Windpark *Alpha Ventus* vor der niedersächsischen Nordseeküste. Luther in der Deutschen Bucht, das ist noch symbolkräftiger als Hermann im Teutoburger Wald. Hach!"

Große Unruhe. Kakophonie pur. Einzelne Pfui-Rufe. Sahen da manche ihr Fell davonschwimmen?

„Da kann selbst der Christus auf dem Corcovado in Rio einpacken! Und das Beste: Die Finanzierung steht! Die Energiekonzerne von *Alpha Ventus* machen das! Sogar einen Slogan haben wir: Wir machen Wind mit Luther! Alternativ auch: Luthers Winde! Hach! Hach!"

Von sich selbst überwältigt sah Gesine Harms mit stolz geschwellter Brust, nein, einfach stolz in die aufgewühlte Menge. Wie Jeanne d'Arc das Schwert hob sie das Wasserglas und führte es mit hoch angewinkeltem Arm zum Mund.

Das währenddessen einsetzende Gezeter und wilde Getuschel ebbte erst ab, als Schwacke das Wort ergriff und den weiteren Ablauf der Tagung erläuterte. Die einzelnen Lutherstädte waren gehalten, ihre Projekte und Ideen für 2017 in einem zwanzigminütigen Vortrag zu präsentieren. Allgemein gelte, man müsse kooperieren, sich vernetzen, Synergien suchen. Nach dem leidenschaftlichen Plädoyer der Regionalpröpstin machte sich jetzt schläfrige Tagungsroutine breit. Die Hochburgen der Reformation kündigten zum Beispiel Ausstellungen mit Gesangbüchern des 17. Jahrhunderts mit Ausnahme der Zeit zwischen 1665 und 1669 an. Man plane die Erweiterung einer Original-Lutherstätte um einen drei Quadratmeter großen Raum, um eine Schnupftabakdose der französischen Königin Katharina von Medici auszustellen, die wenige Jahre nach Luthers Tod, aber wohl kaum im Zusammenhang mit diesem, das Schnupfen hoffähig gemacht habe. Ganz avantgardistisch gab man sich an einem anderen Luther-Sakralort: Man feile an der Entwicklung eines Audioguides, der es, sollte sich das Projekt bis 2017 realisieren lassen, dem Besuchenden ermögliche, auf den Spuren Luthers zu wandeln und Wichtiges über den Reformator zu erfahren. Also zum Beispiel „Hier hat er ein Käsebrot verspeist", „Hier hat er sich eine Blase am rechten Fuß gelaufen" oder „Hier suchte ihn die Diarrhö heim".

Trotz des langen Nachtschlafes kämpften viele Teilnehmende ständig gegen die Müdigkeit an. Doch es schien, als habe ein unsichtbarer Sandmann sein Zentrallager aufgelöst und ins Conference Center gestreut. Beim letzten Referat, das gar nicht unwitzig und zur NOFRETETE-Tagung passend von Georg Spalatin als dem Steuermann der Reformation handelte, lagen einige männliche Tagungsteilnehmer in ungelenken Posen mit geschlossenen Augen auf ihren Sitzen, röchelnd, brabbelnd, auch ein wenig sabbernd. Selbst Gesine Harms zollte ihren sportlichen Höchstleistungen der frühen Morgenstunde Tribut und warf ihren Kopf im Halbschlaf hin und her wie eine hypnotisierte Schleswiger Kaltblutstute.

Erst als Schwacke dem Spalatin-Referenten dankte und mit Tischklopfen Applaus andeutete, erwachte das Auditorium sukzessive wie Fauna und Flora am Ngorongoro-Krater beim ersten Regen nach der Trockenzeit.

„Ich denke", band Schwacke den Sack zu, „wir haben jetzt alle einen guten Überblick zu den Projekten für das Reformationsjahr. Und ich glaube, sagen zu können: Großartig! Danke für Ihre Anstrengungen! Heute Nachmittag werden wir ausloten, wo wir uns vernetzen können, welche Strategien und Synergien hinsichtlich der gemeinsamen Bewerbung all dieser wundervollen lokalen Initiativen möglich sind. Meine Damen, meine Herren, vielen Dank!"

Kollektives Klopfen, Aufstehbewegungen. Doch dann ging eine Stimme dazwischen:

„Moment ma, ick hätt' da noch 'ne Frare, wenn se jestatten!"

Wie aus dem Nichts war Rauschi aus dem rückwärtigen Regieraum des Conference Centers aufgetaucht.

„Also nur, det se wissen, wer ick bin. Rauschi mein Name, von den Team von dit Bordtivi. Wir ham ja hier ne fest installierte Kamera, und mit den Ding ham wa ihre jute Tagung mitjeschnitten. Dit Wichtichste sehn se denn ab sechse uff'n Abend in ihre Kabine im Bordfernsehen. Is mit ihrm Chef so abjesprochen!"

Er zeigte auf Schwacke, der unschlüssig zu den anderen schaute. Die vom Bordfernsehen hatten ihn gefragt, ob ein Beitrag zur Tagung denkbar wäre. Aber von fest installierten Kameras war keine Rede. Die Opfer des Sandmanns sahen entsprechend konsterniert auf Rauschi.

„Na nu ma keene Panik, meine Dame und meine Herren. Ick wees schon, Sie ham Sorje, det ick ihr kleenes wohlvadientes Nickerchen zeije. Mach' ick aber nich, Ehrnwort. Wird jeschnitten."

Erleichterung machte sich breit, ein paar scherzhafte Bemerkungen, übertriebenes Lachen.

„Also, wie jesaacht, ick hätt da ma noch 'ne Frare, wenn Se jestatten."

Er blickte zu Gesine Harms.

„Wat Se da jesaacht ham mit den ollen Luther inne Nordsee mitten zwischen die Windräder, dit hat mir ausjesprochen jut jefalln. Aber saren Se ma, wer soll sich denn den in dit unwirtschaftliche Jebiet da eingtlich ankieken? Da komm doch jar keene Touri-Boote hin, schon wegen die Sicherheit."

Die Regionalpröpstin holte tief Luft und setzte zu einer langen Antwortrede an. Schwacke aber sah die sich blitzartig verfinsternden Gesichter der anderen Tagungsgäste.

„Das Plenum ist beendet. Die Frage kann im Zweiergespräch geklärt werden."

Alle stoben auseinander, nur Schwacke sammelte noch seine Unterlagen zusammen. Gesine Harms erklärte Rauschi den Sinn des Luthers zwischen den Windrädern. Um die Symbolik gehe es, und Luther müsse groß gemacht werden, größer, ach, groß genug könne das Monument gar nicht sein. Projektkünstlerinnen und -künstlern werde die Möglichkeit gegeben, das Denkmal in einem Wettbewerb mit dem Thema „Luther, der Wind und das himmlische Kind“ zu deuten. Kompositionen für Laute und Windrad kämen als Auftragswerke zustande. Dazu literarische Wettbewerbe mit renommierten deutschsprachigen Autoren unter dem Motto „Luther, vom Winde verweht?“. Ferner ein internationales Windjammer-Rennen rund um das Luther-Memorial, das die Bezüge Luthers zum Leistungssport und dessen Konnotationen zur protestantischen Leistungsethik zeige.

„Ach, Herr Rauschi, Sie können gerne schon während der Montagearbeiten in der Nordsee drehen, ich habe da so meine Kontakte, hier ist meine Karte.“

Rauschi, der Kabelträger des Bordfernsehens, nickte verständnisvoll, murmelte „genial, genial“ und verschwand wieder im Regieraum. Auch Schwacke und Harms strömten zum Mittagsbuffet, um anschließend am Landausflug nach Karthago und ins Künstlerdorf Sidi Bou Said teilzunehmen. Die NOFRETETE hatte während der vormittäglichen Tagung in La Goulette vor Tunis angelegt.

In Wolle, der brav die ganze Zeit im Servicebereich, wo er alles mithören konnte, ausgeharrt und ab und zu die Getränke nachgefüllt hatte, brodelte es. Sollte das alles sein? Keine einzige Veranstaltung, die auch nur annähernd Luthers Denken für unsere Zeit erfragte! Wollten diese Damen und Herren Luther beleidigen? Ihn, den kreativen Denker, den Seelsorger par excellence, der immer auf die Ängste und Sorgen der Menschen geachtet hatte! Warum hatte er den Menschen seiner Zeit den gnädigen Gott gepredigt? Weil sie, von der Kirche auf das Schimpflichste geschürt, voller Angst vor dem Jüngsten Gericht, Fegefeuer und Höllenqualen waren. Zu Luthers Zeit hatte das die Menschen Tag und Nacht umgetrieben. Und heute? Hatten da die Menschen nicht ganz andere Fragen? 500 Jahre waren vergangen. 1969 betrat der erste Mensch den Mond. Luther schalt Kopernikus, als der die Mittelpunktstellung der Erde im All in Frage stellte, einen Narren! Würde er das heute auch noch tun? Luther sprach mit der größten Selbstverständlichkeit vom dreieinigen Gott. Wer konnte damit heute noch etwas anfangen? Als er, Wolle, den Begriff neulich in einen Computer eingegeben hatte, unterkringelte das Rechtschreibprogramm das Wort „dreieinig“ als falsch und bot stattdessen „dreibeinig“ an. Der dreibeinige Gott, das war der Wissensstand eines Softwareprogrammierers im 21. Jahrhundert. Würde Luther trotzdem unverdrossen den dreieinigen Gott verkünden, auch wenn niemand mehr etwas damit anfangen konnte? Wolle dachte an Luthers Sündenbegriff. Der in sich Hineingekurvte, dieses Bild für den von der höheren Macht getrennten Menschen als Sünder hatte der Reformator verwendet. Und heute? Wo war Sünde heute noch präsent? Wenn man zu schnell Auto fuhr, dann kam man in Flensburg in die Verkehrssünderkartei. Im Kölner Karneval sang man unverdrossen das Lied *Wir sind alle Sünderlein* von Willy Millowitsch und meinte damit das, was heute die erste Assoziation beim Wort Sünde war: Im Sinne von „Ich habe ein bisschen viel Alkohol getrunken, ich habe trotz Übergewicht eine Sahnetorte gegessen.“ Die Sünde, die für Luther das Getrenntsein des Menschen von der anderen Wirklichkeit bedeutete, sie war zu einem diätetischen Terminus, zu einem theologischen Leichtgewicht, zu einer Worthülse verkommen.

Und jetzt also sollte Luther, schockgefrostet über 500 Jahre, in unsere Zeit gebeamt werden? Wie mit einem Mausklick am Computer von anno dazumal ins Heute verpflanzt werden, mit den gleichen Gedanken, Forderungen, Angeboten an die Menschen?

Wolle grübelte. Das wäre ja, wie wenn wir heute noch in Ritterrüstungen rumliefen, auf Gottesurteile mit heißem Wasser oder Eisen vertrauten und unsere Notdurft durch einen Toilettenerker auf die Straße plumpsen ließen. Nein, nein, so geht das doch nicht!

Am meisten ärgerte Wolle die Selbstzufriedenheit der Tagungsteilnehmer. Nichts Reflektierendes, Zweifelndes,

Fragendes. Alle hielten ihre Projekte für die besten! Glaubten offenbar allen Ernstes, damit die Menschen, die nicht zum kleinen Rest der Kirchengläubigen gehörten, zu erreichen! Deutschland, ein Sommermärchen, wie bei der Fußball-Weltmeisterschaft 2006! 2017, Samba tanzende Brasilianerinnen auf der Fanmeile aus Freude über Texte zu Luthers Rechtfertigungslehre. Hier stehe ich, ich kann nicht anders, ich tanze Lambada. Oh, wie weit hatte sich die Kirche, hatten sich die mit ihr kooperierenden Politiker, Manager, Tourismusverantwortliche von der Lebenswelt der Menschen entfernt! Es war ja nicht so, dass die Menschen keine religiöse Bindung suchten! Auf seiner Konzertreise durch Deutschland, als er sich noch als Martin Luther fühlte, da hatte Wolle großen Zuspruch erfahren. So mancher Pubertierende, so manche alleinerziehende Mutter, so mancher Witwer hatte ihm seine Einsamkeit, sein Verlorensein, seine Verzweiflung geklagt. Die Bibel war voller Geschichten von Menschen in ähnlichen Lebenslagen. Und sie machte Hoffnung, zeigte, wie diese Verzweifelten auf eine höhere Macht vertrauten, Mut schöpften, nach vorne schauten.

Aber heute fragte niemand mehr nach dem gnädigen Gott. Heute fragten die Menschen, ob es überhaupt eine höhere Macht, eine andere Wirklichkeit gab. Und sie wollten nicht immer nur hören, wie sündig sie waren. Hatten keine Lust, sich immer wieder klein zu machen, zu sagen, wie wenig sie wert waren. Wolle hatte die letzten Wochen noch einmal den christlichen Teil der Bibel gelesen, und zwar nur die Worte des Mannes aus Nazareth und die Berichte über seine Heilungen, Besuche, Wunder. Er war verblüfft, wie ermutigend, lebensbestärkend der Nazarener sprach. Er war der Mann, der den Menschen sagte: „Schaut die Vögel unter dem Himmel! Schaut die Lilien auf dem Felde! Schaut den kranken Mann, der nach langer Zeit wieder aufsteht! Schaut den reuigen Zöllner, der ein neues Leben beginnt! Schaut die Frau, die von heuchelnden Männern bedrängt wird, die aber von mir gestärkt wird. Überall, wo das passiert, da ist die höhere Macht. Ihr sucht die andere Wirklichkeit, und sie ist um euch wie die Luft, die ihr zum Leben braucht. Wie das Wasser, das die Fische nicht sehen und ohne das sie nicht leben können."

Wenn Kirche nur Spaßbremse und Neinsagerin und Verbieterin ist, dann braucht sie bald niemand mehr, sagte sich Wolle. Sie muss trösten, heilen, echt froh machen. Nicht diese gekünstelte Pseudo-Freude! Offen sein und vor allem: ganz nah an den Menschen und ihren Sorgen.

Wie aber sollte das gelingen, wenn die Damen und Herren Verantwortlichen sich so selbstgefällig besprachen wie eben? Nein, er, Wolle, machte da nicht länger mit. Mir muss da was einfallen. Irgendein ganz großes Ding. Das bin ich, Wolle Luther, meinem Namensgeber schuldig.

Alle Gläser waren verräumt. Wolle schlenderte in den Regieraum, wo Rauschi einen Rüffel von Cruise Director Bea Bloch erhalten hatte, die ihrer beider Chefin war. Er hatte dummerweise während seines Gesprächs mit Gesine Harms die Kamera nicht ausgeschaltet. Bea Bloch sah die Aufzeichnung. Sie sprach von Amtsanmaßung, bei noch so einem Vorfall könne er seine Koffer packen und im nächsten Hafen die NOFRETETE verlassen. Rauschi entschuldigte sich, sortierte jetzt aber traurig die Kabel. Wolle munterte ihn mit ein paar Worten auf, deutete ihm seine eigenen Sorgen, Luthers Erbe betreffend, an, bis er sah, was Rauschi in seiner Tasche verschwinden ließ: eine imitierte Gucci-Sonnenbrille. So eine hatte Sting heute Morgen noch getragen.

X

Der Überfall ließ ihn nicht los. Irgendetwas war an den ganzen Ereignissen merkwürdig, hatte ihn stutzig gemacht. Am späten Abend, nachdem sie sich geliebt hatten, lagen er und Natascha auf dem Rolf Benz-Sofa und sahen fern. Natascha war an diesem Abend irgendwie anders, besonders hingebungsvoll, zuvorkommend, so, als ob er

Geburtstag hätte und besonders viel Zuwendung verdiente. Sie war ihm im Schlafzimmer in einem neuen knallroten Korsett und mit einer Lederpeitsche mit langen geflochtenen Veloursstriemen entgegengetreten und hatte ihn im weiteren Liebesspiel gebeten, sie an die Bambussprossen des Bettes zu fesseln. Nach zwei Stunden innigster Sadomaso-Liebe war er tief beglückt, ja, ihn flog für einen Augenblick der Gedanke an, der schönen Russin irgendwann vielleicht sogar einen Heiratsantrag zu stellen.

Bei irgendeiner langweiligen Talkshow musste er ein bisschen weggedöst sein. Ein Lärmen. Laute, befehlende Stimmen. Augenblicke ohne Orientierung. Vor ihm standen plötzlich drei mit schwarzen Strumpfmasken getarnte Einbrecher. In den Händen Pistolen. Eben noch hatte sein Kopf in Nataschas Schoß gelegen und sie hatte sanft über sein Haar gestreichelt, jetzt saß sie am anderen Ende des Sofas, die Füße hochgezogen und leise vor sich hin weinend.

„Geld, Schmuck, los! Wo Tresor?", forderte ihn der kleinste der drei Vermummten barsch auf und hielt mit der Pistole direkt auf sein Gesicht. Er sprach einen starken, wohl osteuropäischen Akzent. Untereinander tuschelten die drei in einer Sprache, die Didi nicht kannte. Später, bei der Vernehmung durch die Polizei, gab Natascha an, sie habe die Männer nicht verstanden. Sie vermute, es seien Tschechen oder Polen gewesen.

Didi hatte zwar für solche Fälle vorgesorgt und nicht weit vom Tresor einen Alarmknopf einbauen lassen, der, drückte er ihn, bei einem privaten Sicherheitsdienst und der örtlichen Polizei einen Notruf schaltete. Aber das war die Theorie. Jetzt, in der realen Situation und bei drei bewaffneten und brutal vorgehenden Tätern, da überwältigte ihn die pure Todesangst, und er tat einfach das, was sie von ihm verlangten. Er öffnete den Tresor mit zitternden Händen. Sie stießen ihn zur Seite und bedienten sich. 120 000 Euro Bargeld, dazu einige Edelsteine und Schmuck. Doch das reichte ihnen nicht. Auch Fotoalben, Medaillen, Medienpreise wie den *Silbernen Otter*, den

Goldenen Skunk und den *Ochsen in Platin* nahmen sie einfach mit, gerade so, als ob sie seine ganze Existenz auslöschen wollten. Das einzige, was sie ihm ließen, war das nackte Leben, das Rolf Benz-Sofa und Natascha. Die Täter banden ihn an einen Stuhl und drohten Natascha mit der Erschießung, sollte sie sich in den nächsten fünf Minuten rühren.

Natascha hatte in der ganzen Zeit des Überfalls auf dem Sofa gekauert, während er den Tätern den Tresor in der Bauernstube im Keller öffnete. Die Polizeipsychologin, die mit den beiden Streifenwagen mitgekommen war, bescheinigte ihr einen leichten Schock und gab ihr ein Rezept. Patermann, der mit seiner gehbehinderten Frau im hinteren Teil des Grundstücks ein kleines Holzhaus bewohnte, war ausgerechnet an diesem Abend mit Gattin zu Verwandten nach Nürnberg gereist und hatte sich zwei Tage Urlaub genommen. So gab es, wie die Ermittlungen erwiesen, für die Tat keine weiteren Zeugen außer Didi und Natascha. Die Täter waren, so die Spurenanalyse, durch die offenstehende Terrassentür eingedrungen, zu Fuß geflüchtet und hatten ihr Auto vermutlich einige hundert Meter weiter im nächstgelegenen Wohnviertel in Bad Wiessee abgestellt. Oder ein vierter Täter kam ihnen mit dem Auto entgegen und nahm sie bei der Flucht auf. DNA-Spuren in der Wohnung waren kaum zu finden. Die Täter waren absolute Profis. Sie hatten Glück. Keine Tür war aufzubrechen, nur ein Zaun zu übersteigen, was ihnen mit einer mitgebrachten Leiter gelang. Von der Leiter gab es keine Spur. Im Haus selbst waren lediglich von den Schuhen Spuren zu finden, die aber wenig ergaben. Berührt hatten die Täter nur die Ware, die sie auch in schwarzen Müllsäcken mitgehen ließen.

Mit dieser dünnen Spurenlage waren die Chancen, die Täter zu ergreifen, denkbar schlecht. Sollten sie versuchen, die persönlichen Erinnerungsstücke Didis zu verkaufen, öffnete sich vielleicht eine neue Tür. Aber blieb es bei den Spuren, lag der Fall bald bei den Akten.

Immer wieder ging Didi in den Wochen danach den Überfall und den ganzen Abend durch. Einige Wörter der Einbrecher hatte er sich lautmalerisch eingeprägt. Später, bei den Verhören der Polizei, bei dem einmal auch ein Sprachexperte für slawische Sprachen zugegen war, sagte dieser: „Das klingt aber eher russisch als polnisch oder tschechisch." Da es aber nur Wortfetzen waren und Natascha als Russin die Sprache nicht identifizierte, fiel die Spur in Richtung Russenbande oder russische Mafia aus.

Dachte die Polizei. Und dachte er zunächst. Dann aber erinnerte er sich an Nataschas besondere Hingabe, an das bis dahin nie gekannte Ausmaß der Sadomaso-Liebe an diesem Abend. Wie ein Blitz, für den Bruchteil einer Sekunde, verband sich diese Erinnerung mit der Aussage des Sprachexperten. Der Gedanke ließ ihn nicht mehr los. Zudem beschäftigte ihn ständig die Frage, warum die Täter auch seine persönlichen Erinnerungen gestohlen hatten. Wieso stand außerdem ausgerechnet an diesem Abend die Terrassentür offen? Und wussten die Täter etwa, dass der Gärtner Patermann an diesem Abend mit seiner Frau verreist war?

Für Didi gab es seitdem eine Version des Überfalls, die er sich selbst nicht glauben wollte, die ihn aber immer wieder ins Grübeln brachte. Was, wenn Natascha eine Komplizin der Einbrecher war? Nach dieser Theorie hatte sie ihnen den Termin genannt, an dem die Patermanns verreisten. Sie hatte die Terrassentür absichtlich offenstehen lassen. Sie hatte Didi zwei Stunden lang ausgiebig geliebt, um ihn zu ermüden. Sie hatte ihn in den Schlaf gestreichelt und anschließend den Tätern, die im Wäldchen neben dem Grundstück darauf warteten, ein Zeichen gegeben. Sie hatte natürlich ihre Sprache verstanden, ihn und die Polizei bewusst auf die tschechisch-polnische Spur geleitet. Ja, und sie hatte, und dieser Gedanke ängstigte ihn am meisten, sie hatte den Tätern verraten, wie sehr er an den persönlichen Erinnerungsstücken hing. Sie beabsichtigten gar nicht, sie zu verkaufen. Nein, mit den Fotos, dem *Goldenen Skunk* und all den anderen Dingen erpressten sie ihn irgendwann, wenn die Beziehung mit Natascha auseinander ging. Entweder er zahlte, oder die Erinnerungsstücke waren für immer verloren.

Diese Variante des Überfalls trieb ihn in den Wahnsinn. Er grübelte und grübelte. Angenommen, diese Version des Überfalls war völlig absurd und er konfrontierte Natascha damit. Was würde sie tun? Ihm den Laufpass geben. Gut, das wäre zu verkraften. Aber sie würde, weil verletzt, mit Sicherheit der Yellow Press nur allzu freigiebig von seinem Privatleben berichten, bis hin zu seiner Vorliebe für Sadomaso. Auch hatte sie die Viagra-Tabletten bestimmt schon einmal entdeckt. Didi, der impotente Lover. Welcher Stoff für Schlagzeilen! So viele Peinlichkeiten waren denkbar! Er war in einer Zwickmühle. So lebte er weiter mit Natascha zusammen. Allerdings beäugte er sie misstrauisch, kontrollierte manchmal ihre SMS und sah jeden Abend nach, ob die Terrassentür zugeriegelt war. Auch stieg in ihm wieder die von seiner Jugendzeit und ihren Enttäuschungen herrührende Verachtung hoch, die er gegenüber Frauen so oft empfand, jetzt erstmals gegenüber Natascha. Er verfiel wieder in das alte Muster. Warum sollte es, nach Nataschas Verrat, auch wenn der nur ein vermuteter war, ihr besser bei ihm ergehen als anderen Frauen. So ging er wieder auf Flirts ein und betrog die bei ihm lebende Natascha mit Vögelchen, Mäuschen und anderen schönen Geschöpfen dieser Erde. Seine in dieser Zeit erworbenen Stadtwohnungen in München und Hamburg verwandelten sich bald in Liebeshöhlen, zu denen Natascha keinen Schlüssel hatte. Sie selbst reiste auffallend oft zu Modemessen Angelo Sabatonis, des Couturiers, der ihr das erste eigene Label ermöglichte. Womit sie sich dieses Privileg wohl verdient hatte? Hochschlafen, das gab es in der Modewelt doch genauso wie im Showbiz!

Doch nicht nur die angeblich besten russischen Kreise, aus denen Natascha kam, unterschätzte Didi. Natascha selbst war empfindlich, viel empfindlicher als er glaubte. Er kannte sie nicht.

XI

In seinem früheren Leben als Hausmeister auf dem Campingplatz *Blaue Bucht* war Wolle der unangefochtene Flirtkönig. Kaum eine Frau war vor seinen Avancen sicher, sehr zum Leidwesen seiner Lebensgefährtin Rosemarie Aicher. Nach dem Unfall war alles anders. Nicht wenige Male berührte ihn beim Legen einer Kanüle eine attraktive Schwester oder betastete eine in der Reife des Lebens stehende Ärztin seinen lädierten Brustkorb. Was früher noch ein hormonelles Beben bei ihm ausgelöst hätte, erregte ihn in keiner Weise. Hatte das Klimakterium virile von ihm Besitz ergriffen?

Um so verwunderter sah er am dritten Reisetag auf dem Weg nach Malta sechs rote Rosen vor seiner Kabinentür liegen. Muss Rauschi gelten, dachte er im ersten Augenblick, sah sich aber in dieser Annahme getäuscht, als er den danebenliegenden und zusammengefalteten Zettel öffnete. Darauf fand er den Rand eines großen Herzens rot gezeichnet. Im Herzen war eine Art Bassin zu erkennen und etwas, was daraus hervorragte. Es dauerte eine Weile, bis Wolle die Skizze verstand. Aber dann gab es keinen Zweifel mehr: Das Bassin war ein Whirlpool, was herausschaute waren zwei kurze Beine und der Ansatz eines großen, mit einer Art String-Tanga bedeckten Gesäßes. Unterhalb der Gesäßbacken, zwischen den Beinen deutete ein simpler Strich noch ganz andere Körperteile an. Hastig faltete Wolle das Blatt zusammen. Oh Schreck! Das durfte niemand sehen. Er blickte nach links und nach rechts und, als er niemanden sah, faltete das Blatt noch einmal schnell auseinander. Das war sein Hinterteil! Die Zeichnung spielte auf seinen grandiosen Einstand bei der Animationscrew, auf den Abschluss der Polonaise an!

Jetzt hatte er also offenbar eine Verehrerin an Deck. Aber wen? Und was sollte er mit den Blumen machen? Was würde Rauschi dazu sagen?

„Na, haste 'ne Verehrerin?"

Er dreht sich herum und sah erst jemanden, als er nach unten blickte. Rauschi war herangeschlichen und schaute ihn verschmitzt an.

„Glückwunsch, alter Junge, heest dit nich inne Bibel: Die Liebe hört niemals uff oder so?"

Wolle sah aus wie ein balzender Truthahn, so puterrot hatten sich Hals und Gesicht schlagartig verfärbt.

„Na, nu hab dir man nich so, Wolle. Dit is doch wat schönet!"

Rauschis Bordhandy piepte. Er stob zum nächsten Einsatz davon.

Wolle rätselte und rätselte. Vor seinem inneren Auge ging er mögliche Kandidatinnen durch. Da war Paloma, die stämmige Kellnerin der Pool-Bar mit venezolanischer Herkunft, Kettenraucherin und mit verlebtem Gesicht. Mit ihr hatte er ein wenig geschäkert, mehr aber nicht. Für mehr fehlte ihm die Libido. Da war nichts mehr. Was auch immer sie ihm im Krankenhaus da wegoperiert haben mochten! Nein, Paloma stammte noch ganz aus südamerikanischen Macho-Verhältnissen. Die baggerte keinen Mann an!

Schon eher traute er das einigen Mitgliedern des Frauenkneippvereins Harmonie Stuttgart-Bad Cannstatt zu. So manchen fordernden Blick, der von der Lust auf ein kleines Abenteuer kündete, glaubte er nach der Rückkehr vom Landgang nach Sidi Bou Said, dem Künstlerdorf an der Nordküste Tunesiens, wahrgenommen zu haben. Vielleicht waren die Damen um Ottilie Greis, alle deutlich jenseits der sechzig, erregt von den Erzählungen des Exkursionsleiters. Der hatte ihnen geschildert, wie einst Gustave Flaubert auf der Terrasse des *Café des Nattes* saß und sich bei Pfefferminztee mit Pinienkernen von dem Skandal erholte, den ihm sein Roman um Madame Bovary eingebracht hatte. Die Beschreibung einer verbotenen Liebe, die den Schriftsteller wegen Verstoßes gegen die guten Sitten vor Gericht brachte. Madame Bovary, eine Frau, die die gesellschaftlichen Konventionen sprengte. Der Liebe wegen! Deswegen das Flackern in den Augen der Damen! Oder sollte es seinetwegen sein? Er ging alle anderen weiblichen Personen durch, mit denen er bisher zu tun hatte: Jenny, Gesine Harms, Mutti Becker, Helga Haseneier, gesprochen Hase-neier, Philomena von Pfuel und Roswitha Knarz, die drei Witwen aus Offenbach – nirgendwo fand er einen konkreten Anhaltspunkt für rote Rosen aus Danielas Bordblumenladen.

Daniela, die Bordfloristin! Sie musste es doch wissen. Er eilte zur Shopping-Mall auf Deck zwölf.

„Daniela, hallo, ich bin Wolle. Ein Kollege."

Er zeigte auf das NOFRETETE-Emblem auf seinem T-Shirt.

„Du musst mir helfen. Hier, schau, diese Rosen, die lagen vor meiner Tür. Hast du eine Ahnung, wer mir die da hingelegt hat?"

Daniela, die langhaarige Blondine, höchstens zwanzig Jahre alt, blinzelte ihn zuckersüß an.

„Schon mal was von Berufsgeheimnis gehört, junger Mann?"

Junger Mann, wegen dieser Anrede auf dem Suhler Wochenmarkt hatte ein betroffener Herr um die siebzig der Verkäuferin eine philosophische Grundsatzrede gehalten. Das, was wie ein Kompliment klang, sei dem Grunde nach fadenscheinig und demütige den Angesprochenen. Es erinnere ihn schmerzlich an die Vanitas, die Vergänglichkeit des Lebens.

„Also, junger Mann, da beißt die Maus keinen Faden ab, von mir gibt's keine Info."

Ihr schelmisches Lachen verwirrte Wolle.

„Wiedersehen, alte Frau", grummelte er.

Fürs erste gab es also keine Antwort auf die Frage nach der Verehrerin. Er ärgerte sich über die Anonymität des Briefes. Wie sollte er fortan Blicken von weiblichen Personen standhalten, wenn jede die Anbaggerin sein konnte?

Er nahm den Strauß und warf ihn in hohem Bogen über die Reling ins schäumende Meer.

Die NOFRETETE hatte von La Goulette vor Tunesien abgelegt und zog jetzt unermüdlich ihre kräftigen, grünen Furchen. Die schönsten Orte und Inseln des westlichen Mittelmeers steuerte sie in den nächsten Tagen an: Malta, Sizilien, Neapel, Rom, Korsika, Genua, Cannes, Barcelona.

Wolles Allgemeinbildung, vor allem sein politischer Sachverstand, wuchs durch die Tagungen der Parteien im Conference Center, mehr aber noch durch die Teilnahme am Bordprogramm in den freien Stunden. Für die Crew gab es zwar separate Bereiche, die viele vom Personal gerne nutzten. Sie waren froh, in ihrer wenigen Freizeit fern von den Gästen zu sein. Die vielen und immer gleichen Fragen zum Schiff oder zu ihrer Biographie, sie nervten einfach. Die Berechenbarkeit der Worte feierte hier fröhliche Urstände. So zogen sie sich in die Crew-Pools und -Freizeiträume zurück, wenn sie zum Relaxen nicht ganz in ihrer Kabine blieben.

Nicht so Wolle. Er hatte eine Mission. Ihm war es wichtig, aufzuschnappen und zuzuhören, was die Menschen umtrieb. Er wollte mit Luthers Denken in der Gegenwart andocken, wie die NOFRETETE am Pier. Ein langwieriges, schwieriges Manöver, aber lohnend. In ein Notizbuch schrieb er sich Sätze ein wie den von Carola, einer Kollegin mittleren Alters und Beauty-Beraterin auf dem Schiff, die zu einer Kundin sagte: „Mit meiner Ehe bin ich gescheitert. Aber in meiner Persönlichkeit bin ich durch die ganze Trennungsgeschichte gewachsen." War das nicht der 23. Psalm? Der sprach von finsteren Tälern und grünen Augen, guten und schlechten Zeiten. Beides als Teile der Existenz zu sehen, die sich durch eine höhere Macht zu einem tausendfältigen Gewölbe zusammenschlossen, das wir gemeinhin „Leben" nennen.

Überhaupt war Beauty & Wellness der ergiebigste Ort für seine, Wolles, Feldforschungen auf dem Schiff. Was die meisten hier erhofften, hatte Lucas Cranach d. Ä.

wenige Jahre nach Luthers Tod mit seinem Bild vom Jungbrunnen genial erfasst. Auf der einen Seite als gebrechlicher Greis rein in Beauty & Wellness, auf der anderen Seite verjüngt und belebt wieder raus. In der Tat betrat so mancher Imker aus Delitzsch oder Zwickau gebeugt und mit sorgenvollem Blick im blütenweißen NOFRETETE-Bademantel und ausnahmsweise ohne Panamahut die neonbeleuchtete Vorhalle von Beauty & Wellness. Zwei Stunden später aber stolzierte er mit einer ganz erfüllten Miene zum Sonnendeck hoch, wie sonst an Land bei Männern nur nach erfolgreichen Bordellbesuchen zu beobachten. Ähnlich erging es so mancher Kneipp-Jüngerin aus Stuttgart-Bad Cannstatt. Pediküre, Maniküre, Friseur, Sauna, Massage, Yoga, Ayurveda, die ganze Ladung in fünf Stunden, da kam die eine oder andere 80-jährige zwar immer noch faltig, aber mit einem Jungmädchen-Lächeln und einer von innen strahlenden Schönheit aus den heiligen Hallen der Verjüngungsindustrie hervor. Jüngere Frauen hatten mit Hilfe der arztweiß gekleideten Beauty-Armada den Kampf gegen Besenreiser und Cellulitis-Dellen aufgenommen und blickten beim Verlassen von Beauty & Wellness siegesgewiss auf die Weite des Meeres hinaus. So wie ihre erhobenen Häupter, genauso war der verlorene Kopf der Nike von Samothrake im Pariser Louvre zu imaginieren!

Wolle selbst bevorzugte die Saunalandschaft. In der Kelosauna, aus original finnischen Polarkiefern errichtet, nahm er die verschiedensten Aufgüsse mit und prustete zur Erheiterung seiner Mitsaunierenden beim Verwedeln der heißen, ätherischen Luft durch den Saunameister wie ein südafrikanischer Elefant beim Baden.

Solchermaßen entschlackt und leergeschwitzt waren die Saunagäste im Freigelände meist auch gewillt, seelischen Ballast von sich zu werfen. Siegfried T. Maurer aus Dinslaken etwa äußerte gegenüber Wolle ungefragt seine Angst vor der Überfremdung der Städte im Ruhrgebiet durch Muslime. „Ist schon gut, was dieser Sarazene schreibt“, nuschelte er hinter vorgehaltener Hand.

„Ich war heute in Tunis", fuhr er verschwörerisch-leise fort, „schrecklich, sage ich Ihnen, Herr Luther. Der Araber, also so was Primitives. Vermehrt sich wie die Karnickel, aber trägt nichts zur Entwicklung der Menschheit bei."

Wolle notierte sich den Satz, widersprach aber dem Herrn mit dem verschwurbelten grauen Oberlippenbärtchen. Ihm waren Martin Luthers Ausfälle gegen die Muslime sofort präsent. Ausfälle, die er getätigt hatte, ohne wohl auch nur einen Muslimen persönlich gekannt zu haben. Dennoch, so sagte sich Wolle, muss ich die Ängste dieses Siegfried T. Maurer ernst nehmen. So wie er denken ja viele.

„Wissen Sie, Herr Maurer, die Angst vor Fremden gibt es, seit es Menschen gibt. Aber glauben Sie, die Abschottung gegenüber Fremden wäre der Weg? Haben wir nicht immer schon vom Austausch mit anderen kulturellen Traditionen profitiert?"

Die Diskussion spann sich von der Frage über die Gastarbeiter, die die Bundesrepublik Deutschland vor Jahrzehnten gezielt angelockt hatte, bis zur deutschen Fußball-Nationalmannschaft, die als Multi-Kulti-Truppe so viele Sympathien hatte und auf wunderbare Weise zeigte, wie das Zusammenleben zum Vorteil aller funktionierte. Siegfried T. Maurer war mit Argumenten nicht zu überzeugen. Er verwies immer wieder auf das Buch eines „Sarazenen". Die Statistiken dort! Er mochte keine Muslime, schon immer nicht. Jetzt hatte er sein Vademecum, sein heiliges Buch, geschrieben vom Gott der Statistiken. Das Lesezeichen, so beobachtete Wolle nur nebenhin, war in Maurers Exemplar des Buches vom Sarazenen allerdings erst auf Seite 23. Dort sollte es auch noch am Ende der Reise sein.

Bei anderer Gelegenheit sprach ihn Ottilie Greis an.

„Herr Wolle, darf ich Ihnen mal was erzählen, und Sie versprechen mir, es für sich zu behalten?"

Wolle hob die rechte Hand und spreizte die Finger zum Zeichen des Ehrenworts.

„Also, mich belastet etwas seit zehn Jahren, und ich krieg das einfach nicht los.“ Sie seufzte tief und zog sich den Bademantel vor der Brust zusammen.

„Mein Mann, der war die letzten Jahre schwer krank. Darmkrebs. Der hat eine Operation und viele Therapien über sich ergehen lassen. Und immer wieder ist es zu Rückschlägen gekommen. Einmal hat er zu mir gesagt: ‚Mei liebes Ottchen, ich glaub, ich leb nicht mehr lang.‘ Das war vor der letzten großen OP. Ich hab ihn mit dem Auto ins Krankenhaus gefahren. Da sind wir am *Neckarstüble* vorbei gekommen, wo er so oft mit seinen Kameraden von der Feuerwehr beim Stammtisch war. ‚Hoi, Freitagnachmittag, das sinn die Kameraden da, los, Ottche, fahr mich noch kurz dahin, ich will mit dene noch a Viertele schloze‘. ‚Gerhard‘, hab ich da gesagt, ‚du wirst heute noch untersucht, die nehmen die Blutwerte und alles Mögliche, am Montag ist die Operation. Da kannst du nicht mit Alkohol im Blut ankommen. Außerdem sind wir schon spät dran.‘ Wir haben noch eine Zeitlang disputiert. Aber ich war ja am Steuer und bin einfach zum Krankenhaus weitergefahren, am *Neckarstüble* vorbei. Ja, und die Operation, die hat mein Gerhard nur wenige Tage überlebt. Er ist im Krankenhaus verstorben.“

Ottilie Greis waren die Tränen gekommen, und Wolle schwieg mit ihr eine Weile.

„Jetzt plagt Sie das Gewissen, weil Sie ihm seinen letzten Willen nicht erfüllt haben?“

„Ja, so isch's!“

Wieder schwiegen die beiden. Der Saunameister reinigte in der Zwischenzeit Löffel und Holzkübel und begab sich zum Eukalyptus-Dampfbad.

„Ach, Herr Wolle, wenn wir nun schon mal gerade dabei sind“, fuhr Ottilie Greis schließlich fort, „das ist noch nicht alles. Mein Mann und ich, wir waren ja vierzig Jahre verheiratet. Wir haben eine einigermaßen gute Ehe geführt. Jedenfalls nach den damaligen Begriffen. Natürlich haben wir auch immer mal gestritten. Vor allem wegen der Kinder und ihrer Erziehung. Mein Mann war da viel zu streng. Hab ich jedenfalls gefunden. Aber was mein Mann nie erfahren hat, und das war auch gut so: Ich hatte einmal ein Verhältnis. Das war, als unsere Kinder aus dem Haus sind. Ich will Ihnen das gar nicht in allen Einzelheiten erzählen. Aber ich trau mich das Ihnen gegenüber anzusprechen, weil Sie zum einen ein Fremder sind und nicht in Bad Cannstatt wohnen und weil ich zu Ihnen Vertrauen hab. Sie waren schon so ehrlich bei ihrem Auftritt am Beginn der Reise hier auf der NOFRETETE."

Wolle sah errötend auf den Boden.

„Tja, also, was ich sagen wollte. Das mit dem Verhältnis ging nicht lange. Der Mann hatte, wie ich dann herausfand, noch eine ganze Reihe andere Liebschaften. Ich war für den nichts Besonderes, obwohl er genau das immer wieder behauptet hat. Mich hat das schlechte Gewissen seitdem geplagt."

„Gegenüber Ihrem Gerhard?"

„Ja, ihm gegenüber. Denn ich glaube, er war ein treuer Ehemann. Ja, und ich wollte ihm das immer wieder gestehen mit dem Verhältnis, habe es mich aber nicht getraut. Als er dann im Krankenhaus lag, nach der letzten Operation, da ist er gar nicht mehr so richtig zu sich gekommen. Wenn ich da etwas gesagt hätte, ich glaub, das hätte er nicht verstanden oder es hätte ihn nur zusätzlich belastet. So habe ich ihm die ganze Zeit nur die Hand gehalten und gestreichelt. Und dann war er plötzlich tot."

Wolle sagte nur ein bestätigendes „Hm" und verstummte dann. Minuten vergingen, ein neuer Aufguss in der Kelosauna stand an und die ersten Schwitzwilligen gingen an Wolle und seiner Gesprächspartnerin vorbei, ohne sie zu beachten.

„Danke", sagte Ottilie Greis und erhob sich, „Sie haben mir sehr geholfen." Sie seufzte noch einmal tief. Wolle wusste, der Dank war ehrlich gemeint, auch wenn er ja nur zugehört hatte.

Wolles Fähigkeit, zuhören zu können, sprach sich mit der Zeit auf der NOFRETETE herum. Viele Menschen meldeten bei ihm Gesprächsbedarf an und kamen zu ihm, dem Sauna-Seelsorger, wie ihn die Riege der Saunameister anerkennend nannte. Bis zu Lars Aicher drang der Ruhm Wolles vor. Der Kapitän bat Wolle zu sich und sagte: „Ich bin erstaunt, Wolle, was du dir hier für einen Namen machst. Respekt. Wenn du da keine fromme Veranstaltung draus machst, werde ich bei Natalie Holler, Vice President Human Resources Management, fragen, ob wir dich, befristet natürlich, aber ganz offiziell, als Sauna-Seelsorger anstellen. Der Begriff Seelsorger dürfte ja wohl nicht patentiert sein, oder?"

Auch immer mehr Leute der Crew, sogar aus der höchsten Ebene, namentlich der strenge Chief Engineer Klaus-Peter Schulz und Mister Spock alias Guido Hansen, der nautische Wachoffizier, gingen jetzt zu Beauty & Wellness und suchten das Gespräch mit Wolle, dem Sauna-Seelsorger. Die eigentlichen Seelsorger, Schwacke und Kollegen, tagten zur gleichen Zeit über das Reformationsjahr 2017 und seine touristischen Potenziale im Conference Center, wo der erste Mundschenk Dienst schob und Wolle den Rücken freihielt.

Nach so kurzer Zeit an Deck die Rolle des Sauna-Seelsorgers halb-offiziell erobert zu haben, verbuchte Wolle als einen ersten Erfolg. Das ganz große Ding war es aber noch nicht. Die moderne Welt im Geiste Luthers mit einer anderen Wirklichkeit zu verbinden, die Beziehung zu einer höheren Macht als lebenssteigernde Qualität für viele Menschen sichtbar zu machen, dazu bedurfte es noch ganz anderer Wege. Noch hatte er keine Idee, wie das gelingen könnte. Aber wenn ein großer Teil der 1400 Leute auf der NOFRETETE etwas davon in Form der Sauna-Seelsorge und der Gespräche darüber zu spüren bekam, war das ein guter Anfang.

Über die heimliche Verehrerin rätselte Wolle nach wie vor. Als das Schiff von Malta abfuhr und in Richtung Catania und damit Sizilien Kurs nahm, beendete er seinen Saunatag und ging zur Kabine, um sich für den Abend umzukleiden. Da lag ein neuer Strauß vor der Tür. Zwölf rote Rosen, mit weißem Heidekraut meisterhaft zusammengebunden von Daniela, der Bordfloristin.

XII

Die Zeit war gekommen, mit Rechtsanwalt Dr. Istel-Bergewitz alle Optionen einer Verteidigungsstrategie durchzusprechen. Die erste Nacht in Untersuchungshaft hatte er als reinsten Horror empfunden. Nicht einmal Rasierzeug hatte er dabei. Mit stoppeligem Gesicht hörte er aufmerksam zu, was der Anwalt ihm vorschlug. Bisher hatte Didi ihn vor allem für die Prüfung seiner Verträge mit den verschiedenen Produktionsgesellschaften beansprucht, ein Gebiet, auf dem er ein vorzüglicher Kenner war. Strafrecht dagegen war nicht sein Metier. Wohl aber gab es in seiner Münchner Kanzlei in der Brienner Straße einen herausragenden Promi-Anwalt, Dr. Schwall. Neben ihm empfahl er zusätzlich eine Kollegin aus der Hamburger Niederlassung, zwar noch jung, aber sehr erfolgreich. Erst vor kurzem habe sie eine ähnliche Anklage gegen einen Hotelier erfolgreich abgewehrt. Außerdem sei es in solchen Fällen aus psychologischen Gründen wichtig, auch eine weibliche Person an führender Stelle in der Verteidigung zu wissen.

Didi erklärte sich mit allem einverstanden. Dr. Istel-Bergewitz informierte ihn über den Tenor in den Boulevardzeitungen. Er, Didi, werde der Vergewaltigung und Freiheitsberaubung bezichtigt.

„Das ist ganz normal, Herr Dollmann. Da gibt es irgendwo bei der Staatsanwaltschaft oder bei der Polizei eine undichte Stelle. Da wird dann wild spekuliert. Wird sich alles in Luft auflösen."

Noch am selben Tag erschien Dr. Schwall, ein grauhaariger Endfünfziger mit dem Geruch starken Herrenparfums, im Untersuchungsgefängnis. Die Staatsanwaltschaft stützte ihr Vorgehen ausschließlich auf Aussagen der Klägerin und ihres Bruders. Didi hatte von diesem Bruder noch nie etwas gehört. Schnell fand der gewiefte Dr. Schwall ein paar Schwachstellen in der Indizienkette und beantragte nach wenigen Tagen Haftprüfung beim Ermittlungsrichter. Mit Erfolg. Die von der Klägerin Natascha Nowikow angeführten Handschellen und andere Foltergeräte, mit denen Didi sie erst fixiert und dann misshandelt und vergewaltigt haben sollte, waren bei der Hausdurchsuchung nirgends zu finden. Ohne dieses Sexzubehör fehlten natürlich auch die angeblichen Blutspuren auf diesen. Pustekuchen! Dr. Schwall legte mit diesen wackligen Fakten der Gegenseite einen ersten fulminanten Auftritt hin. Allerdings war es Didi rätselhaft, wieso die ganzen Bondage-Spielsachen verschwunden waren. Sie waren doch in einer Schublade des Kleiderschrankes! Selbst dem Anwalt gegenüber gab er nicht offen zu, dass es diese Gerätschaften jemals gab, so voller Angst war er, das Ganze könnte an die Öffentlichkeit kommen. Kam es aber, denn schon bald nach der Festnahme berichteten die Boulevardzeitungen von einem notorischen Hang des großen Didi Dollmann zu Sadomaso-Sexspielen. Bei der Haftentlassung hatte sich ein gewaltiger Pulk an Photographen und Journalisten vor dem Gerichtsgebäude aufgebaut. Didi sprach kein Wort, stattdessen holte Dr. Schwall mit scharfer Diskantstimme zum Rundumschlag aus. Herr Dollmann, das Opfer eines Komplotts. Die Presse, mit falschen Fakten manipuliert. Sexuelle Präferenzen des Mandanten, komplett frei erfunden.

„Meine Damen, meine Herren, ich bereite zahlreiche Unterlassungs- und Verleumdungsklagen im Auftrag meines Mandanten vor. Das wird noch manchem, der bislang obenauf war, schwer zusetzen. Natürlich in erster Linie der Anklägerin, einer offenbar geltungssüchtigen jungen Frau, die sich auf Kosten meines Mandanten für Aufträge in der Modebranche interessant und ganz allgemein bekannt machen möchte. Auch prüfen wir eine Anzeige gegen die Klägerin im Zusammenhang mit dem

Überfall auf das Wohnhaus von Herr Dollmann. Es gibt Verdachtsmomente gegen Natascha N. Näheres kann ich Ihnen sicher bald mitteilen. Aber auch so manchem der Damen und Herren, die jetzt gerade vor mir stehen, droht Ungemach. Bei Verletzung des Persönlichkeitsrechts, insonderheit der Privat- und Intimsphäre, da verstehe ich keinen Spaß."

Die scharfe Reaktion des Anwalts blieb nicht ohne Wirkung. Zumindest in der Tendenz waren die Berichte in der Yellow Press in den nächsten Tagen ausgewogener. Häufiger waren Worte wie „Unschuldsvermutung", „Erpressungsversuch", „Komplott" zu lesen. Die sexuellen Praktiken fanden kaum noch Beachtung, so sehr hatte die Berichterstatter das Fehlen der von der Klägerin behaupteten Beweismittel, der Sadomaso-Spielsachen, beeindruckt.

Bis zur Hauptverhandlung war Didi Dollmann also wieder auf freiem Fuß. Sein erster Weg bei der Rückkehr ins Haus am Tegernsee führte ihn ins Schlafzimmer. Tatsächlich, die Schublade mit den Sexgerätschaften war leer. Er grübelte, wie das nur sein konnte. Natascha als die Anklägerin kam nicht in Frage als diejenige, die die Schublade leer geräumt hatte. Glaubte er. Doch das war eine Täuschung. Einige Tage später fand er im Briefkasten einen anonymen, wattierten A5-Briefumschlag, mit viel Packpapier zugeklebt und ohne Adressat und Sender. Beim Öffnen fiel ihm eine Lederpeitsche mit geflochtenen Veloursstriemen entgegen, wie er sie im Liebesspiel mit Natascha benutzte. Sie hatte die Peitsche selbst besorgt und erstmals in der Nacht des Überfalls verwendet. Wer ihm die Peitsche heute geschickt hatte, verfügte wohl auch über die anderen Sexutensilien. Noch mehr schockte Didi, was sich außerdem in dem Umschlag befand: Fotos von ihm und der mit Seilen und Handschellen ans Bett gefesselten Natascha. Er mit finsterer Miene. Er ihr Zuchtmeister. Er, der sich an ihr abreagiert. Die Bilder sprachen für einen Außenstehenden eine eindeutige Sprache. Dass das zwischen ihnen ein Spiel war, ein häufig praktiziertes, dass auch er sich von Natascha bestrafen ließ und sie ihre Domina-Gelüste auslebte, das war diesen Bildern nicht zu entnehmen.

Entsetzt packte er die Fotos ein, rannte zu Patermann und bat ihn, das Haus dicht zu machen. Er verreise für einige Tage. Im *Speedster* sitzend, atmete er schwer. Er war das Opfer einer Erpressung, das war ihm klar. Zwar gab es kein Erpresserschreiben, aber das folgte sicherlich noch. Und Natascha spielte bei dieser Erpressung eine entscheidende Rolle. Wie sonst konnten die Täter heimlich eine Kamera im Schlafzimmer installieren? Woher hätten sie wissen sollen, wann die Kamera Fotos zu schießen hatte? Noch wahrscheinlicher war eine Mini-Videokamera, die einen Film drehte und aus dem einige Standbilder ihm zugegangen waren. Der Film selbst wäre eine Entlastung für ihn. Zumindest wenn er mit Ton war. Klar, er war etwas rüde an diesem Abend vorgegangen. Doch er hatte sie nicht vergewaltigt! Das Fesseln, freiwillig hatte sie mitgemacht. Das gab der Film her! Aber zugleich war es eine Horrorvorstellung, dass ein solcher Film überhaupt existierte! Wenn der an die Öffentlichkeit kam, war er erledigt! Auch wenn das Gericht ihn freisprach!

Was sollte er tun? Schwall anrufen? Lieber nicht! Noch nicht. Denn je weniger Leute von seinen Sexvorlieben wussten, desto besser. Vielleicht war die Sache mit Geld zu beheben. Obwohl: Von den Bildern gab es Abzüge, den Videofilm konnte man ebenfalls kopieren. Im schlimmsten Fall war er bis zu seinem Lebensende erpressbar. Das war die Kehrseite des Ruhms, des Geldes. Wie konnte er sich nur auf diese Russin einlassen! Russen-Mafia. Würde ihn nicht wundern, wenn die auch noch dahintersteckt. Plötzlich fühlte er sich vollkommen einsam, verloren. Die Angst ging durch jede Pore seines Körpers.

Mit irrsinniger Geschwindigkeit raste er nach München, stürmte in seine Schwabinger Penthouse-Wohnung hoch. Hier war er sicher. Gut, dass er Natascha keinen Schlüssel gegeben hatte. Sein Herz raste. Er schnaufte durch, schaltete die *Jura Impressa* an und warf sich aufs Sofa, den Espresso schlürfend. Alles drehte sich in seinem Kopf. Er musste zur Ruhe kommen. Da sah er etwas, was ihm einen hellen Aufschrei entlockte. Auf der Stehtheke der Küche stand, wie auf dem Präsentierteller, der *Silberne Otter!*

„Nein, nein“, schrie er und stürzte zu Boden. „Das kann doch nicht sein!“

Der *Silberne Otter* war einer der bedeutendsten deutschen Medienpreise. Ihn hatten die Einbrecher mitgenommen. Damals war ihm völlig schleierhaft, was sie damit anfangen wollten. Und jetzt? Von seiner Wohnung hatte niemand einen Schlüssel. Nur er selbst und die Reinigungskraft, eine völlig unverdächtige und zuverlässige Türkin, die auch bei anderen wohlhabenden Bewohnern des Hauses putzte.

Er rannte ins Bad, riss sich das Hemd auf und schüttete kaltes Wasser über den Kopf und an die Schläfen. Nachdem er die Wohnung auf fremde Personen durchsucht hatte, nahm er einen Scotch Whisky und setzte sich zitternd aufs Bett. Nur langsam formierte sich ein Bild der Ereignisse, manches blieb spekulativ.

Den Überfall, das stand für ihn fest, hatten Russen ausgeübt. Vielleicht war Nataschas Bruder dabei, in jedem Falle kannte sie die Einbrecher und deckte sie, indem sie die Ermittler und ihn, Didi, auf eine tschechisch-polnische Spur setzte. Die persönlichen Erinnerungsstücke hatten sie mitgenommen, weil sie von Natascha wussten, wie wichtig ihm die waren. Anfangs dachten sie, ihn damit zu erpressen. Aber dann waren ihnen irgendwelche Zweifel gekommen, ob sie ihm wirklich so viel Geld wert waren, wie sie sich vorstellten. Auch barg so eine Erpressung Gefahren. Sie hinterließen neue Hinweise, und irgendwann kämen die Ermittler Natascha und ihnen selbst doch noch auf die Spur. Also mussten sie ein größeres Rad drehen und die Erpressungsmasse erweitern. Ihnen kam die Idee mit der vorgetäuschten und gezielt herbeigeführten Vergewaltigung. Natascha selbst musste ihnen von ihren Sadomaso-Praktiken erzählt haben. Warum aber gab sie das preis und entblößte sich selbst damit bis aufs letzte Hemd? Sie schien keinerlei Skrupel zu haben. Was hatte sie zu so einer berechnenden Person, zu einer eiskalt vorgehenden Kriminellen gemacht?

Es dauerte einige Zeit, bis Didi eine Antwort auf Nataschas Motive fand. Doch dann war es ihm sonnenklar. Sie hatte einen Schlüssel der Schwabinger Wohnung nachgemacht. Er hatte ihn nicht an seinem Schlüsselbund, sondern separat in der Ablage seines *Speedsters* aufbewahrt. Natascha liebte es, seinen *Speedster* mit der exklusiven Farbe Purblau zu fahren, ein Hingucker, immerhin gab es nur 356 weltweit davon. Er lieh ihn ihr gelegentlich aus, wenn er nach seinen Show-Aufzeichnungen für zwei, drei Tage das Haus nicht verließ oder auch mal wieder den BMW fahren wollte. Wahrscheinlich war sie nach München gefahren und hatte den Schlüssel ausprobiert und anschließend nachmachen lassen. Die Adresse herauszufinden war nicht schwierig für sie. Im Tegernseer Haus gab es einen Ordner zu den Immobilien, den er nicht immer im Tresor einschloss. Irgendwann hatte er auf dem Schreibtisch gelegen und Nataschas Neugierde war groß. Da er in seiner Münchner Stadtwohnung keine großen Wertsachen aufbewahrte, hatte er sich kein besonderes Schließsystem einbauen lassen. Natascha wusste das. Wenn sie mit den Einbrechern unter einer Decke steckte, warum hatte sie sich dann einen Schlüssel nachgemacht? Es war doch nichts zu holen. Nur eine Erklärung bot sich an: Natascha musste etwas von seinen heimlichen Liebschaften mitbekommen haben. Sie wohnten manchmal für ein paar Tage und vor allem Nächte bei ihm. Während er am Tegernsee war, betrat sie die Münchner Wohnung und entdeckte das, was die Damen, von denen viele an der nicht weit entfernten Uni studierten, so zurückgelassen hatten: Abschiedszettel mit großen Herzen, manches Mal auch Slips, BHs, teure Reizwäsche, die er ihnen finanziert hatte und die sie, nachdem er sie hinausgeworfen hatte, nicht behalten wollten. Natascha, ja er hatte sie in ihrem Frau-Sein unterschätzt: Sie war verletzt, eifersüchtig und verbittert darüber, dass sie nur eine unter vielen war, und nicht das, was sie ausstrahlte wie nur wenige: eine Königin.

Mit dem nachgemachten Schlüssel hatte sie selbst oder einer ihrer Verbündeten den *Silbernen Otter* in die Wohnung gebracht, nachdem Rechtsanwalt Dr. Schwall groß vor laufenden Kameras und gezückten Stiften der Boulevardpresse von der eventuellen Anzeige gegen Natascha N. gesprochen hatte. Nataschas wunder Punkt. Die Peitsche, die Fotos, der *Silberne Otter*, die andere Seite wollte ihm, Didi, zeigen, wie sehr sie ihn in der Hand hatte, und dass jeder Versuch, in die Offensive zu gehen, nur größeres Unglück über ihn brachte.

Was tun? Er hatte niemanden, um seine Situation zu bereden. Seine Anwälte wussten nichts von seinen sexuellen Praktiken und das war gut so. Die Boulevardpresse hatte zwar ausführlich über sein Intimleben spekuliert, das Thema dann aber, nachdem die Beweismittel fehlten, nicht weiter verfolgt. Wenn die Besitzer der Sexgerätschaften diese gegen eine Geldzahlung herausrückten, war die Chance auf öffentliche Rehabilitation gegeben. Aber halt, da waren ja noch die Fotos, wahrscheinlich auch ein Videofilm oder sogar viele.

In der Schwabinger Wohnung übernachten, das ging jetzt auch nicht mehr. Die Bilder von der Einbrecherbande traten vor sein inneres Auge. Er mietete sich in ein Münchner Hotel ein. Er buchte direkt beim Hoteldirektor, dem er schon oft solvente Gäste zugeführt hatte und von dem er sich absolute Diskretion erbat. Über die Tiefgarage des Hotels brachte ihn ein Angestellter direkt in die Suite, ohne dass auch nur eine andere Person davon Kenntnis bekam.

Die nächsten Tage brachten weiteres Ungemach. Ein Heer von jungen Frauen plauderte in bunten Illustrierten über Didi Dollmann. Ja, sie waren seine Geliebte gewesen. Er hat dies mit ihnen gemacht und das. Nichts Schlimmes, Gewalttätiges. Aber, so ergab die Chronologie der

Berichtenden, er unterhielt mehrere Liebschaften gleichzeitig. Dabei bediente er sich, um das Mobile der Frauenbeziehungen in Bewegung zu halten und keinen Crash zu produzieren, eines Lügenrepertoires, das abenteuerlich war. Mal hatte er eine Familie in Australien, die ihn dringend brauchte, weil der dreijährige Sohn an Leukämie erkrankt war, mal lag ein Vater im Sterben, mal hatte er mit einer rätselhaften Viruserkrankung zu kämpfen, die nur mit andauernden Luftbädern in der kasachischen Steppe zu kurieren war.

Jedes Mal ging er nach dem gleichen Muster vor und sagte den gutgläubigen Damen: „Das wird jetzt für uns beide eine ganz, ganz harte Zeit, Mäuschen/Schätzchen/Häschen … Aber wenn ich diesen Horror hinter mir habe, dann komme ich zu dir und vor uns liegt ein Leben, so schön wie wir es uns gar nicht vorstellen können. Aber bitte versprich mir eines. Ich muss und kann damit nur alleine klar kommen. Das ist nun mal mein Charakter. Darum melde dich nicht, versuch nicht, mich zu kontaktieren. Ich schaff das sonst nicht und muss das mit uns dann für immer beenden." So hatte er sich den Freiraum geschaffen, um sich ungestört den anderen Beziehungen zuzuwenden.

Frauen, so urteilten die Kolumnistinnen jetzt, nachdem das Liebes-Mobile in sich zusammenfiel, das waren für Didi Dollmann nichts anderes als dumme, betrüg- und austauschbare Wesen. Kein menschlicher Respekt. Nichts. DER FRAUENJONGLEUR titelte die *Frau im Glück*. Die Chefredakteurin verstieg sich zu den Sätzen: „Für Deutschlands berühmten Entertainer sind Frauen nichts mehr als Fick-Matratzen. Erbärmlich! Braucht es da noch ein Gerichtsurteil?"

Allerdings schlug sich angesichts der Schärfe dieser Kommentare ein anderer Teil der Journaille auf Didis Seite. Die Didi-Phalanx forderte den Schutz der Privatsphäre, warf den ausgetricksten Frauen Naivität und sogar Mitschuld vor und geißelte das Abkassieren für die reißerischen Interviews.

Die Staatsanwaltschaft benannte einige der Frauen als Zeugen, auch einen Hubert Knabe, einen früheren Mitschüler Didi Dollmanns, der von schweren sexuellen Abnormitäten des Entertainers in seiner Jugend berichtete. Verklemmt sei er als Heranwachsender gewesen, er habe ihm, Knabe, gegenüber auch von der Bereitschaft gesprochen, notfalls gewaltsam gegen Frauen vorzugehen, wenn sie ihm nicht gefügig wären.

An einem Samstagmorgen kam der Anruf, den er schon lange erwartet hatte. Ein gebrochen deutsch sprechender Mann gab sich als Bruder von Natascha aus und kommandierte: „Fünf Millionen. Morgen Loisachmündung in Isar bei Wolfratshausen. Findest du blauen Sack in Gebüsch. Dort Geld hinein. Keine Polizei! Sonst bist du tot!"

Noch ehe Didi irgendwelche Nachfragen stellen konnte, hatte er ihn weggedrückt. Didi war vorbereitet und wusste, was er zu tun hatte. Insgeheim hatte er mit einem Betrag bis zu zehn Millionen gerechnet. Wenn mit fünf Millionen die Sache ausgestanden war, gab er sich damit zufrieden. Obwohl er wusste, dass er erpressbar blieb, verschaffte ihm die Zahlung vielleicht doch genug Luft. Vor der Übergabe fürchtete er sich. Was, wenn ihn einer aus dem Wald heraus einfach niederstreckte und dann das Geld nahm? Und kein Zeuge weit und breit. Wen aber sollte er einspannen? Er hatte keine wirklichen Freunde.

Vögelchen! Es war eine Eingebung. Sie hatte sich nicht bei der Boulevardpresse gemeldet. Sie war doch damals an sein Haus gekommen! Niemand war da, vielleicht noch ein paar Polizisten. Ihre fragenden Anrufe, ihre SMS konnte er wegen der Untersuchungshaft nicht beantworten. Und dann hatte er sie bei all den Ereignissen und all dem Rummel ganz einfach vergessen. Sollte er sie anrufen und einspannen? Andererseits war es verantwortungslos, eine so junge Frau in so große Gefahr zu bringen, wenn sie ihn zur Isar begleitete.

Verantwortungslos. Er stieß ein bitteres Lachen aus. Die Worte der Chefredakteurin der *Frau im Glück* waren ihm nahegegangen. War er wirklich so ein Schwein, das Frauen nur für seine Zwecke missbrauchte? Er gab ihnen doch auch viel, wenn auch nur befristet: Geld für Klamotten, Reisen, gutes Essen, ausgiebigen Sex, manchen sogar Fotos auf den Titelseiten der Illustrierten durch gemeinsames Laufen auf roten Teppichen zu Preisverleihungen. Also zumindest vorübergehende Berühmtheit, gute Chancen für einen Karrieresprung. Was verlangte er schon von ihnen, wenn man von der Bereitschaft zum Sex absah? War es nicht ganz okay, wenn er jetzt von einer von ihnen etwas anderes forderte? Jetzt, wo er in der vielleicht größten Not seines Lebens war?

Bilder von Ulrike schossen vor sein inneres Auge. Damals, an der Bushaltestelle. Ihr Erschrecken. Er überlegte. Ob die Seelennot damals nicht noch größer war als jetzt?

„Vögelchen, ja, hallo, Didi hier, es fällt mir nicht leicht, dich anzurufen."

Zwei Stunden später ging Didi mit Vögelchen zu zwei seiner Banken. Drei Millionen bei der einen, zwei bei der anderen. Er hatte die Vorstandsvorsitzenden selbst um Hilfe und höchste Diskretion gebeten.

Die Geldübergabe verlief erstaunlich reibungslos. Vögelchen wartete an der Wehrbrücke der Loisach, hundert Meter von der Mündung in die Isar entfernt. Den blauen Sack zu finden, dauerte einige Zeit. Als er den Geldkoffer darin verstaute, zitterte er stark. Überall spürte er Augen auf sich gerichtet, ohne jemand zu sehen oder zu hören. Todesangst.

Auf der Rückfahrt nach München klingelte sein Handy: „Fahrst du zurück, findest du anderen Sack." Also machte er kehrt und begab sich, dieses Mal mit Vögelchen, zur Übergabestelle. Ihr hatte er von Natascha, von den Sadomaso-Spielen, von der Erpressung erzählt. Noch nie in seinem Leben hatte er einem Menschen so viel anvertraut. Ein hohes Risiko, das er da aus seiner Sicht eingegangen war. In der Tüte fanden sich nicht nur alle Sexspielsachen. Auch der *Goldene Skunk*, der *Ochse in Platin*, die Fotoalben und Medaillen waren darin, sogar ein USB-

Stick mit den Fotos und einem Video. Natürlich konnte die Natascha-Bande noch Abzüge der Fotos haben, eine Kopie des Videos. Aber er hatte jetzt immerhin eine Zeugin. Flog das Ganze auf, konnte sie die Erpressung bestätigen. Seine Karten hatten sich deutlich verbessert.

Am Montag rief er Dr. Schwall an und bat ihn, die Klage gegen Natascha N. wegen des Einbruchs nicht weiter zu verfolgen. Schwall stutzte zwar, so war sein Schweigen nur zu deuten, fügte sich aber dem Wunsch seines Mandanten.

Der Prozess ging mit einem riesigen Medienspektakel einher. Didi Dollmann wurde freigesprochen. Aussage stand gegen Aussage, die Klägerin hatte sich außerdem in den letzten Prozesstagen in einige Widersprüche verstrickt, die selbst ihre eigene Anwältin verblüffte.

Die Dollmann-Gegner wetterten, es handle sich um einen Freispruch dritter Klasse. Dr. Schwall sprach von einer erbärmlichen Urteilsbegründung. An seinem nachgewiesenermaßen zu Unrecht beschuldigten Mandanten bleibe trotzdem etwas Schmutziges hängen. Ein so verantwortungslos handelnder Richter sei ihm in seiner langen Berufslaufbahn noch nie begegnet. Das behauptete er zwar fast nach jedem Promi-Prozess, den er nicht zu einhundert Prozent gewann. Aber es kam beim Publikum draußen, außerhalb des Gerichtssaals, immer gut an. Er, Schwall, der Herr über die Judikative, Richter der Richter, Juristengott.

XIII

Die NOFRETETE hatte Catania Richtung Civitavecchia, dem Hafen Roms, verlassen und Wolle fand seinen dritten Rosenstrauß, vierundzwanzig Stück dieses Mal.

„Rauschi, Aktion ist angesagt!"

Rauschi nickte nur und organisierte Leiter, Klebeband, ein paar Holzstücke zur Stabilisierung. So hatten sie es miteinander besprochen. Rauschi mit seinem handwerklichen Geschick befestigte die Kamera, die er sich vor der Reise gekauft hatte, an einer versteckten Stelle der Kabinengangdecke. Wolle hielt die Leiter und horchte, ob sich jemand näherte. Denn wenn jemand von ihrer Aktion erfuhr, konnte das das Ende der NOFRETETE-Karriere bedeuten.

„So, is jut, ick komm runter."

Zufrieden blickten sie zur, nur für Eingeweihte wahrnehmbaren, Kamera. Und eingeweiht waren nur sie beide.

„Kamera läuft!", schob Rauschi nach und verstaute die Leiter in einer Abstellkammer. Alle zwei Stunden war die Kamera neu zu starten.

Auf dem Weg Richtung Rom, durch die Straße von Messina unter wolkenfreiem Himmel, gab es für alle Gäste zusätzlich zu den üppigen Mahlzeiten einen Festschmaus auf dem Pooldeck. Einen gigantischen Thunfisch, über zwei Meter lang, fast dreihundert Kilogramm schwer und frisch gegrillt, tischte ein philippinisches Küchenteam direkt am Pool auf. Dazu gab es einen Campari-Orange-Cocktail, vom Kapitän spendiert. Die Becker-Söhne fassten gleich drei Mal Fleisch nach, die Eltern nutzten die Cocktail-Freirunde ausgiebig. Jenny und Kai heizten die Stimmung an. Beim Karaoke-Wettbewerb winkten den Teilnehmenden kleine Preise. Siegfried T. Maurer meldete sich sogleich, bekam aber zu seinem Leidwesen das Lied vom „Holzmichel" zugelost. Vom Animationsteam in Lederhose und, mit barbusiger Bedienung vorne drauf, in Wirtsschürze verkleidet, krächzte er den Refrain ins Mikrophon und bekam als Preis eine Wasserpfeife aus Tunis. „Oh, danke sehr!", heuchelte er und fasste sie verächtlich mit zwei Fingern an. Später ließ er sie, als er sich unbeobachtet wähnte, über Bord gehen. Das ganze Deck schunkelte beim Holzmichel-Lied. Die beiden Animateure läuteten im Anschluss eine Wiener Walzer-Runde ein, bei der Jupp Schmitz reihum zum Tanze bat, erst Philomena von Pfuel, dann Helga Haseneier, gesprochen Hase-neier, und schließlich Roswitha

Knarz. Er hatte Stil, ein Emu besaß den Überblick und wusste, wo potenzielle Eifersuchtsfallen drohten. Die Damen des Frauenkneippvereins Harmonie Stuttgart-Bad Cannstatt schunkelten auf ihr Vereinslied, *Albany* von Roger Whittaker. Den Titel ersetzten sie einfach durch „Harmonie", auch wenn der übrige Text, den niemand kannte und der vom blutigen Zwist zweier Brüder handelte, selbst mit größten interpretatorischen Verrenkungen keinen rechten Sinn im Zusammenhang mit der Neutitulierung ergab. Aber die NOFRETETE war von Grund auf eine sinnfreie Zone. Fun und Feiern und Fitness und Faulenzen und viel Essen lautete die Maxime. Die weltweit als tüchtig geltenden Deutschen, die von jedem Lied nur die erste Strophe und davon nur die erste Zeile auswendig kannten, sie hatten sich das verdient. Es sich mal so richtig gut gehen zu lassen. *Harmonie, da da da dada dada dada …*

Wolle spürte das Vibrieren seines Bordhandys, das ihm der Kapitän besorgt hatte. Der Sauna-Seelsorger war gefragt und die NOFRETETE-Philosophie lautete: „Wir sind da, schon bevor Sie uns brauchen!" Mobile Erreichbarkeit für seelsorgerische Noteinsätze war darum ein Muss.

„Bingo, bingo, dit Fischlein is im Netz. Wirste dir freuen ☺ Rauschi!"

Das kann doch nicht sein, dachte sich Wolle. Kaum drei Stunden hängt die Kamera, und der will die Verehrerin schon gefilmt haben? Sie hatte sich doch erst heute Morgen mit dem Strauß verausgabt. Eine Rose, das hatte er mit flüchtigem Blick in Danielas Floristikshop erkannt, kostete drei Euro! Die Dame musste einen großen Liebesnotstand haben, wenn sie die Strauß-Frequenz so sehr forcierte.

Kaum war er an der Kabine angelangt, hielt ihm Rauschi einen Strauß roter Rosen entgegen. 48 Stück!

„144 Euro", stammelte Wolle, „plus Heidekraut."

„Ja, da kiekste, wa!?"

Rauschi hielt sich den Ziegenbart mit der rechten Hand.

„Ja, da kieke ich. Nicht nur immer schneller kommen die Sträuße. Auch immer größer werden sie. Sag, wer ist es?“

Rauschi kostete Wolles Neugier aus.

„Erst will ick dir mal fraren: Wie tuste dir eingtlich de Zahlensymbolik erklären? Erst sechse, denn zwölwe, denn viernzwanzich, jetzt achtnvierzich. Heut Ahmd, schätz ick, wern's sechsnneunzich sein, oda wat? Wat saacht uns denn ditte über die Verehrerin, Kollege Wolle?“

Wolle trat von einem Fuß auf den anderen.

„Nun sag schon, kenne ich sie?“

„Also, ick gloobe“, fuhr Rauschi ungeniert fort, „die Symbolzahl is die Zahl sechs. Da will jemand Sex, Wolle, und deswejen warn's zuerst SECHS, wegen SEX, vastehste? Na, und denn is der, ick nenn et ma so, sexuelle Notstand imma größer jeworn, und deswegen hat sich dit janze ooch mit die Rosen multiziplizier!“

„Rauschi, du nervst. Pass gut auf, dass der gute Wolle nicht gleich ausrastet. Dem ausrastenden Wolle möchte ICH nicht begegnen.“

„Is ja jut, altet Haus, na komm, ick zeije dir die Uffnahme.“

Rauschi schob den Videostick in den Laptop ein und spulte dann etwas vor und zurück. Zuerst kamen einige Kollegen um die Ecke. Wolle blitzte ein Gedanke auf. Es konnte ja kaum jemand von den Schiffsgästen sein! Die hatten keinen Zutritt zu den Personaldecks. Um so verblüffter war er, als plötzlich Frau Becker aus dem Saarland, dieses Mal mit Pünktchenkleid aus den fünfziger Jahren und mit Stirnband, auf dem Videofilm erschien. Nein, das konnte doch nicht wahr sein! Sie war doch mit Mann und Kindern hier und die Familie wirkte so geizig. Wenn ihr Mann erfuhr, wie sie sich mit den Blumen verausgabte, das würde ein Blutbad geben, ein Familiendrama, dem auch er zum Opfer fiele, obwohl er gar nicht zur Familie gehörte …

„Ej Wolle, wat denn, wat denn? Wat zitterste denn so? Is doch noch jar nüscht passiert.“

Mutti Becker trug etwas in der Hand. Sind das nicht die Rosen? Jetzt, ja, jetzt konnte er es genauer sehen. Ein Bügeleisen war es. Chang, einer der Schiffstechniker, begrüßte sie auf dem Flur.

„Ja, Lady, wie gesagt, ja, werde reparieren, wie gesagt, Lady, wie gesagt, Lady." Die Zahl der Bücklinge vor Mutti Becker kam an die seiner Lieblingswendung „wie gesagt" heran.

„Ja, unn wie gesaat", hörte Wolle jetzt Mutti Becker sprechen, „e Euro zaal ich Ihne do defor."

Dann drehte sie sich um und entschwand aus dem Bild der Kamera. Weder Wolle noch Rauschi hatten eine Ahnung, wer Mutti Becker Zutritt zum Personaldeck verschafft hatte. War aber auch egal. Wolle atmete auf. Eine schlimmere Verehrerin als Mutti Becker war kaum vorstellbar. Das bedeutete nichts gegen ihre Person, aber die Umstände, sie waren denkbar ungünstig.

Rauschi zappte den Film vor.

„Na, Wolle, da biste wohl jrade noch ma nem Debakel entjangen, wa?" Er strahlte den Kabinennachbarn an.

„So, jetze kommt et. Deine Verehrerin!"

Erst glaubte Wolle an einen von Rauschis Scherzen. Die Person, die jetzt ins Bild trat, konnte unmöglich die Verehrerin sein. Doch dann sah er die Rosen in ihrer Hand. Der gewaltige Strauß von 48 Rosen! Das konnte nicht wahr sein! Nein, jetzt erkannte er die Kleidung, die Gesichtszüge. Nein, nein, o Herr, lass Abend werden! Nein! Bitte nicht! Nein!

„Ja Mensch, Wolleken, gratuliere! Dit is doch jar keene schlechte Partie!"

Wolle hatte plötzlich rote Pusteln am Hals. Im Gesicht dagegen war er kreideweiß. Er taumelte, fiel rückwärts auf sein Bett und erinnerte mit seiner Haltung an eine auf dem Rücken liegende maurische Landschildkröte.

„Wasser", röchelte er. Rauschi stürzte zum Wasserbecken.

„Ej, Wolleken, det de mir jetze bloß nich schlapp machen tust! Soll ick den Dr. Moll rufen?"

Wolle winkte ab. Bloß nicht noch weitere Mitwisser. Dr. Moll war nur gastweise Schiffsarzt. Wer weiß, ob das Schweigegebot auch am Festland galt. Ach, was dachte er da nur für einen Schrott! Wolle war fix und alle.

Nach zwei, drei Ruheminuten wankte er zum Computer und sah sich die Szene erneut an, um jede Verwechslung auszuschließen. Jetzt, wo das Geheimnis gelüftet war, erinnerte er sich an so manche Begegnung, an Situationen von Nähe, besonders in der Sauna, ja, auch an schmachtende Blicke, die er damals gar nicht registrierte, jetzt aber völlig klar zuordnen konnte.

„Ich muss zum Kapitän, Rauschi. Das muss ich dem Kapitän sagen!"

„Ruhich, Wolleken, ruhich. Wieso willste dit denn dem Käptn saren? Is doch längst nich so schlimm!"

Aber Wolle bestand auf einem Termin beim Kapitän. In seinem Diensthandy hatte er die Nummer von Cruise Director Bea Bloch, Rauschis Chefin. Die Dame mit, wie es Regionalpröpstin Gesine Harms ausdrücken würde, Kompetenz-Kompetenz. Weniger bewanderte Gemüter sprachen in solchen Fällen von einer Frau für alle Fälle. Sie hatte den direkten Draht zum Kapitän. Wolle war, trotz seines Aufstiegs zum Sauna-Seelsorger, auf der untersten Stufe der Hierarchie. Seine persönliche Beziehung zu Lars Aicher auszunutzen, ihn direkt anzufragen, scheute er sich. Angesichts der Untreue gegenüber Rosemarie Aicher glaubte er, dazu auch kein Recht zu haben. Aber Bea Bloch, sie bat er inständigst, ihm so schnell wie möglich einen Termin beim Kapitän zu verschaffen.

Zwei Stunden später war es soweit. Wie beim Antrittsbesuch führte ihn Chief Engineer Klaus-Peter Schulz, wieder mit sehr strengem Blick, zum Kapitän auf die Brücke. Lars Aicher übergab die Geschäfte an seinen Vertreter. Auch dem nautischen Wachoffizier teilte er ein paar Informationen mit, klopfte ihm auf die Schulter und begab sich in das rückwärtige Zimmer, das Wolle schon kannte.

„Hallo, Wolle, kommst du?"

Wolle stand wie verhext. Sein Blick haftete auf der Schulter des Wachoffiziers, wo Lars gerade hingeklopft hatte, und wanderte dann zu den Bildschirmen, von denen aus die Decks einzusehen waren.

„Wolle, ich habe nicht viel Zeit. Wir sind bald in Civitavecchia. Wenn du jetzt nicht kommst, geht es nicht mit dem Gespräch!"

Der Kapitän klang leicht gereizt und Wolle sputete sich jetzt.

„Was gibt's, Wolle?"

Wolles Gedanken fuhren Achterbahn. Was er eben gesehen hatte, verwirrte ihn noch mehr. Aber jetzt musste es raus.

„Ich, ähm, ich, also …"

„Jaaaa?" Lars hatte sich zu ihm gebeugt.

„Ähm, also Lars, ähm, bist du eigentlich verheiratet?"

Jetzt stutzte der Kapitän.

„Nein, wieso?"

„Also, nein, das steht mir nicht zu, so etwas zu fragen. Aber ich mein ja nur …"

Lars sah Wolle an wie Kids in der Bronx den ersten weißen Rapper.

„Wolle, soll ich Dr. Moll rufen?"

Jetzt fragte ihn das schon wieder jemand. Nein, so durfte er sich sein bisher fast tadelloses Image nicht zerstören. Jetzt half nur noch die Wahrheit. Die nackte und bittere Wahrheit. Er spannte die Gesäßmuskulatur kräftig an, sehr kräftig, und dann fuhr es aus ihm heraus: „Lars, bist du schwul?"

Sein Gegenüber hustete und prustete los, so kräftig, dass er sogar aufstehen musste und sich mit der rechten Hand selbst auf den Rücken schlug.

„Huahuaahuuaaaa, nee, also nee, Wolle, was ist nur mit dir los? Huuuaaaaahuahuhu, wie kommst du denn darauf?"

„Na eben, da hast du deinem Gehilfen da vorne an dem Steuerpult so, ähm, so zärtlich auf die Schulter geklopft, oder, etwa, ähm, nicht?"

Der Kapitän setzte sich hin, nahm Fassung an und sagte dann in kategorischem Ton:

„Also, Wolle, erstens ist man noch nicht schwul, wenn man seinen engsten Mitarbeitern mal auf die Schulter klopft. Das ist sogar wichtig, damit hier ein kollegiales Klima herrscht. Im Übrigen mache ich das nicht mit Vorsatz, sondern einfach so, weil ich so bin. Und zweitens, ich bin vor einem Jahr Vater geworden, habe eine hübsche Lebensgefährtin und bin mit der verdammt glücklich, mit Ausnahme des Umstands, dass ich halt monatelang weg bin, hier auf diesem Schiff. Aber am Donnerstag, da ist in Barcelona Übergabe. Da habe ich dann frei für zwei Wochen. Hörst du? Frei! Dann fahr ich zu meiner verdammt schönen Frau und erfreu mich an ihrer Fraulichkeit, du Pfeife!"

Jetzt half nur noch die ganze Wahrheit, war sich Wolle im Klaren. Er erzählte Lars von den Rosen vor seiner Tür, von der Skizze mit seinem Sturz in den Whirlpool. Nur von der heimlich installierten Kamera schwieg er dem Kapitän gegenüber.

„Und dann hat mein Mitbewohner die Verehrerin beobachtet."

„Ja, und?" Lars war jetzt richtig gespannt.

„Na, die Verehrerin, sie heißt Mister Spock!"

Lars sorgte sich jetzt echt um Wolles Geisteszustand.

„Mister Spock? Ja? Du bist sicher?"

„Ja! Sein Doppelgänger."

Wolle blickte zur Tür. Noch eine Sekunde brauchte Lars, dann dämmerte es ihm.

„Du meinst …?" Er zeigte Richtung Tür. Wolle nickte eifrig. Da ging es wieder los: „Huahuaahuuaaaa, nee, also nee, Wolle, huuuaaaaahuahuhu, jetzt muss ich zur Sicherheit noch mal nachfragen. Du meinst nicht Chief Engineer Klaus-Peter Schulz, richtig?" Wolle schüttelte den Kopf. Nein, Schulz war es nicht.

„Dann meinst du also Guido Hansen, meinen nautischen Wachoffizier? Mister Spock wegen seiner Ohren? Huahuaahuuaaaa, nee, nee, nee. Das ist gut, oh Mann, Wolle, huuuaaaaahuahuhu."

Es dauerte eine Weile, bis sich der Kapitän beruhigt hatte. Ihm waren sogar Lachtränen gekommen. Mit gefasster Stimme machte er dann Wolle klar, von einer homosexuellen Neigung seines Kollegen nichts zu wissen und auch nichts wissen zu wollen.

„Ist seine Privatsache."

„Aber, Lars, der hat mich doch auf dem Monitor da draußen beobachtet, wie ich in den Pool gefallen bin. Ich meine, wie ich da so stand mit den nassen Kleidern und mir einer sagte, das sei wie bei einem Wet-Boxer-Short-Wettbewerb. Und andere riefen, meine Brüste seien mindestens Größe 120DD. Also, dass man da so alles sieht, wenn die Kleider nass sind und so. Darf der sich denn solche Wettbewerbe während seines Dienstes anschauen?"

Wolle spürte, wie schwach seine Argumente waren. Mit einem „Lass gut sein" beendete der Kapitän das Thema.

Wolle war schon aufgestanden, da bat ihn Lars, sich noch einmal zu setzen. Er holte einen Ordner und blätterte, dann hielt er Wolle ein paar Seiten hin.

„Schau mal, was am Donnerstag und Freitag, den letzten beiden Abenden an Bord für die meisten, hier auf der NOFRETETE abgeht. Habe das nur am Rande mitbekommen, weil ich da frei habe. Da müsstest du doch mit deinem Luther-Spleen als Erster mit dabei sein. Schade, dass ich das nicht live erleben kann!"

Mit immer größerer Aufmerksamkeit las Wolle, was auf den Blättern stand.

„Das gibt es doch nicht!", murmelte er zwischendurch mehr als einmal. Was da stand, jagte ihm zuerst einen gewaltigen Schrecken ein. Doch nach wenigen Minuten verspürte er einen nie dagewesenen Tatendrang. Der Augenblick war gekommen, sein großes Werk umzusetzen. Wenn da nicht der Höchste selbst die Hand im Spiel hatte, wusste er auch nicht, was los war.

Er dankte Lars.

„Wenn wir uns nicht mehr sehen sollten, bestell deiner Mutter einen schönen Gruß von mir!"

„Mehr nicht?"

„Ähm, nein, nicht. Vorerst."

Wolle war mit seinen Gedanken bei dem bevorstehenden Ereignis am Donnerstag und Freitag.

Er schlich hinter dem nautischen Wachoffizier zum Ausgang und stürmte über die Decks. Endlich fand er ihn.

„Rauschi, Aktion ist angesagt!"

Er weihte den Freund in die bevorstehenden Ereignisse ein. Sein Handy summte.

„Hallo, Wolle, hier ist Jenny. Der Kai steht neben mir. Wir müssen dringend etwas mit dir besprechen."

XIV

Still und heimlich heirateten Didi und Vögelchen auf Barbados. Dorthin waren sie direkt nach Prozessende geflohen. Die wochenlange, penetrante Beobachtung mit Kameras und Objektiven hatten selbst einen paparazzigewöhnten Medienprofi wie Didi mürbe gemacht. Nur seine Ruhe wollte er. Vögelchen heiraten, das war eine spontane Entscheidung, geboren aus dem Gefühl einer tiefen Dankbarkeit. Dankbarkeit, was ganz konkret? Was brachte ihn mit seinen 53 Jahren zu diesem Schritt, seiner ersten Hochzeit? Auf diese Frage fand er eine ganz bestimmte Szene als Antwort. Positiv besetzt war ihm diese Szene immer wieder vor Augen getreten: Vögelchen, auf der Wehrbrücke der Loisach stehend, während er sich auf den Uferweg zur Geldübergabe aufmachte. Sie hatte ihm mit einer unscheinbaren Geste, ein Winken mit der Hand, dazu ein leichtes Nicken, den Mut geschenkt, die gefährliche Mission anzugehen. Zum ersten Mal seit langer Zeit hatte er das Gefühl, von jemandem nicht nur wegen des Geldes geliebt zu werden. Vögelchens Alter, sie war fast dreißig Jahre jünger als er, spielte keine Rolle.

Selten hatte er als Kind Augenblicke des Geborgenseins erlebt. Aber sie waren ihm nicht ganz fremd. Er erinnerte sich an den Füllfederhalter, den *M150* mit der vergoldeten Edelstahlfeder und dem Tintensichtfenster, den Hubert Knabe von ihm erpresst hatte. Seine Mutter übersah nicht, wie er von heute auf morgen wieder mit dem alten Füller schrieb, und stellte ihn zur Rede. Er behauptete, den *M150* einfach verloren zu haben. Jetzt, dachte er damals, jetzt ist es soweit. Jetzt geht das Gewitter los. Und wenn erst der Vater davon erfährt!

Zu seiner großen Überraschung reagierte die Mutter ganz anders als erwartet. Sie nahm ihn in den Arm. Das hatte sie keine fünf Mal in seiner ganzen, ihm erinnerbaren Kindheit getan. Sie tröstete ihn. „Ach, mein lieber Didi, das ist ja traurig. Hast dich so gefreut. Aber dem Papa, dem sagen wir davon besser nichts. Und meinem Cousin muss ich sowieso wegen einer andren Sache schreiben. Den frage ich, ob er noch mal so einen Füllfederhalter besorgen kann. Ist ja auch nicht mehr so lange bis Weihnachten."

Irgendwie hatte die Mutter das dann vergessen, er bekam nie wieder einen *M150*. Aber das war auch gar nicht so wichtig. Viel wertvoller war ihm die bergende und zugleich Mut machende Geste der Mutter. An diese Szene fühlte er sich am Loisachufer erinnert, auch wenn Vögelchen ihn nicht aus mütterlichen Motiven heraus heiraten wollte.

Vögelchens Gründe, der Heirat zuzustimmen, waren rationaler und emotionaler Natur. Sie studierte ziellos Germanistik, wusste, sie würde nie einen adäquaten Job bekommen. Didis Anruf in seiner Notlage war für sie ein Wink des Himmels. Sie war die einzige, die ihn während der Prozesszeit erlebte, wie er wirklich war: einsam, verloren, voller Angst. Was sie seit jenem Anruf für ihn empfand, war nicht Mitleid, Besitzgier, Stolz. Es war Liebe.

Auf ihrem Flug von München nach Barbados hatte sie ein wenig geschlafen. Als sie zu erwachen begann und er sie in ihren Halbschlaf hinein fragte, ob sie ihn heirate, zögerte sie keine Sekunde. Eine innere Stimme hatte ihr diese Frage angekündigt. Sie war sich sicher, richtig zu entscheiden. Noch am Flughafen klärten sie die Formalitäten mit den Behörden der Karibikinsel. Drei Tage später waren sie Mann und Frau.

Bei ihrem Hochzeitsmahl in einer versteckten Bucht mit honiggelbem Strand, wo die Weddingplanner ihres Luxushotels als Teil des Honeymoon-Package einen blütenweiß gedeckten Tisch aufgebaut hatten, auf dem die dunkelhäutigen Ober in weißen Anzügen abgehangenen Lofotendorsch, Papayas, Mangos, Kokosnüsse und Champagner aus Reims servierten, jetzt, als er ihr die Geschichte mit dem *M150*-Füllfederhalter erzählt hatte, da sagte sie: „Didi, du musst dein Leben aufschreiben."

„Ich kann nicht schreiben, Vögelchen. Konnte ich noch nie. Hat gerade so für 'ne vier im Abi gereicht. Totales Scheiß-Fach."

„Aber dein Leben hat so viele Brüche. Ist auch total spannend. Und du hättest die Möglichkeit zu schreiben, wie das alles wirklich war mit Natascha und ihrem Clan."

„Vögelchen, ich bin froh, nichts mehr davon zu hören. Überhaupt möchte ich meine Vergangenheit zu den Akten legen."

Er spürte, wie utopisch diese Worte waren. Spätestens bei der Rückkehr nach Deutschland, sollte sie ihn nicht sogar hier auf Barbados aufspüren, belagerte ihn die Pressemeute. An seiner Person bestand ein großes öffentliches Interesse. Die *Frau im Glück* und ähnliche Blätter berichteten deshalb so gern über ihn und andere Promitragödien, weil das viele Menschen einfach fesselte. In jeder und jedem steckte ein kleiner Voyeur, der seine Leidenschaft unerkannt mit dem Kauf einer *Frau im Glück* ausleben konnte.

Du musst dein Leben aufschreiben. Der Gedanke ließ ihn nicht mehr los. Am Abend ihres Hochzeitstages, als sie vertraut in einer Ecke der Hotelbar saßen, schlug er Vögelchen, der Germanistin, vor, sie solle sein Leben aufschreiben. Einen Verlag zu finden, dürfte angesichts seiner Prominenz kein Thema sein.

„Nein, das traue ich mir nicht zu, Didi. Aber ich kenne einige, die dafür in Frage kommen."

Didi erschrak. Er sollte sich einem Fremden anvertrauen? All das Belastende aus seiner Kindheit und Jugend einer Person erzählen, von der er nicht wusste, ob sie postwendend alle Geheimnisse, selbstredend gegen gutes Geld, in den gierigen Schlund der Öffentlichkeit warf?

„Aber wegen dieser Erlebnisse schreibst du ja dein Leben auf. Die Brüche machen doch dein Leben so interessant. Dass die Person, die dein Leben aufschreibt, vorschnell zur Presse rennt, ist ausgeschlossen. Schließlich möchte sie ja auch einen möglichst guten Verkauf des Buches. Daran verdient sie ja. Da ist es fatal, Insiderwissen vorher auszuposaunen. Und vertraglich können wir regeln, dass nur nach außen geht, was du autorisierst. Da kannst du ja den Dr. Istel-Bergewitz fragen. Der ist doch da Spezialist, oder?"

Je länger Didi darüber nachdachte, desto sinnvoller erschien ihm das Vorhaben. Sein Leben aufschreiben. Könnten die Gespräche darüber ihm vielleicht sogar helfen, sein Leben zu sortieren? Das, was er Jahrzehnte vor sich herschob, endlich einmal aufzuarbeiten?

„Na gut, Vögelchen. Ich könnte mir das vorstellen. Mit so einem Ghostwriter."

„Muss nicht mal ein Ghostwriter sein. Keine Autobiographie. Ich glaube, es ist besser, wenn es ein Biograph ist. Dann ist das Ganze unabhängiger, nicht so parteiisch. Sonst sagen die Leser: ‚Na, ist ja klar, dass der Dollmann das so sieht. Aber der schwindelt doch. Die Wahrheit ist sicher eine ganz andere.' Wenn ein Biograph dein Leben beschreibt, wird er manches auch kritisch sehen. Aber, das weiß ich, du kommst besser weg, als dich die Öffentlichkeit zurzeit sieht."

„Wieso denn das?"

„Weil du viel besser bist!" Sie drückte ihm die Hand. „Und das sage ich nicht nur, weil ich dich liebe, sondern weil es die Wahrheit ist."

Sie bestellten einen weiteren *Malibu Barbados*. Niemand beachtete sie, es gab in dem Hotel offenbar keine deutschen Touristen.

„Aber wen kennst du, der dafür in Frage kommt? Ich muss dem doch total vertrauen können, Vögelchen."

„Stimmt, aber dafür hast du ja mich. Ganz so sinnlos ist mein Germanistik-Studium dann doch nicht."

Sie zog kräftig am grünen Strohhalm des Cocktails.

„Also pass auf, Didi. An der Uni hatte ich einen Kurs ‚Kreatives Schreiben' belegt. Den hat ein Roman- und Krimiautor gehalten. Sein letztes Buch war eine Biographie. Den könnte ich fragen. Der macht einen ganz vertrauenswürdigen Eindruck."

„Eine Biographie hat der geschrieben? Über wen denn?"

„Über Luther."

„Martin Luther? Der mit der Reformation?"

Vögelchen nickte.

„Aber mit dem Luther habe ich doch nichts gemeinsam", lachte Didi. „Ich mein, ich bin zwar konfirmiert worden, weil meine Alten das wollten und weil alle aus meiner Klasse da hingingen. Aber das war's dann auch mit Kirche. Hab mit achtzehn den Abflug gemacht und bin ausgetreten aus diesem komischen Verein. Bei dem ist doch die Zeit stehen geblieben. Kann mich noch an den Pfarrer gut erinnern, der uns konfirmiert hat. Der war eigentlich ganz nett. Aber wenn der sonntags auf die Kanzel gestiegen ist, hat der Kasperletheater gespielt. Nur hat er das nicht gemerkt. Der hatte plötzlich eine ganz andere Stimme, so feierlich und unnatürlich. Und die Augen hat er immer so ganz weit aufgerissen und zur Decke geschaut, wenn er mal nicht aus seinen Papieren abgelesen hat. Keine Ahnung, was der damals gepredigt hat. Hatte jedenfalls nichts mit mir und meinem Leben zu tun. Ich war froh, wenn die Gottesdienste vorbei waren. Warum erzähle ich dir das jetzt eigentlich?"

„Wegen der Biographie, Didi."

„Ach ja. Du sagst, der hat eine Luther-Biographie geschrieben. Also, da weiß ich ja nicht, ob das der Richtige ist, das Leben des Moderators und Hauptjurors von *Einer ist der Doofste* zu schreiben."

„Ja, Didi, ich verstehe deine Bedenken. Aber der hat keine historische Biographie über Martin Luther geschrieben, sondern über einen Campingplatzwart unserer Zeit, der nach einem Unfall so eine neurologische Veränderung hatte. Der glaubte seitdem, Martin Luther zu sein. Eigentlich hieß er Wolle, von Wolfgang abgeleitet, und viele nannten ihn Wolle Luther. Als solcher ist er durch Deutschland gereist und hat Akkordeon gespielt und einen alten Kelch gesucht. Kannst ja das Buch mal lesen."

Hm, dachte sich Didi, klingt ja nicht so langweilig wie befürchtet. Aber er blieb skeptisch, ob das der richtige Biograph für ihn war.

„Wo kommt der denn her?", fragte er Vögelchen.

„Aus Weimar. Der hat an der LMU in München einen Lehrauftrag."

„Weimar ist gut! Hat da nicht der Goethe gelebt? Und der Shakespeare, war der da nicht auch mal zu Besuch?"

„Der Shakespeare doch nicht, Didi. Da gibt es nur eine Shakespeare-Gesellschaft in Weimar. Aber mit Verlaub, das dürfte gerade dir nicht bekannt sein."

Didi konnte Vögelchen nichts übel nehmen, auch nicht solche kleinen Spitzen. Ganz im Gegenteil. Was sich neckt, das liebt sich, das war einer der Sätze, die keine leere Floskel waren. Er war erstaunt, wie viel Vertrauen sich binnen so kurzer Zeit zwischen ihnen eingestellt hatte. Vor allem war sein Drang, andere Frauen erobern zu wollen, zu seinem eigenen Erstaunen wie weggeblasen.

Nach München zurückgekehrt vereinbarte Vögelchen einen Termin mit dem Biographen. Sie trafen sich im Haus am Tegernsee. Didis Angst, dort zu wohnen, hatte nach der Geldübergabe deutlich nachgelassen, vor allem weil Vögelchen bei ihm lebte. Außerdem hatte er eine neue Alarmanlage mit höchstem technischem Standard einbauen lassen. Zudem tätigte eine private Sicherheitsfirma regelmäßige Kontrollgänge auf dem Außengelände. Paparazzi hatten so ein schweres Leben, und nach einigen Wochen verloren sie auch merklich das Interesse an Didi.

Gelegentliche Schnappschüsse von Vögelchen tauchten in den Gazetten mit banalen Bemerkungen auf wie: „Die junge Geliebte ist stets an seiner Seite." Niemand ahnte, wie nah an der Wahrheit solche Sätze wirklich waren.

Pünktlich um 15.00 Uhr an einem schönen Sommertag klingelte es. Vögelchen erkannte ihren Dozenten mittels der Überwachungskamera am Eingangstor und öffnete ihm. Der Biograph war von dem Anwesen sichtlich beeindruckt. Aus der Musikanlage ertönte Musik von Amy Winehouse. Didi begrüßte den Mann aus Weimar nur kurz und begann, von Amy Winehouse zu erzählen, deren früher Tod ihn in diesen Tagen beschäftigte.

„Ich hatte sie einmal in einer meiner Shows. Sie war so fertig, so nervös. Die Scheiß-Drogen. Kenn mich da aus. War auch öfter vor dem Absturz. Aber wenn du so in der Öffentlichkeit stehst, wenn du jeden Abend tausend Prozent geben sollst, da brauchst du einfach was. Zumindest viel Alkohol. Sonst hältst du das gar nicht aus."

Der Biograph hatte sein Notebook aufgeklappt und begann zu schreiben.

„Die Amy ist zwar nicht ganz unschuldig. Hat die Rolle der Skandalnudel gesucht. Hat gesagt, alles Schlimme, was man über sie berichte, stimme. Aber warum hat sie das getan? Hast du dir den letzten Auftritt in Belgrad mal bei YouTube angeschaut?"

Didi duzte, ohne es zu bemerken, den Biographen.

„Nein? Da war sie völlig außer Kontrolle, konnte kaum stehen, kratzte sich ständig und stolperte über die Bühne. Wo waren da die Leute von ihrem Management? Warum haben sie sie nicht vor sich selbst geschützt? Sie von der Bühne geholt und den Leuten ihr Geld zurückgegeben? Oder die Jungs aus der Band? Glotzen blöd statt zu helfen. Ich sage dir, die wollten das so. Bei der nächsten Tournee sind die Konzerte alle ausverkauft, weil jeder sehen will, ob sie wieder besoffen und bekifft ist. Hier, hab einen Artikel von 2008 aus der *Bunten* aufgehoben. Da steht ein Zitat von Max Clifford. Ist ein PR-Agent. Kenne den, der schreibt: ‚Amy Winehouse mit Drogen ist ein größerer

Star als Amy Winehouse ohne Drogen. Es mag pervers sein, doch Tatsache ist: Für Rockstars wie Amy ist schlechte Publicity immer auch gute Publicity. Wäre sie süß und unschuldig, würden sich weit weniger Menschen für sie interessieren. So sieht die Realität aus – leider.' Ja, der Max hat Recht. Ich frage mich von Tag zu Tag mehr, was das für eine Scheiß-Branche ist, in der ich arbeite. Eine Branche, in der eine Amy Winehouse mit siebenundzwanzig an Drogen stirbt, weil ihr niemand wirklich hilft!"

„Ist es vor allem das Alter, siebenundzwanzig, das Sie beschäftigt?"

Zum ersten Mal hatte der Biograph etwas gesagt und gab Didi die Gelegenheit zu einem Exkurs.

„Als angehender Musiker hatte ich drei Vorbilder. Die sind komischerweise auch in genau diesem Alter gestorben. Man spricht ja auch vom ‚Club 27'. Mich hat Jimi Hendrix an der Gitarre begeistert. Und Jim Morrison und Janis Joplin mit ihrem Gesang und ihren Texten. Ich habe mich damals schon gefragt, ob sie trotz der Drogen oder wegen der Drogen so genial waren. Wie jetzt bei Amy. Wobei die ja eine unglaublich tolle Soulstimme hatte. Auch ohne Drogen."

Indem er Didi reden ließ, war es dem Biographen aus Weimar gelungen, Vertrauen herzustellen.

„Sag mal, eine Biographie von mir. Wie könnte so was aussehen? Ich meine, das ist ja nicht so mein Metier. Fängt das bei Adam und Eva oder beim Urschleim an oder wie?"

„Bei Ihnen, Herr Dollmann, sollte es, angesichts der vielen Brüche in ihrem Leben, so wie ich Sie bis jetzt sehe und von meinen Internet-Recherchen her kenne, keine gewöhnliche Biographie sein. Also nicht so chronologisch: Geboren ist er dann dort, dann hat er die Schule dort und dort besucht, dann Musik und so weiter. Ich werde mir eine andere Form überlegen. Auch sollten wir die lüsternen Erwartungen, die so manche haben, konterkarieren. Statt sensationeller Enthüllungen mehr Erklärendes, Kritisches, auch gegenüber der Leserschaft.

Außerdem wäre es gut, wenn ein, zwei Botschaften rüberkommen. Haben Sie solche Botschaften, Herr Dollmann?"

Didi war von der Frage überrascht. So etwas hatte ihn noch nie jemand gefragt.

„Darüber muss ich erst mal nachdenken."

Als sie mit dem ersten Gespräch zum Ende kamen, fragte Didi den Biographen nach seinen finanziellen Konditionen.

„In finanziellen Forderungen bin ich ganz schlecht", räumte dieser ein. „Wir werden uns einigen. Wichtig ist die Biographie als solche."

Die nächsten Tage trafen sich Didi und der Biograph täglich und Didi erzählte aus seinem Leben. Nicht chronologisch, kreuz und quer. Der Biograph tippte viel in sein Notebook und stellte nur wenige, kurze Fragen. In Didis Seele hatte sich ein Ventil geöffnet. Er freute sich auf die Sitzungen. Einmal trafen sie sich auf Wunsch des Biographen in München. Trotz der vielen Menschen, die Didi wie einen Ölgötzen anstarrten und dann nach Autogrammen geierten, gingen sie in mehrere kleine und große Buchhandlungen. Orte, die bisher in Didis Leben keine Rolle gespielt hatten. Didi kaufte Romane, Biographien, sogar Gedichtbände ein, las, wenn er nicht mit dem Biographen sprach, Tag und Nacht und fragte sich, wieso ihm der Kontinent der Bücher bislang verborgen geblieben war.

Die Tage waren gefüllt, und dennoch besetzte eine Frage Didi immer mehr. Eine Frage, die er nicht mehr lange vor sich herschieben konnte: Würde er wieder auf den Bildschirm zurückkehren? Finanziell hatte er, angesichts seines Immobilienbesitzes, ausgesorgt. Ihm lagen aber mehrere Anfragen von großen Fernsehsendern vor. Auch für *Einer ist der Doofste* gab es das Angebot einer neuen Staffel. In ihm sperrte sich etwas, einfach so weiter zu machen wie vor dem Prozess.

Bücher von Michel Houellebecq, Martin Walser, Ernest Hemingway, die Autobiographie von Hannelore

Elsner und auch das Luther-Buch seines Biographen halfen ihm, eine Antwort auf diese schwierige Frage zu finden. Ja, er wollte wieder Shows machen. Aber zumindest die erste sollte einen anderen Stil haben, das Publikum überraschen und auch das beinhalten, was der Biograph für den Lebensrückblick forderte: Ein, zwei Botschaften. Gut möglich, dass ihn das in Konflikt mit seinen Produzenten, mit Kachel, Butz oder Müller-Vogelmann zum Beispiel brachte. Denen war die Quote ins Gehirn eingebrannt. Aber diesen Kampf wollte er ausfechten, um jeden Preis. Er forderte etwas ein, wofür so mancher Kollege, so manche Kollegin vom Bildschirm verschwunden war, ganz schnell. Etwas, wozu er aber seine Prominenz nutzen konnte. Etwas, für das er bereit war, Kachel, Butz oder Müller-Vogelmann mit ihren Angeboten gegeneinander auszuspielen. Zumindest eine Show sollte dieses Etwas haben, was das Schreckenswort aller Quotenhäuptlinge war. Das Wort, das, sagte man es einem Produzenten, ungefähr die gleiche Wirkung hatte, wie wenn man einer Frau den Hinweis auf fortschreitende Cellulitis gab. Das Unwort der Unterhaltungsindustrie, es hieß: Niveau.

Der Sender, der Didi zum ersten Mal nach dem Prozess wieder auf Sendung hatte, dem war die Quote sicher. Deshalb war es, wie die Verhandlungen bald zeigten, ein Leichtes, einen Inhalt zu verlangen, der, von einem anderen, weniger prominenten Entertainer vorgeschlagen, schon im Vorzimmer der Entscheidungsträger an den üblichen Chef-ist-nicht-da-Taktiken gestrandet wäre. Wenn Didi anrief, dann waren bei allen Sendern die Damen des Chefsekretariats auf Habacht codiert und binnen Sekunden stand die Leitung zum Produzenten, auch wenn dieser gerade aus dem Yachthafen von Monaco schiffte.

Die Idee zur Sendung war ihm beim Lesen gekommen. Dieser Typ, Wolle, der glaubte, Martin Luther zu sein, gefiel ihm. Wenn man mir Luther auf diese Weise als Jugendlichem nahegebracht hätte, wer weiß, vielleicht wäre ich heute noch bei diesem Verein Kirche, dachte er für einen Augenblick. Doch dann kamen ihm wieder Zweifel. Nein, Kirche, das war ihm so fern und fremd. Obwohl, die Ereignisse der letzten Zeit hatten ihn in dieser Hinsicht ins Nachdenken gebracht. Nicht, dass er jetzt in der Gefahr stand, eine Betschwester zu werden. Aber was ihn seit dem Tod von Amy Winehouse eingeholt hatte, war die Frage, die er sich auch beim Tod von Jimi Hendrix, Janis Joplin und Jim Morrison gestellt hatte: Gibt es nur dieses Leben? Oder gibt es noch eine andere Wirklichkeit? Auch bei der Hochzeit mit Vögelchen kamen ihm solche Gedanken. War sie nicht wie ein Engel in sein trotz allem Erfolg so verkorkstes Leben hineingeschneit?

Auch kannte er jetzt das Gefühl extremer Angst. Der Überfall in seinem Haus. Der *Silberne Otter* plötzlich in der Schwabinger Wohnung. Die Geldübergabe mit schlotternden Knien. Wer in solchen Situationen den Glauben an eine höhere Macht hatte und die Hände falten und sich stärken konnte, den beneidete er gelegentlich.

Luther, das lernte er jetzt, war so ein Mensch. Unerschrocken, sogar gegen Kaiser und Papst, die höchsten Instanzen seiner Zeit, nur weil er eines wollte: Die Wahrheit. Das gefiel Didi, dem so viele, auch Kirchenvertreter vorwarfen, in seinen Shows die Kandidaten zu demütigen, runterzumachen. Tat er das wirklich? Oder war er nicht einfach nur grundehrlich? Deine Performance war voll Scheiße, wenn er so etwas einem Kandidaten sagte, dann stimmte das auch, zumindest aus seiner Sicht. Keiner war gezwungen, sich bei ihm zu bewerben. Wer es aber tat, musste mit allem rechnen.

2017 stand der 500. Jahrestag der Reformation an. Wenn das die Leute von der Kirche organisieren, ist das der Tod im Topf, sagte sich Didi. In den Internetforen gab es viele, die sich als fromme Christen ausgaben und besser als Gott selbst wussten, was dieser so denkt und treibt. Sie fielen über ihn, Didi, her und hätten ihn, wären sie seiner habhaft geworden und hätte es die bundesrepublikanische Rechtsordnung hergegeben, am liebsten gesteinigt. „Gottlos", „Inkarnation des Teufels", „Antichrist", das waren noch die harmloseren Etikettierungen, mit denen ihn diese Scheinfrommen bedachten. Was Millionen Deutsche Woche für Woche Freude und gute Unterhaltung am Bildschirm brachte, dämonisierten diese Apostel des Vorvorvorgestern mit ihrer lustfeindlichen Lebenssicht.

Didi fragte sich nicht nur, ob sie Luther dabei auf ihrer Seite hatten, der doch kein Kind von Traurigkeit war, den Leuten aufs Maul schaute, derbe Sprüche drauf hatte, offen über seinen Sex sprach und gern Bier trank. Er war auch im Zweifel, ob dieses Verhalten vom Religionsstifter selbst abgedeckt war. Ein Gespräch mit seinem Biographen hatte diese Zweifel genährt. Demnach war der Mann aus Nazareth einer, der gerne auf Hochzeiten ging, der selten vom Tod und viel vom Leben sprach, der Menschen ehrlich sagte, was er von ihnen hielt und auch mal übers Wasser lief und Unmögliches möglich machte, wenn sonst gar nichts mehr half.

So reifte in ihm die Idee zu einer Casting-Show: Deutschland sucht Luther. Kurz: DSL. Ihm fielen sofort mehrere potenzielle Hauptsponsoren ein, als er den Titel zum ersten Mal bei einer Flasche *Barolo Cannubi* von 2001 und mit Blick auf den Tegernsee vor sich hinsagte.

„DSL?", horchte Vögelchen neben ihm auf.

„Ja, Deutschland sucht Luther. Das machen wir mit Casting. Wir suchen den oder auch die, die Luther am besten in unsere Zeit bringt. Seinen Mut, seinen Witz, seine Lebensfreude. Auch seine Themen natürlich. Da ist jeder frei. Das hat der alte Luther verdient. Und nicht, dass man ihn irgendwo im Mittelalter lässt. Wie so ein Relikt, das man nochmal ausgräbt. Und nach 2017 dann wieder Erde rüber und weg. Nee, die von der Kirche haben den Draht zu jungen Menschen nicht mehr wirklich. Zu deiner Generation nicht. Auch zu meiner Generation nicht. Lass uns das mal machen, Vögelchen."

Er schenkte sich ein neues Glas ein und spann das Konzept zur Show weiter. Am nächsten Morgen rief er

Kachel, Butz und Müller-Vogelmann an. Alle drei waren begeistert, jedenfalls ihm gegenüber. Sie wollten ihn, nicht die Sendung. Es war egal, was er für eine Sendung machte, Hauptsache er war wieder auf dem Bildschirm. Auch war das Risiko gering. Zwei Vorentscheide im Rahmen einer Casting-Show sollte es geben, eine in München und eine auf der NOFRETETE, dem beliebtesten Kreuzfahrtschiff der Deutschen. Dort sollte dann am Tag darauf auch das große Finale stattfinden. Alles kompakt, kurz und knackig. Keine über Monate hingestreckte Staffeln. Das war mit Luther schlecht zu machen. Meinte Didi. Forderte Didi. Und Kachel, Butz und Müller-Vogelmann überboten sich mit einem „Das bekommen wir natürlich hin, Didi!“

Auf die Idee mit der NOFRETETE war er gekommen, als er seinen Biographen nach dem weiteren Schicksal von Wolle gefragt hatte, diesem Pseudo-Martin-Luther.

„Den habe ich aus den Augen verloren“, beschied ihm der Weimarer. „Das Letzte, was ich von ihm weiß, ist, dass er auf der NOFRETETE angeheuert hat. Als Animationsassistent. Das hat mir ein Sachbearbeiter namens Heinz Schmidt von der Arbeitsagentur in Suhl erzählt. Vermutlich ist Wolle Luther jetzt auf diesem Kreuzfahrtschiff.“

Luther auf dem Kreuzfahrtschiff, das klang bei Didi nach. Genial, wir verbinden die Idee der Castingshow DSL mit der Location NOFRETETE. Sofort googlete er und fand die Route und die Termine der NOFRETETE heraus. Auch wenn Wolle Luther selbst den Dienst auf der NOFRETETE vielleicht schon lange quittiert hatte, ihn brauchte er nicht. Genug Bewerberinnen und Bewerber meldeten sich ohnehin. Die NOFRETETE sollte im Hafen liegen. Mit Übertragung der Sendung auf Großleinwänden im ganzen Hafenbereich und selbstverständlich live nach Deutschland, in die Schweiz und nach Österreich. Natürlich musste es ein Hafen sein, der viele deutsche Touristen als Publikum bescherte. Da kam für eine deutsche Sendung ganz klar an erster Stelle der von Palma de Mallorca in Frage, nicht weit weg vom Ballermann. Die Bordgäste, so der Plan, waren zugleich das Publikum der Sendung, und im Hafen, in ganz Palma steppte der Bär, eine Riesenparty, ein Sommermärchen mit und für und um Martin Luther!

„Mit Palma ist doch kein Problem, oder?“, fragte Didi.

„Bekommen wir hin, Didi. Geniale Idee!“, sagte Kachel.

„Bekommen wir hin, Didi. Geniale Idee!“, sagte Butz.

„Bekommen wir hin, Didi. Geniale Idee!“, sagte Müller-Vogelmann.

Didi gab Kachel, dem alten Weggefährten und Produzenten von *Einer ist der Doofste*, den Zuschlag. Nicht ohne ihm den Hinweis zu geben, auch Butz und Müller-Vogelmann stünden bereit.

XV

Wolles grauer Bart wallte wie zu besten Campingplatzzeiten auf seine behaarte Brust. Er lehnte starr mit dem Rücken von außen an der Saunatür, wie ein breiter Baumstamm verbarrikadierte er den Ausgang. Was ihm da gerade widerfahren war, so einen Schrecken hatte er vor Jahren das letzte Mal erlebt. Damals war das Hygiene-WC, das er im Wohnwagen eines Gastes auf dem Campingplatz *Blaue Bucht* benutzte, unter seinem Körpergewicht auseinandergebrochen. Der Schreck damals war ein kurzer, der jetzige aber hielt an. Hatte er sich eben in der NOFRETETE-Aromasauna den ersten Aufguss des Tages, einen Eukalyptus, gegönnt und sich dabei alleine gewähnt, so brach ihm, einem physiologischen Wunder gleich, schon bald nachdem er sich auf seinem Handtuch bequem eingerichtet hatte, bei 95 Grad der kalte Angstschweiß aus. Die Tür hatte sich geöffnet und herein kam, splitterfasernackt, kein Geringerer als der nautische Wachoffizier höchstpersönlich. Ein freudig erregtes „Uiiii“ glitt Guido Hansen beim Anblick des anderen Saunierenden über die nach außen gestülpten Lippen. Dann breitete er sein Handtuch auf der Bank direkt oberhalb von Wolle aus und machte es sich, in umgekehrter Richtung und leicht versetzt zu diesem, auf der Seite liegend bequem. Dem auf dem Rücken ruhenden Saunapartner streckte er damit direkt sein Gemächt ins Gesicht beziehungsweise hatte selbst kurz den Anblick desselben von Wolle, dann aber, als dieser sich mit einer für seine Statur erstaunlichen Geschwindigkeit umdrehte, dessen mehr als fülliges Hinterteil wie die Naheinstellung auf einer Großbildleinwand vor sich. Genau genommen musste man bei Wolle von einem ausladenden Hinterteil sprechen, das beinahe schon eine eigene Postadresse verdient hätte. Aber Guido empfand Wolles Allerwertesten gar nicht ausladend, ganz im Gegenteil. Während der folgenden Minuten schluckte Wolle seine Mundflüssigkeit komplett hinunter. Als diese alle war, schluckte er immer noch, jetzt mit nie gehörten Röchellauten. Sein über ihm liegender Saunapartner fasste die Laute als Ausdruck von Libido auf, als ein kaum noch zu beherrschendes erotisches Verlangen. Kurz fixierte er die Stelle und stach dann mit dem schweißfeuchten Daumen der rechten Hand wucht- und lustvoll auf den angenommenen vierten Wirbel von Wolles Steißbein ein. Glaubte Guido, in einem homoerotischen Ratgeber jenen Punkt als besonderes Lustzentrum beschrieben gesehen zu haben, gleichsam als männlichen G-Punkt, so legte ihm die Reaktion des anvisierten Partners eine andere Interpretation nahe.

Mit einem gezischten, gefauchten und gerasselten, an eine Klapperschlange erinnernden „Wirst du wohl!" sprang Wolle jetzt noch behänder als bei der Drehung zuvor auf und schlängelte sich, einer Netzpython gleich, die allerdings, damit das Bild zutrifft, gerade eine Kaninchenfamilie verschlungen hatte, an der Saunawand entlang nach draußen. Nur kein weiterer Körperkontakt, das war ihm das Entscheidende.

So hatte er sich den Saunaauftakt nicht vorgestellt! In Windeseile trocknete er sich draußen ab und lehnte sich gegen die Saunatür. Dann nichts wie weg, bevor Guido

Hansen mit Gegendruck die Sauna öffnete und das Ganze noch als neckisches Spiel eines Verliebten deutete, der nur eine weitere Attacke provozierte. Auf dem Sonnendeck fand er Rauschi, der gerade das Kamerakabel für ein Interview mit Ottilie Greis hielt. Im Bordfernsehen sollte ein Feature über Sebastian Kneipp und seine Jüngerinnen im 21. Jahrhundert erscheinen. Wild gestikulierte er Rauschi sein Anliegen, doch der zuckte nur hilflos die Schultern.

„Rauschi, Aktion ist angesagt!", flüsterte er ihm ins Ohr.

„Wees ick doch!", kam es zurück.

„Nee, nicht die mit dem Wettbewerb, noch 'ne andere! Komm auf die Bank vor Beauty & Wellness, da erklär ich dir alles."

Es dauerte eine Stunde, dann dampfte Rauschi heran.

„Mensch, Wolleken, war doch mitten in die Uffnahme. Wat is denn?"

„Guido Hansen, meine Verehrerin, er verfolgt mich. Das ist das reinste Stalking. Und jetzt geht's auch schon in den Bereich versuchte Vergewaltigung."

Wolle zitterte, schlotterte am ganzen Körper, während er dem Freund mit dem Ziegenbart das Erlebnis mit Guido in den Details schilderte. Gänsehaut und Schüttelfrost suchten ihn heim, trotz 28 Grad Außentemperatur. Das physiologische Wunder hielt an.

„Na und nu, wat willste jetz machen? Der meent dit richtich ernst mit dir. Ick gloobe, Wolleken, der is total in dir verknallt!"

Rauschi hatte Schwierigkeiten, das Gesicht in Form zu halten und nicht loszulachen. Aber um des Freundes willen versuchte er, sich zu beherrschen. War schon schlimm genug für diesen. Wolle wirkte verzweifelt.

„Du, Rauschi, bist doch mein Kumpel. Und Kumpel helfen sich vor allem dann, wenn es am schlimmsten ist, stimmt's?"

Rauschi nickte zaghaft, ahnte aber bereits, die gleich folgende Anfrage Wolles werde die Freundschaft auf eine sehr harte Belastungsprobe stellen. Blitzschnell malte er sich einige Szenarios aus: Heimliche Filmaufnahmen in der Sauna, wenn Guidos Daumen wieder Wolles Steißbein aufspießt; kompromittierende Zeugenaussagen von seiner Seite, Guido habe Wolles Kabinentür aufgebrochen; auch technische Manipulationen, die diese Aussage stützen; Abfüllen Guidos mit Alkohol im nächsten Hafen und anschließende Unterbringung in einem Obdachlosenheim, so dass er die Abfahrt verpasst. Aber was Wolle jetzt von ihm forderte, war zuviel.

„Also Wolleken, weeste, wat de da zu die Freundschaft jesaacht hast, dit stimmt ja allet. Aber wat de jetz da von mir verlangen tust, dit is einfach zu fille."

„Sind wir nun Freunde oder sind wir keine?"

Wolle schmollte. Rauschi grübelte. Ottilie Greis grüßte.

„Ach, Herr Wolle, haben Sie mal wieder ein Stündchen für mich?"

Nun habe ich selbst das größte aller auf der NOFRETETE denkbaren Probleme, vom unfreiwilligen Überbordgehen abgesehen, am Hals, und jetzt soll ich hier wieder Seelenmassage machen, dachte er sich. Aber Job ist Job, sagte ihm sein Berufsethos und er zur Kneipperin: „Ja, selbstverständlich, gehen Sie schon mal zur Kokossauna. Wir nehmen den Erdbeer-Rhabarber-Aufguss um elf!"

Ottilie blinzelte ihm beglückt zu, raffte ihren schwarzweiß gestreiften Bademantel vor der Brust zusammen und entschwand mit dem lauten Klappern ihrer mintgrünen Badelatschen.

„Na, was is, Rauschi?", hakte Wolle nach.

„Na wenn's denn unbedingt sein muss. Aber nur eenmal, vastehste!"

„Alles klar, heute Abend um kurz vor zwölf Uhr in der TagundNacht-Bar. Danke, bist ein echter Freund! Vergess ich dir nie!"

Nach dem Gespräch mit Ottilie Greis, was sie mit einem tiefen Einatmen als „die Seele entschlackend" bezeichnete, sah Wolle eine Nachricht auf seinem Handy.

„Müssen dich echt dringend sprechen. Jenny und Kai!"

Nanu, was wollen die beiden von mir? Doch nicht, dass ich wieder zur Animation zurückkehre, grübelte er und ging zum vorgeschlagenen Treffpunkt.

Die beiden kamen gleich zur Sache.

„Wolle, wir müssen zwei wichtige Dinge der nahen Zukunft mit dir besprechen", hob Jenny an.

„Der nahen Zukunft? Was ist denn das für eine gewählte Sprache?", staunte Wolle die beiden an.

Der erste Punkt betraf DSL. Cruise Director Bea Bloch hatte das Animationsteam auf das bevorstehende Großereignis hingewiesen und Jenny und Kai beauftragt, für den Vorentscheid am Donnerstag auf Deck Bewerberinnen und Bewerber unter den Gästen anzusprechen. Gesucht waren Leute, die es verstanden, auf originelle Weise Luther in die Gegenwart zu holen. Seinen Mut, seinen Witz, seine Lebensfreude, seine Themen, egal, da war jeder frei. Am Freitag durften zwei der Kandidaten, die die NOFRETETE-Gäste wählten, am Finale teilnehmen. Der andere Vorentscheid fand am Mittwoch in der Olympiahalle in München statt. Didi Dollmann war bei beiden Vorentscheiden und natürlich beim Finale am Freitag der Hauptjuror. Seine Mitjuroren auf der NOFRETETE beabsichtigte er, am Donnerstag auszuwählen, wenn er und die Filmteams der Kachel Media Productions GmbH & Co. KG in Barcelona zustiegen und bis Palma de Mallorca mitreisten.

Die beiden Animateure wussten vage von Wolles Unfall und von der Zeit, als er glaubte, Martin Luther selbst zu sein. Darum fragten sie ihn, ob er nicht die Kandidaten beraten könnte. Er mit seinem großen Lutherwissen. In der Bordbibliothek war nichts zu Luther, nur Autorinnen wie Rosamunde Alleswirdgut Pilcher oder der unverdrossene Nicholas KnöpfmirdasHemdauf Sparks. Natürlich gab es Internet an Bord. Aber wer schon mal Luther selbst war, der war einfach der beste Ideen- und Ratgeber. Fanden die beiden.

Wolle war brüskiert, schockiert, empört. Er warf die Hände beschwörend in die Luft, stampfte wie ein Hengst vor der Entmannung auf den Schiffsboden und stieß undefinierbare Laute aus.

„Sagt mal, habt ihr noch alle Tassen im Schrank?", stieß er schließlich hervor.

Jenny und Kai sahen ihn verdattert an. Sie waren sich keiner Schuld bewusst.

„Ich soll also geeigneten Bewerbern zum Sieg verhelfen. So. Na, da bin ich aber platt wie 'ne Briefmarke. Kommt euch denn nicht auch ein kleines, ach, nur ein klitzekleines Gedankchen, der gute Wolle könnte vielleicht, vielleicht auch nur ein bisschen eine kleine, bescheidene Absicht, ach, sagen wir doch besser ein Absichtchen haben, SELBST DARAN TEILZUNEHMEN?"

Er streckte ihnen Daumen und Zeigefinger der rechten Hand entgegen, damit einen minimalen Abstand, etwas ganz Kleines signalisierend. Dann verschränkte er abwehrbereit die Arme vor der Brust. Jenny und Kai wagten nicht, sich zu bewegen.

„Wisst ihr, wie ihr jetzt schaut? Wie ein Gänsepaar beim Gewitter!"

Auf diese Reaktion waren die beiden nicht vorbereitet.

„Moment bitte, Wolle."

Sie gingen zur Seite und tuschelten. Je länger sie darüber sprachen, desto mehr fanden sie Gefallen an Wolles Idee. Der Sauna-Seelsorger als Held einer Castingshow, das war doch gar nicht so abwegig, wenn es um Luther ging. Er hatte Recht! Wieso sollte er, der er Luther sozusagen von innen kannte, anderen den Vortritt lassen? Sie ahnten nicht, wie viel mehr noch für Wolle an dieser Show hing. Sie wussten nichts von seinem großen Ziel, nicht nur einigen Menschen auf der NOFRETETE, sondern auch einem größeren Publikum sein Anliegen einer menschennahen Kirche, die Heimat der Emotionen ist, zu vermitteln. In der NOFRETETE erkannte er mehr und mehr eine moderne Kathedrale, in der die Menschen das fanden, was ihnen das Leben wertvoll machte und woraus sie Kraft für den Alltag schöpften: Der Whirlpool, ein Symbol für die belebende Wirkung der Taufe; die Tag-undNacht-Bar, ein Zeichen für den Kreislauf des Lebens, für Tod und Auferstehung; Beauty & Wellness, ein Gleichnis für die von der höheren Macht geschenkte Schönheit des menschlichen Körpers und die Gabe des Regenerierens; die Sauna, ein neuzeitliches, positiv besetztes Purgatorium, aus dem der neue Mensch hervorging, gereinigt von aller Schuld, die er auf sich geladen hatte, und entschlackt von all dem Seelenmüll, den er mit sich herumschleppte. Das Schiff, ein Quellort positiver Emotionen. Am Donnerstag und dann am Freitag sollte das alles seine von der höheren Macht gewollte Verdinglichung, seine televisionäre Manifestation erfahren. Urbi et orbi.

Er brauchte nur noch ein Akkordeon.

„Könnt ihr mir das besorgen? Ich meine, als Wiedergutmachung?“, fragte er Jenny und Kai, die sich für ihr Verhalten Wolle gegenüber ein bisschen schämten.

„Entschuldige, Wolle, war eben dumm von uns. Wir kennen dich halt noch nicht so gut. Tut uns leid, dass wir dich gar nicht für den Vorentscheid am Donnerstag im Blick hatten. Wir nehmen dich jetzt als Ersten auf die Liste der Kandidaten. Klar besorgen wir dir ein Akkordeon. Das Duo aus dem Westerwald, das während der Abendshow spielt, hat eins dabei.“

Kai zückte seine Kamera und bat Wolle, sich an der Reling, mit Blick aufs Meer, zu positionieren. Das Foto benötigte er für die Bordzeitung, wo ein Aufruf zum Wettbewerb und die Vorstellung Wolles als erstem Kandidaten erscheinen würde.

„Ach ja, und dann, Wolle, haben wir noch ein zweites Anliegen.“

Sie wirkten verlegen. Wolle ermutigte sie zum Sprechen.

„Immer raus mit der ganzen Wahrheit!“

„Ja, also Wolle, wir bitten dich, das ganz vertraulich zu behandeln!“

Beide sahen jetzt aus wie Kinder, die heimlich vom Rumtopf der Eltern genascht haben.

„Na was ist denn, zum Donnerkeil, habt ihr in die Hosen geschissen oder was ist das jetzt für eine Vorführung? Der kastrierte Kater? Hagelwittchen? Rotkäppchen und der VW Golf? Na, kommt es bald raus, das große Ei?"

„Also pass auf, Wolle", ermannte sich jetzt Kai und sprach mit verschwörerischem Unterton, „Jenny und ich, wir lieben uns. Das kam so über uns wie ein Orkan, weißt du? Wenn man so voller Liebe ist, dass man an gar nichts anderes mehr denken kann!"

Er schaute Wolle erwartungsvoll an, doch der winkte nur ab.

„Kennst du das also auch, Wolle?"

„Weiß ich nicht, Kinders, aber dass es zwischen euch gefunkt hat, das habe ich natürlich gemerkt!"

Jetzt sahen die beiden, die sich an den Händen gefasst hatten, verblüfft aus.

„Wieso das denn, Wolle? Wir haben doch alles getan, um unsere Liebe geheim zu halten. Niemand auf der NOFRETETE weiß davon. Auf dem Festland gilt: Kein Sex im Büro bzw. keine Beziehungen im Arbeitskollegium. Die NOFRETETE hat ähnlich hohe Maßstäbe!"

Jetzt horchte Wolle auf.

„Wo steht das? Gibt's da eine offizielle Regelung?"

„Keine Ahnung, Wolle, aber uns hat man das bei der Einstellung gesagt."

„Interessant!"

„Wieso interessant?"

„Na, weil ich gerade Opfer einer sexuellen Belästigung geworden bin. Ich werde gestalkt, dass sämtliche Bullaugen schielen, sage ich euch!"

„Von wem?"

„Vom nautischen Wachoffizier, Guido Hansen!"

Das junge Liebespaar lachte laut los, fing sich aber wieder, als Wolles Blick ins Nichts wegrutschte.

„Wolle, woher weißt du, dass wir ein Liebespaar sind? Wir haben das doch so professionell gehandhabt wie der spanische Fußball-Nationaltorwart Iker Casillas und seine Freundin Sara Carbonero. Die hat ihn ganz oft interviewt. Niemand hat gemerkt, dass die beiden ein Paar sind. Jedenfalls nicht offiziell."

„So, so", sagte Wolle und drehte Locken in seinen Bart, „woher ich das weiß? Na, ich seh euch ja manchmal beim Frühstück. Vorgestern saß ich hinter euch am Tisch. Habt ihr Turteltäubchen gar nicht gemerkt. Kai hat drei Brötchen im Körbchen geholt. Jeder hat eins gegessen. War noch eins übrig. Sagt Kai: ‚Schatz, nimm du es!' Sagt Jenny: ‚Nein, Schatz, nimm du es. Ich habe schon eins.' Sagt Kai: ‚Ich doch auch, Schatz, ich möchte gerne für dich verzichten. Bitte nimm es.' Sagt Jenny: ‚Ach, Schatz, du bist so lieb. Aber wenn ich es jetzt alleine esse, bekomme ich ein schlechtes Gewissen und denke die ganze Zeit, mein armer Schatz hat nur ein Brötchen bekommen und ich Habgierige zwei.' Sagt Kai: ‚Ich versteh dich natürlich, Schatz. Ich hab eine Idee: Wir teilen das Brötchen.' Sagt Jenny: ‚Oh, Schatz, du bist so genial, und teilen ist sowieso gut in einer Partnerschaft!' Kai teilt das Brötchen. Dann sieht er die beiden Brötchen-Hälften an. Unschlüssig fragt er: „Schatz, möchtest du die untere oder die obere Hälfte?" Sagt Jenny: „Ach Schatz, wähl du zuerst, nicht, dass ich dir die wegesse, die du lieber willst."

Jenny und Kai hatten mit offenem Mund Wolles Dialog-Zitat zugehört.

„Kinders, und da glaubt ihr, der Onkel Wolle weiß nicht, dass da Musike in der Kiste ist bei euch beiden? Oh Mann, ihr seid mir ja die richtigen CIA-Agenten, was das Geheimhalten betrifft. Absolute Profis!"

„Aber bei der Show", protestierte Kai schwach, „bei den Animationen, da sind wir doch professionell!"

„Ja, aber wisst ihr auch, wie das mit dem Fußballtorwart weitergegangen ist? 2010 hat Spanien die Weltmeisterschaft gewonnen. Dann kam die Herzensdame des Herrn Torwarts zum Interview. Er, der Weltmeister, hochgeputscht von Gefühlen, merkt, wie bei ihm etwas hochsteigt, herausdrängt, hervorscheint, nämlich das, was offenbar in jedem Spanier steckt: Der Torrero! Er packt seine Angebetete mit einer eindeutigen, fordernden, zupackenden Bewegung, zieht sie vor laufender Kamera an sich heran und – küsst sie!“

Jetzt waren Wolle die Tränen gekommen. Die schönsten Geschichten schreibt nicht Happyend Pilcher, sondern das Leben.

„Ach“, heulte er hemmunglos, „so was Schönes! Sorry!“

Emotional wieder halbwegs im temperierten Bereich, hakte Wolle nach, was die beiden Verliebten eigentlich von ihm wollten.

„Ja, wir sind ein bisschen abgekommen vom Thema“, fuhr Jenny fort. „Also der Kai und ich, wir sind schon zwei Jahre zusammen. Und wir sind in Barcelona am Donnerstag für die standesamtliche Trauung angemeldet.“

„Ihr scherzt, oder?“, staunte Wolle nicht schlecht. „Aber, Kinders, mit eurem Brötchengehabe werdet ihr nicht lange zusammenbleiben. Das haltet ihr nicht bis zur Goldenen Hochzeit durch. Dieses Nur-gut-sein, dieses Nur-der-andere-zählt. Funktioniert nur, wenn jeder auch an sich denkt!“

Ihm kamen seine eigenen vielen Liebschaften auf dem Campingplatz in den Sinn. Seine Partnerin hatte das etwas anders gesehen mit dem An-sich-denken, von dem er gerade gesprochen hatte. Inlineskates hatte sie ihm geschenkt, das durfte er. Aber beim Flirt oder gar beim Fremdsex hörte ihr Verständnis für einen eigenen Bereich in einer Beziehung auf.

„Wolle, jetzt machen wir nicht denselben Fehler wie vorhin. Da wollten wir dich als Berater für die Kandidaten zu DSL. Jetzt fragen wir dich direkt. Nach dem Standesamt würden wir nämlich gerne hier auf dem Schiff auch noch so etwas wie eine kirchliche Trauung haben. Der Kai kommt ja aus dem Osten und ist nicht getauft. Ich aber bin in Bremen getauft und konfirmiert worden. Dort bin ich immer gerne in die Gottesdienste meiner Gemeinde gegangen. Und ich vertraue auf die höhere Macht, mir ist das wichtig, ich bete jeden Tag und bin sehr dankbar, den Glauben an ein höheres Wesen zu haben. Heiraten ohne den Segen der höheren Macht, das geht nicht."

Ups, dachte Wolle, Gottesdienste, in die junge Leute gerne gehen? Dazu noch so lebensfrohe und diesseitige wie Jenny? Sowas gibt's?

„Ja, und deswegen wäre mir das schon lieb, und Kai auch", sie sah ihn verliebt an, „wenn unsere Ehe auch gesegnet ist. Könntest du dir das vorstellen? Ich meine, dass du uns segnest?"

Wolle wich zunächst aus, wollte wissen, was mit den Eltern, Großeltern, Freunden sei. Das Liebespaar hatte das alles schon eingeplant. Die Verwandten wussten von dem Termin, waren auch ein bisschen enttäuscht, nicht auf dem Standesamt dabei zu sein. Aber in zwei Wochen, wenn sie ein paar Tage freihatten, da gab es in Bremen eine große Party für alle. Das Filmteam der NOFRETETE drehte, so war es angedacht, einen Film von der Trauung und der würde in Bremen auf großer Leinwand eingespielt. Die Trauung in Barcelona, nur zu zweit, war ein Traum, ein wirklicher, den sie sich nach einer der wenigen gemeinsamen Nächte an Bord (sonst hatten sie gleichgeschlechtliche Kabinennachbarn, und nur wenn mal kein Nachbar da war, ging was) unabhängig voneinander erzählt hatten.

„Na, Wolle, kannst du uns als Luther-Nachfolger trauen?"

„Hmm", brummte Wolle, „also ich weiß nicht. Würde ja gerne. Aber wenn wir schon richtige Pfarrer an Deck haben, sollten wir die fragen."

Jenny und Kai sahen ihn enttäuscht an.

„Okay, okay, also ich frag mal einen von denen. Der, der aussieht wie Sting. Den habt ihr doch auch schon gesehen, oder? Vielleicht kann ich ja einen Part in der Trauung übernehmen. Ich kümmere mich, großes Ehrenwort!"

Damit waren die Turteltäubchen einverstanden. Sie sprangen Händchen haltend davon. Geheimhaltung, das war mal. Wolle nahm noch einen Nachmittagssaunagang, Honig-Lavendel, dann bereitete er sich seelisch auf den

Abend in der TagundNacht-Bar vor. Vor dem Abendessen streifte er durch die verschiedenen Restaurants und hielt Ausschau nach Pfarrer Schwacke. Bald bemerkte er einen Schatten an seiner Seite. Guido, mit beigen Bermuda-Shorts und sehnsüchtigem Blick. Na warte, sagte sich Wolle und setzte einen triumphierenden Blick auf, wirst dich noch wundern!

Im Behappy-Restaurant öffneten die Tore, und Familie Becker stürzte als Erste zu den opulent gedeckten Buffets. Große Krebse und Hummer, frisch zubereitet, dazu Garnelen, Langusten, Krabben, Tintenfische und natürlich Muscheln deuteten auf den Themenschwerpunkt des Abends, Meeresfrüchte, hin. Wenige Minuten waren vergangen, da begann Vati Becker das Ritual der Zahnreinigung am Tisch. Mit akrobatischer Fingerhaltung und eindrücklicher, auch beim geschlossenen Mund gut zu beobachtender Zungentechnik drang er bis in die letzten Ritzen und Krater seines vom Nikotinrauch eingebräunten Zahnwerks vor, beförderte so manches zarte Krebsfleischstückchen zu Tage, betrachtete es eingehend und führte es wahlweise direkt wieder dem Verdauungsvorgang zu, deponierte es auf der Serviette oder warf es in die italienische Hausweinkaraffe. Siegfried T. Maurer sah mit kritischem Blick auf die hinter den Buffets stehenden Küchenkräfte, ausnahmslos nicht-deutscher Herkunft, fand dann aber Gefallen daran, sie mit Anweisungen zu kujonieren (er duzte sie alle) oder sie mit komplizierten Beschwerden zu überziehen, die sie nicht verstanden und nur mit einem Lächeln quittierten. Die drei Offenbacher Witwen suchten die Tischnähe von Jupp Schmitz und seiner Tochter Julia. Ihnen war es ein Bedürfnis, nicht nur immer mit sich selbst beschäftigt zu sein. Das hatten sie auch beim Gassigehen am Mainbogen in Offenbach. Außerdem konnte Jupp Schmitz erzählen, erzählen, erzählen. Von Studienreisen mit dem Lehrerbildungswerk an die Kurische Nehrung, von biblischen Reisen auf den Spuren von Paulus und Barnabas quer durch die Türkei. Von der Lektüre der Tagebücher

Thomas Manns, von …, ach, wer so einen Mann abbekam, dem ward nie langweilig. Die Jüngerinnen Kneipps waren verzückt von dem reichen Angebot auch fettarmer Speisen, und die Panamahüte um Hugo Frank empfahlen Bonsai und Kollegen vertraulich, die ein oder andere Speise zusätzlich mit Honig zu verfeinern, natürlich Imkerhonig und am besten den von sächsischen Bienen. Über die gesundheitsfördernde Kraft von Bienenhonig fanden sie Zugang zu den Bad Cannstatter Kneippfrauen. Die anfänglich reine Nahrungsaufnahme verwandelte sich über den Gesprächen in ein Schmausen, Mampfen und Schlemmen, das anfängliche Fachdiskutieren ging, dem im Preis enthaltenen und unbegrenzt nachgefüllten Hauswein in Weiß und Rot sei Dank, in dröhnendes Lachen und demonstratives Vergnügtsein über. Die Kneipperinnen, die Imker, hach, wie sind wir Bauern lustig!

Da, Schwacke! Wolle erblickte ihn beim Dessertbuffet. Er wartete, bis der Geistliche das Erdbeersorbet mit Minze verspeist hatte und zu dem das Mahl abrundenden Glas Weißwein griff. Die Situation schien günstig, waren doch die anderen Tagungsteilnehmenden schon zur Abendshow aufgebrochen. *The Love theme around the world* stand auf dem Programm, vielleicht das Richtige für die Protagonisten der Reformationsfeier 2017. Man kann es sich ja mal anschauen.

„Darf ich Sie mal etwas fragen?“, begann Wolle vorsichtig das Gespräch und setzte sich auf die lange, orange-gelb gestreifte Bank Schwacke gegenüber.

„Haben Sie ja schon getan!“, erwiderte Schwacke wenig freundlich. Er wollte seinen Wein alleine genießen.

„Ja, also, ich will nicht lange drumherum reden, Herr Pfarrer“, setzte Wolle an, „aber ich habe eine konkrete Bitte. Ich kenne ein junges Paar hier auf der NOFRETETE. Das heiratet am Donnerstag früh in Barcelona auf dem Standesamt. Die möchten aber auch den Segen der höheren Macht haben. Der Mann ist nicht in der Kirche, aber die Frau. Beiden ist aber diese kirchliche Trauung wichtig. Könnten Sie sich das vorstellen?“

Schwacke runzelte die Stirn. Ehec-Erreger im Erdbeer-Sorbet. So ähnlich wirkte Wolles Anfrage auf ihn. Er war zwar nicht im Urlaub auf der NOFRETETE, aber sein dienstlicher Aufgabenumfang war klar beschrieben. Tagung zum Reformationsjubiläum vorbereiten. Das erforderte seine ganze Konzentration.

„Kommt gar nicht in Frage. Wenn wir das anfangen, können wir uns vor Anfragen gar nicht mehr retten. Das sehen andere und fragen auch nach so einer Trauung auf See. Nein, auf keinen Fall!“ Das war apodiktisch, unwiderruflich gesagt.

„Aber wäre das nicht wunderbar, wenn sich die Kirche vor Anfragen nicht mehr retten kann?“, wagte Wolle einzuwenden. „Ist sie dann nicht Teil des Bordlebens? Ich könnte meine guten Beziehungen zum Kapitän einsetzen und anfragen, ob wir für die Trauung einen Raum als Kapelle einrichten, vielleicht sogar dauerhaft …“

„Hören Sie mal, guter Mann, wer sind Sie eigentlich? Heißen Sie nicht Luther? Wenn ja, dann interessieren Sie sich doch bitte mal für Ihren Namenspatron. Der hat die Ordnung der Kirche sehr hoch geschätzt. Was Sie hier vorschlagen, ist nicht durchdacht. Das bedarf ausgiebiger Vorberatungen, Verhandlungen kirchlicher Gremien mit denen der Reederei, Gesetze, Verträge, Durchführungsbestimmungen und so weiter. Außerdem sind wir als Kirche daran interessiert, dass unsere Kasualien in den Kirchen stattfinden, mein Herr! Hier gibt es keine Orgel, nichts. Da ist kein Gemeindegesang möglich. Keine christlichen Choräle. Je länger ich darüber nachdenke, desto aberwitziger erscheint mir Ihre Anfrage!“

Jetzt hatte Wolle die Stirn gerunzelt. Sollte er aufgeben? Er war gerade im Begriff, mit dem Kopf gegen eine Betonmauer zu stoßen, undurchdringlich, ein sinnloses Unterfangen.

„Hören Sie,“ hob er dennoch an und beugte sich zu Schwacke hin, „erstens hat Luther die Bremse erst 1522 mit den Invokavit-Predigten gezogen und Ordnungen hoch gehalten, um Anarchie zu vermeiden, wie sie damals in Wittenberg drohte. Vorher war Luther einer, der die bestehenden Ordnungen aufgesprengt hat. Klammern Sie sich also nicht an die Ordnungen! Berufen Sie sich auf den jungen Luther und tun Sie es ihm gleich, Herr Pfarrer! Er hat Emotionen gelebt, war an den Menschen dran und hat ihnen geholfen, einen Weg zu einer anderen Wirklichkeit zu finden, die nicht bedrohend, sondern segenspendend war. Und was den Ort betrifft: Hat der Mann aus Nazareth gesagt, wir dürfen nur in Kirchen taufen und trauen? Er ist doch selbst unter freiem Himmel, im Jordan, getauft worden! Und hat das gut gefunden! Herr Pfarrer, geben Sie dem jungen Paar den erbetenen Segen!"

Wolles Worte erwischten Schwacke auf kaltem Fuß. Woher wusste dieser Schiffsclown und Getränkewart diese Details über Luther?

„Nun, Herr Luther, selbst wenn ich bereit wäre, wird das Ganze nicht klappen", verlegte er sich jetzt auf die bürokratische Schiene, um die Trauung zu verhindern. „Wir haben kein Dimissoriale vorliegen!"

„Kein was?"

Die Nachfrage Wolles gab dem Geistlichen, der sich jetzt sein Sting-Raspelhaar kratzte, die Gelegenheit zum Triumph. Er, der Ritter der Ordnungen, die Inkarnation der Gesetzwerdung, die Bastion der bundesrepublikanischen Kirchenbürokratie.

„Tja, mein verehrter Herr Luther, da sollten Sie sich mal kundig machen. Keine Kasualie, das heißt", und jetzt nahm seine Stimme einen gnädig-belehrenden Ton an, „keine Taufe, Trauung, Beerdigung, von casus, der Fall, abgeleitet, das sind solche kirchlichen Fälle, also, noch mal, keine Kasualien ohne Dimissoriale, das ist ein Entlassschein vom zuständigen Pfarramt. Wir sprechen da auch von der Zession, die der ausführende Geistliche benötigt. Darauf steht dann die Erlaubnis für mich, eine solche Kasualie durchzuführen, fußend auf §35 Abs. 3 Pfarrergesetz und §7 Dimissorialegesetz. Sie berechtigt mich dann zwar, die Kasualie durchzuführen, weiterführende Vollmachten und Berechtigungen ergeben sich aus dieser Zession nicht. Das Ganze bedarf der persönlichen Unterschrift des Ortspfarrers und des Siegels der Ortsgemeinde. Das dauert zwei, drei Wochen, bis das vorliegt. Mindestens. Wenn die Frau überhaupt noch in der Kirche ist und regelmäßig ihre Kirchensteuern abführt."

Hatte er das richtig gehört? Der rechtliche Rahmen, die nahezu strafrechtliche Sprache, sie erschütterten ihn. Ging das etwa auf Paulus zurück, den ersten christlichen Theologen? Er und andere frühe Deuter hatten den Mann aus Nazareth in juristische Fesseln gezwungen: Schuld, Sünde, Gnade, Urteil, Buße, Gericht, das waren nach ihrer Meinung die zentralen Anliegen, die die höhere Macht verfolgte. Dominiert hat dieses Denken in strafrechtlichen Kategorien die Kirche bis zum heutigen Tag, seufzte Wolle in sich hinein. Man führt es mir ja gerade vor! Hatte der Religionsstifter nicht ganz etwas anderes gewollt? Das argwöhnisch-inquisitorische Verhalten des Pfarrers erinnerte ihn aber auch an den Prozess gegen einen bekannten Fernsehmoderator, der angeklagt war, seine Lebensgefährtin vergewaltigt zu haben. Die Anwälte beider Seiten überboten sich in juristischen Spitzfindigkeiten, hinterhältige Finten, um die andere Seite damit zu diskriminieren. Was aber hatten Jenny und Kai verbrochen?

„Was heißt das: ‚Wenn die Frau überhaupt noch in der Kirche ist'? Zweifeln Sie etwa daran?"

„Hören Sie mir doch auf!", entgegnete Schwacke noch unwirscher. „Kann doch sein, dass die nur ein bisschen schöne Zeremonie wollen und was vorschwindeln! Nein, nein, nein, nicht ohne Dimissoriale oder Zession!"

„Aber," wandte Wolle jetzt auch nicht mehr ganz freundlich ein, „wieso misstrauen Sie denn der jungen Frau? Muss die Kirche nicht gerade eine Instanz des Vertrauens sein? Diese ganzen Bescheinigungen, die da abverlangt werden, ist das nicht eine Flucht in die Bürokratie, weil Kirche den Menschen sonst nichts mehr zu sagen hat? Luther hat doch die Trauung als ein ‚weltlich

Ding' bezeichnet. Können Sie da nicht einfach nur segnen, weil das zwei junge, dem Glauben an die höhere Macht aufgeschlossene Menschen wünschen? Und außerdem …"

„Stopp!" Schwacke hatte auf den Tisch geschlagen und einige andere Gäste sahen zu den beiden herüber. Auch Jack, der Restaurant Manager, begann, sie von seinem Pult aus zu beobachten.

„Wer sind Sie? Von Ihnen lasse ich mir keine Vorschriften machen!" Schwacke war aufgebracht. „Sie sind naiv, wenn Sie glauben, die Menschen belügen Sie nicht, wenn es um so etwas wie Trauungen geht. Mit mir nicht. Ich halte, mit Luther, auf Ordnung! Sollen sich die beiden doch einen freien Prediger suchen! Ich bin nicht ihr Zeremonienmeister. Und jetzt lassen Sie mich gefälligst in Ruhe. Sonst beschwere ich mich bei der Schiffsleitung!"

Der Zeitpunkt zu gehen war gekommen. Das spürte Wolle. Er murmelte ein „Schwache Menschen definieren sich über Ordnungen, starke über Visionen", nickte kurz zum Abschied. Dann rief er Jenny und Kai über das Bordhandy herbei. Er berichtete ihnen nicht alle unerfreulichen Details, nur, dass es sich mit der Trauung schwierig gestaltete.

„Aber ich lass mir was einfallen, habe ich euch ja versprochen!", blinzelte er ihnen zu.

Sie besprachen das weitere Vorgehen in Sachen DSL. Die Bordzeitung mit dem Aufruf war soeben aus der Druckpresse gekommen und die Mitarbeiter des Housekeeping hatten sie an alle Kabinentüren geheftet. Die Druckerei bereitete jetzt die Stimmzettel vor, die an alle NOFRETETE-Gäste gingen.

„So, ihr Lieben, die Abendshow hat begonnen. Will da mal vorbeischauen. Wegen des Akkordeons. Ihr wisst schon."

Aus dem Augenwinkel hatte er Mister Spock wahrgenommen, der im Abstand von zehn Metern hinter einem Pfeiler des Sonnendecks stand. Mithören konnte er das Gespräch nicht, aber er sah jede Bewegung Wolles.

Im großen Theater spielten verschiedene Bands zu *The Love theme around the world.* Dazu tanzten durchtrainierte und muskelbepackte Latin Lovers und strandgebräunte Bikini-Schönheiten aus den Vororten südamerikanischer Großstädte. Sie hatten den sozialen Aufstieg mit ihrem Tanzen geschafft, bekamen gutes Geld für ihre Darbietungen und erhielten bewundernde Blicke. Von Kneipps Jüngerinnen die Lover und von den Panamahüten die Bikinifrauen, die farbenprächtige Gewänder des brasilianischen Karnevals auftrugen und deren Hüften kreisten wie die Rotorblätter eines startenden Hubschraubers. Gegen Ende der Show trat eine deutsche Formation auf, ein Duo unter dem Namen *Erste Sahne* aus dem Westerwald. Er am Piano, sie mit sinnlichem Timbre. Sie boten ein Lied der Deutschrock-Gruppe Silbermond dar, *Du bist das Beste was mir je passiert ist.* Wolle lauschte wie die tausend anderen im weiten Rund und verdrückte am Schluss eine Träne, zum zweiten Mal schon heute. Das Beste, was ihm je passiert war, sinnierte er, was das wohl war?

Der lange Tag ging zu Ende, aber für Wolle stand die schwierigste Aufgabe noch bevor. Mit Rauschi war er kurz vor Mitternacht verabredet. Er spürte, wie Mister Spock hinter ihm her schlich. Vor der TagundNacht-Bar vergewisserte er sich. Ja, da hinten der Schatten, das war er, Guido Hansen. Wolle betrat die Bar. Auf einem Barhocker Rauschi. Auf ihn war Verlass. Hinter dem Tresen stand Paloma, die kräftige Venezolanerin. Die Bar war gut besucht, einige Paare tanzten eng umschlungen in der Mitte auf die Musik von Patricia Kaas. Wolle bestellte einen *Coconut Kiss* und setzte sich auf den Barhocker neben Rauschi. Jetzt betrat, wie zu erwarten, Guido Hansen-Spock die Bar. Am anderen Ende des Tresens war ein Hocker frei. Wunderbar, sagte sich Wolle, als er ihn darauf Platz nehmen sah.

„Los, jetzt", zischte Wolle Rauschi zu, der noch einen letzten kräftigen Mutschluck nahm und sich dann mit ihm auf die Bühne begab. Schon bei den wenigen Schritten dahin hatte Wolle seine Hand ergriffen, so wie sonst Jenny und Kai in scheinbar unbeobachteten Momenten über die Gänge der NOFRETETE schlenderten.

„Wolleken, ick kann dit nich", raunte der Ziegenbart.

„Ruhe jetzt, hast mir das versprochen", gab Wolle zurück.

Der mächtige Wolle drückte beim nächsten Titel, dieses Mal ausgerechnet Serge Gainsbourg und Jane Birkin mit *Je t'aime*, Rauschi kräftig gegen die Körperregion, wo sein Nabel zu vermuten war. Größer war der Freund nicht. Langsam begannen die beiden mit so etwas Ähnlichem wie einer Tanzbewegung. Links, rechts, links, rechts. Rauschis Arme versuchten den Partner zu umarmen, vergeblich! Es reichte nur bis zu den Hüftknochen, an denen er sich jetzt festhielt. Jane Birkins Stöhnen nahm zu, und Wolle schlang seine Arme um Rauschis Kopf und Schultern. Zwischendurch kontrollierte er mit Seitenblicken, ob Mister Spock sie auch wirklich beobachtete. Das war der Fall, allerdings sah er auch in manches rätselhaft dreinblickende Augenpaar, so das von Ottilie Greis. Aber es half alles nichts, da musste er jetzt durch, und Rauschi mit ihm. Erst als er sein rechtes Bein beim Tanzen zwischen Rauschis Beine schob, riss dieser sich von ihm los. Der Ziegenbart knurrte zwischen geschlossenen Zähnen ein „Jetzt reicht's", was aber Jane Birkin mit ihrem Stöhnen übertönte. Nein, Guido konnte Rauschis Bemerkung nicht gehört haben. Zur Absicherung der Aktion, bevor sie sich zu den Barhockern zurückbegaben, zog Wolle Rauschis Kopf zu sich hoch. Für einen Augenblick schwebte der Kleinere über dem Barboden, und ehe er sich's versah, klebte auf seiner hohen Stirn ein feuchter Kuss seines Tanzpartners. Nur unter Aufbietung aller Selbstbeherrschungskräfte vermochte Rauschi so zu tun, als wäre das Alltag zwischen ihm und Wolle, dem homoerotischen Paar auf der NOFRETETE. Ein Outcoming zu später Stunde, *why not*? In jedem Fall, so sagte sich Wolle, weiß Mister Spock jetzt Bescheid: Ich bin vergeben!

Sagte er sich. Und tatsächlich schlenderte Guido an ihre Hocker heran, mit lässigem Blick. Ha, jetzt hat er's endlich kapiert, frohlockte Wolle mit allen Innereien.

„Ist gespielt", murmelte Mister Spock ihm da nur mit trockener Stimme zu und entfernte sich.

„Verfluchte Scheiße", winselte Wolle vor sich hin und stob aus der Bar, Rauschi am Arm packend. Draußen an der Treppe zu den Whirlpools, die auch zu dieser späten Stunde noch teilnahmsvoll vor sich hin blubberten, brach es aus ihm heraus:

„Verdammt noch mal, ich bin nicht schwul! Warum nur werde ich so verfolgt? Ich bin's nicht, definitiv nicht!" Wolle bog seinen Kopf nach oben wie ein einsamer, das Rudel suchender Wolf in Sibirien.

„Rauschi, du bist mein Zeuge!"

„Wofür?"

„Für fortgesetztes Stalking!"

„Ja, schon, Wolle, aber unsre Homotour, dit war 'n voller Schlach ins Kontor. Dit hätten wa uns wirklich sparen können. Aber ick gloobe, so langsam merkt die Flitzpiepe, det er keene Schangse hat. Dit kannste dem ollen Rauschi schon glooben. Ick hab da'n janz juten Riecher für."

Noch eine Weile standen sie an der Reling zusammen, dann begaben sie sich zu ihrem Deck und bogen schließlich in den Gang zu ihrer Kabine ein. Vor ihrer Tür stand ein Blumenstrauß. Einhundert Rosen, die Sorte *Benjamin Britten*, pfirsichrot und stark duftend.

XVI

So einen Hype hatte selbst Kachel nicht erwartet. Fünf Millionen Zuschauer, vielleicht sechs, so sagte der alte Medienprofi die Quote in Deutschland voraus, dazu noch mal ein bis zwei Millionen in der Schweiz und Österreich. Doch schon der Run auf die Karten für den Vorentscheid in München war gigantisch. Der Internet-Vorverkauf brach wenige Minuten nach der Eröffnung zusammen. Am ersten Tag waren die mehr als 12 000 Sitzplätze ausverkauft, und das bei Preisen von sechzig Euro aufwärts. Der Schwarzmarkt mit Tickets blühte und führte zu astronomischen Preisen. Die zentrale Pressekonferenz am Vorabend des Vorentscheids fasste die Medienvertreter kaum.

Auf dieser Pressekonferenz heizte Didi, Meister seines Faches, das große Interesse noch weiter an. Er sprach erstmals öffentlich über seine Untersuchungshaft, über den Prozess, über sein neues privates Glück. Allerdings nur in Andeutungen.

„Alles Weitere sage ich nicht nur euch" (er duzte die Medienvertreter schon immer), „sondern direkt dem Publikum in der Halle und an den Fernsehschirmen."

„Herr Dollmann", meldete sich eifrig eine rotbackige Reporterin mit dicken Brillengläsern, „Anke Gößwein, Evangelischer Sonntagskurier in Mainfranken. Was hat Sie auf die Idee von DSL gebracht? Ich meine, Luther war ja bisher nicht gerade Ihre Spezialstrecke."

Allgemeines Gelächter, entweder wegen der Frage oder wegen des Presseorgans. Man kannte sich untereinander. Eine Kirchenpostille bei Dollmanns Pressekonferenz, das war ein Novum.

„Nun, meine Gute, das kann ich dir sagen. Mein Biograph hat mich darauf gestoßen!"

„Biograph? Wer ist das?", schwirrte es durch den Raum. Die nächste Bombe war geplatzt. Didi hatte einen Biographen. Wilde Spekulationen schossen ins Kraut. Morgen waren sie in der Zeitung nachzulesen. Unendlich viel Stoff für Kolumnen, Glossen, ja vielleicht sogar Leitartikel der seriösen Presse. Nur mit Mühe brachte Kachels Pressechef die Versammlung wieder einigermaßen zur Ruhe.

„Ja, ihr Lieben, mein Leben hat seit dem Prozess genug Brüche. Ist doch total geil, wenn das mal aufgeschrieben wird, oder?"

Er sah herausfordernd in den Saal. Der Murmelpegel ebbte ab.

„Wisst ihr, dass mit Amy Winehouse ganz viel verdammt Scheiße gelaufen ist? Ich glaub, wir sollten da alle mal verdammt tief in uns gehen. Ihr und ich und Kachel und alle, die wir diesen Zirkus betreiben."

Jetzt war es still wie in einem Grab. Selbst die Tastaturen der Notebooks klapperten nicht mehr.

„Ja, da schaut ihr! Selbstkritische Töne von Didi, das kennt ihr nicht. Aber wann ist eigentlich die Kacke am Dampfen? Wann ist Schicht im Schacht? Irgendwann kommt sogar einer wie ich zum Nachdenken. Vielleicht ist da der Knast eine gute Möglichkeit. Ich sag euch, diese Scheißkifferei mag ja mal eine schöne Erfahrung sein. Der Kick, okay, ich habe das auch erlebt. Ist wie mit dem Vögeln. Ist megageil, dass es das gibt. Nur, dass man beim Vögeln in der Regel zu zweit Spaß hat und niemand dabei kaputt geht. Dass man da auch Agreements hat, was geht und was beiden Spaß macht. Da gibt es keine Grenzen, wenn beide etwas geil finden."

Jetzt klapperten die Notebooks wieder mit rasender Geschwindigkeit. Anspielungen auf den Prozess, den Vergewaltigungsvorwurf. Wow, das war unglaubliches Futter. Die ganze Zeit zuvor mussten sie aus Nichts, aus null Informationen nicht nur Meldungen, sondern ganze Artikel basteln. Und jetzt das! Das reichte für Wochen! Und morgen und übermorgen die Vorentscheide! Freitag das Finale! Fette Zeiten waren angebrochen.

„Aber das mit Crack, Heroin, Marihuana, das macht nur am Anfang Spaß und dann zerstört es dir deine Birne, deine Psyche, deinen Body, alles. Wie bei Jim, bei Jimmy, bei Janis. Ihr wisst, wen ich meine?"

Zustimmendes Murmeln im Saal. Wer kannte in den Tagen um Amys Tod nicht den ‚Club 27'? Geniale Musiker, die in diesem Alter gestorben waren. Jim Morrison, Jimmy Hendrix, Janis Joplin, Brian Jones, Kurt Cobain, Amy Winehouse.

„Aber du brauchst das Zeug, um oben zu bleiben. Oder hättet ihr über Amy geschrieben, wenn sie als zahme Nonne oder brave Hausfrau mit drei Kindern an der Internationalen Schule ihre Songs gemacht hätte. Hand aufs Herz, wer hätte darüber berichtet?"

Wieder absolute Stille, sekundenlang. Niemand rührte sich, dann meldete sich Anke Gößwein.

„Wir vom Evangelischen Sonntagskurier berichten regelmäßig gerade auch von denen, die außerhalb der öffentlichen Wahrnehmung sind. Wir …"

„Ach! *Shut up!* Ist gut, Mädel! Ihr von der Kirchenzeitung seid sowieso die Lieben, Braven und Guten! Warum bist du dann heute hier?"

„Wegen Luther. Wir haben ja 2017 …"

„Weiß ich doch, meine Gute. 500 Jahre Thesenverbreitung. Wahrscheinlich hat der Luther die gar nicht an die Tür dieser Kirche in Wittenberg angeschlagen. Aber sie gingen als Flugblatt überall rum."

Staunende Augen im weiten Saal. Didi weiß was zu Luther. Damit hatte niemand gerechnet! Woher hatte er denn das Wissen?

„Ich seh das an eurem Glotzen. Ihr fragt euch jetzt, woher ich etwas über Luther weiß. Didi, die Doofbirne. So mögt ihr mich ja. Doof, doofer, Dollmann. Aber mit DSL betrete ich Neuland. Ich versuche, beste Unterhaltung mit ein bisschen Anspruch zu verbinden. Nennen wir ruhig das Zauberwort. NIVEAU! Niveau darf selbst mal eine Didi-Sendung haben."

Die Rundfunk- und Fernsehkommentare Stunden später, die Zeitungsglossen am nächsten Tag überschlugen sich mit Versuchen, Didis ungewöhnlichen Auftritt zu bewerten. Sie bestaunten sich selbst, das zahlreiche Erscheinen zur Pressekonferenz, den Hype um die Sendung. „Didi hat einen Nerv der Unterhaltungsindustrie getroffen", titelten die einen und führten aus: „Der bisher als Verletzer aller Tabus bekannte Entertainer vollzieht eine riskante Wende. Vom Seichten zum leicht Anspruchsvollen. Ob das gut geht?" Andere orakelten das Ende von Didis Quotenhoch herbei: „Je anspruchsvoller die Sendung, desto niedriger die Quote. Wer berät eigentlich Didi Dollmann?" Aber auch begeisterte Stimmen gab es, so der Evangelische Sonntagskurier in Mainfranken: „Didi und Luther, eine gute Verbindung? Wir meinen: Ja! Der eine Entertainer, der andere Denker. Der eine hat den Vertrieb, der andere die Ware. Freuen wir uns auf Mittwoch, Donnerstag, Freitag. Sind Sie auch am Bildschirm?"

Was die Menschen nach dieser Vorberichterstattung erwarteten, war klar, nämlich das, wofür Didi schon immer stand: eine schräge Show, ein abgefahrenes Spektakel, einen medialen Megahype. Dieses Mal das Ganze verbunden mit einer deutschen Geistesgröße wie Martin Luther, der so gar nicht in das bisherige Schema passte. Wahnsinn, geil, freu!

XVII

Eine Bigband spielt, das Publikum unruhig, aufgekratzt, die Bühne im Halbdunkel. Dann fahren die Scheinwerfer hoch und ein Fließtext über der Bühne zeigt den Beginn der Sendung an. Der DSL-Jingle, ein verjazztes *Ein feste Burg ist unser Gott*, ertönt. Kameralichter leuchten abwechselnd rot. In der ersten Reihe Kachel, mit Diamantring, Vögelchen, im neckischen Ringelkleidchen, der Biograph, unscheinbar mit hellbrauner Lederjacke und weißem Baumwollhemd. Daneben die Politprominenz, Sponsoren aus der Wirtschaft, der Intendant des Senders. Viele Fanclubs der Kandidaten, zahlreiche Spruchbänder. Zwischen den Reihen jobbende Studentinnen mit *Aperol Spritz* und Brezen. Die Stimmung jetzt aufgeweckt, quirlig, lachbereit.

Didi präsentiert sich einen Tick weniger selbstbewusst als sonst. Vor der Olympiahalle haben ein paar Dutzend Frauen gegen ihn demonstriert. Ihn als „Frauenverachter" „Frauenverschwender" oder „Frauenjongleur" tituliert. Das lässt ihn nicht ganz kalt. Er braucht einige Minuten, um wieder zu alter Frische aufzulaufen. Einige Einspielungen von der Vorauswahl der Kandidatinnen und Kandidaten laufen. Mehr als eintausend Bewerbungen sind eingegangen. Ein Trailer zeigt die ausgefallensten und am ulkigsten verkleideten Bewerber, dann folgen Bilder von der NOFRETETE und ein Hinweis auf den Vorentscheid dort am morgigen Donnerstag. Die Kameras in der Halle gehen wieder an und schwenken auf Didi, der seinen Jurorenstuhl bestiegen hat, eine Art Hochstuhl, ähnlich wie man ihn von Tennisplätzen kennt, etwas kleiner.

Er stellt seine Münchner Mitjuroren vor. Zum einen Kati von Wangenheim, 27 Jahre, bekannt aus zahlreichen Soaps. Obwohl aus Darmstadt kommend, spricht sie ihren Vornamen Ke-iti aus. Schärfste Reaktionen von ihr, wenn jemand den Namen anders ausspricht. Mit 22 hatte sie in einem privaten Fernsehsender schon eine eigene Sendung, mit 23 ihre erste OP, Brustvergrößerung, drei weitere folgen. Größe 80E. Außerdem die Lippen mit Eigenfett vollgepumpt, Varizen gestrippt, Warze am Bauch entfernt. Ein Blickfang und Augenschmaus, Ästhetik für den Kenner, eine schöne Frau.

Außerdem als Juror von Didi ausgewählt: Ali Bauer, 32 Jahre, ein Deutsch-Türke mit großen Erfolgen in der Streetdance-Szene. Hat nur einen kleinen Makel, der ihn aber interessant macht: Fast ein Jahr Knast wegen Betrugsdelikten. Tätowiert, unrasiert, lippengepierct. Fünftausend Freunde bei Facebook. DSL als Start in ein neues Leben. Geradlinig wie Didi, aber ohne rhetorische Eleganz.

Nach den Videoeinspielungen erläutert Didi die Spielregeln. Zwölf Kandidaten treten an. Von den Teilnehmern in München kommen vier ins Finale, dazu zwei von dem NOFRETETE-Vorentscheid. Stimmenverteilung in München: Fünfzig Prozent Jury, fünfundzwanzig Hallenpublikum, fünfundzwanzig Fernsehvoting. Auf der NOFRETETE ebenso, nur statt Hallenpublikum eben NOFRETETE-Gäste.

Nachdem er diese Stimmengewichtung bekannt gegeben hat, kommt es zu anfangs zaghaften, dann aber deutlicher werdenden Protesten. Einige Pfiffe, Buhrufe. Der richtige Moment für Didi, sein Image zu pflegen.

„He, hallo, was ist das für ein Scheiß? Hör ich das richtig? Hat da jemand gepfiffen?"

Didi steht auf, begibt sich bis an die erste Publikumsreihe, schaut herausfordernd.

„Hallo, da hat doch jemand gepfiffen! Dann komm bitte hier vor und sag vor allen Leuten und vor allen Kameras, was dir nicht passt! Komm, hier vor! Wir sollten mal eine kleine Diskussion führen. Wer hat hier die Sendung erfunden, he? Wer hat die Sponsoren mit seinem Namen gewonnen, he? Wegen wem sind die Leute hier in die Halle gekommen, he? Komm doch vor, du Feigling! Irgendwo in der Halle rumpfeifen, wenn man nicht erkannt wird, das kann jeder. Aber hier mal argumentieren, dem Onkel Didi sagen ‚Da machst du was falsch, ich bin auch fünfzig durch drei Prozent wert, weil ich das und das für diese Sendung getan habe …' Na los, komm vor!"

Didi ist in seinem Element. Das bringt die Quote. Anderen ihre Schwäche zeigen, gnadenlos.

„Kommst du vor, he?", schaltet sich jetzt auch Ali Bauer ein.

„Traut er sich nicht", gibt Kati beiläufig ihren Senf dazu und pfriemelt an ihren langen schwarzlackierten Fingernägeln.

„Also, wenn jemand der Meinung ist", fährt Didi in scharfem Ton fort, „die Stimmenverteilung ist ungerecht, dann kann er das jetzt sagen. Oder er schweigt für den Rest seines Lebens zu diesem Thema. Er kann auch rausgehen, wenn ihm das nicht passt. Draußen stehen Tausende und warten sehnsüchtig auf eine Eintrittskarte. Und die sind froh, dass der Onkel Didi und die beiden anderen Experten hier so viel Stimmgewicht haben. Denn zufällig haben die drei es einfach drauf. Zufällig verhindern die drei krasse Fehlurteile. Die Frage lautet so: Ist Didi der Chef oder ist Didi der Chef? Eins von beiden ist richtig. Könnt euch aussuchen, was."

Klare Kante zeigen, klare Ansagen, klare Fronten. Es ist mucksmäuschenstill geworden. Didi hat gewonnen. Das Casting kann beginnen. Wer vertritt Luther am besten? Wer entdeckt ihn für das 21. Jahrhundert neu? Wer wird seinem Denken am besten gerecht?

Als erstes tritt Lothar Luther auf, ein Franke, der sich selbst Loddar Ludderr ausspricht. Sein Outfit: Adidas-Trainingsanzug aus den 1960er Jahren, Polyester/Baumwoll-Mix, orange mit blauen Streifen. Darunter ein weißes T-Shirt mit Schriftzug: „Long lives Luther“. Der etwas breitbeinige Gang des Kandidaten deutet ein langes Sportlerleben an. Jockey, Radfahrer, vielleicht auch Fußballer. Vor dem Jurypult bleibt er stehen.

„Hello, I want to prrresend me do you. Senk you for inviding me. I speak in English because Ludderr and two sousend and seventeen are inderrnational evends. My name is Loddar Ludderr. I am coming frrom Frranken. Frranken, as you know, is a wäry prodesdandic area. Ser live many, many prodesdand people. I mean, all se people mean, Bavaria is only a cadolic area. But sed is nod drue. Only in some pards Bavaria is väry cadolic. So, sed was my sdard opinion.”

Loddarr Ludderr begibt sich jetzt in die Bühnenmitte, die Scheinwerfer strahlen ihn extrem hell an und er wirkt verloren wie eine Paprika im Nürnberger Knoblochsland.

„I want do prresend you Ludderr wis two songs. Se first shall show you se indernational effecds of Ludderrs sinking. Se second song shows you a special siem of my life. I stard now.”

Die Technik spielt die Instrumentalmusik des Songs *Waka Waka/This time for africa* von Shakira ein, Titellied der Fußball-Weltmeisterschaft 2010 in Südafrika. Loddarr Ludderr wandelt den Refrain Shakiras nur in einem Wort ab: Statt „africa“ „Ludderr“. Die Strophen übernimmt er nicht von Shakira, beziehen sie sich doch auf Afrikas Soldaten, nicht gerade eine Luther-Domäne. Statt sie aber mit einem zeitgemäß auf Luther bezogenen Text zu ersetzen, hampelt der Franke nur lallend über die Bühne, la lalal, la lalal usw. Als der Titel endlich vorbei ist, erhebt sich müder Applaus und die Jury geht dazwischen.

„Eh, das ist ja voller Bullshit, was du hier abziehst!", poltert Didi los. Und Ali: „Is nix zu verstehen, dein Scheiß!" Und Kati: „Geh mal in die Tanzschule. Hüpfst hier rum wie ein Flummi. Keine Message. Nichts."

„Und jetzt willst du noch was singen?", zetert Didi, „Wobei: Singen kann man das nicht nennen, was du hier ablässt. Da bekommt man in anderen Ländern nicht mal Bewährungsstrafe für. Wie soll denn der nächste Song lauten? Hast nicht was von Bezug zu deinem Leben gefaselt?"

„Yes. Se name of se song in se original is ‚Sweet liddle sixdeen'. I sing se song wis se dexd ‚Great Ludderr seventeen'. Sed is a referrrence to se year two sousend and sevendeen. You know: SEVENDEEN and in se original SIXDEEN."

Didi und die anderen Jurymitglieder, aber auch Teile des Publikums stöhnen gequält auf: „Neiiiiiiiin!"

„Pass auf, du Ei, du, Loddarr! Du packst jetzt deine Sachen und singst den zweiten Song zu Hause auf dem Klo. Aber nicht hier. Das ist ja doof, doofer …"

„Dollmann", schreit jetzt das Saalpublikum und feixt.

„Das ist eine andere Sendung", korrigiert Didi, dem die Worte aus alter Gewohnheit herausgerutscht sind, schnell das Geschehen, „und ob's die nochmal gibt, steht in den Sternen. Der nächste Kandidat bitte!"

„Oha", protestiert der Franke lautstark, „sed is a väry hard desischon. I have exerrcised so much for sis song and now you say simple Bullshid and hunt me away. I sink sed is nod se opinion of se people in se hall and on se TV. I sink I have it well-done like my last steak."

Pfiffe von allen Seiten. Die Meinung des Publikums ist eindeutig und deckt sich nicht mit der des fränkischen Luthers. Schweren Herzens zieht er ab, schüttelt dabei den Kopf und singt im Hinausgehen ohne Begleitung *Great Ludderr seventeen*.

Der Jingle für den nächsten Kandidaten ertönt, aber auch er entspricht nur in Ansätzen den Erwartungen der Jury. Sein Name ist Michail Luther, das „ch" im Vornamen, darauf weist der Kandidat gleich zu Beginn hin, ist ganz trocken, guttural auszusprechen: Mi-chhhh-ail! Sein Song hat die Melodie des russischen Volksliedes *Kalinka* zu Grunde liegen. Aber auch Michhhhail ersetzt den eigentlichen Text nur mit Da, da, da, dada, da, da. Der Refrain hat statt Kalinka die beiden Worte „Glasnost – Perestroika" und befindet sich in einem stetigen Accelerando, bevor er wieder zum Da, da, da, dada, da, da abbremst. Michhhhail Luther trägt Kosakenkleider und geht beim Refrain jedes Mal in die Knie. Dabei wirft er seine bestiefelten Füße nach vorne. Aber von einem richtigen Kosaken unterscheidet ihn die fehlende Übung: Mehrmals fliegt er mit dem Allerwertesten auf den Bühnenboden, sehr zur Erheiterung des Publikums.

Die Jury geht mit ihm nicht so hart ins Gericht wie mit Loddarr Luther. Didi spricht nur von dünner Botschaft und fehlender Präzisierung der Aussage auf Luther hin.

„Die bisherigen Kandidaten haben nur den Text des Refrains auf Luther bezogen. So ein Scheiß! Denken, das reicht in Deutschland, der Rest wird gelalat oder gedadat. Ist gut, Michhhhail, schöne Grüße an deine Landsfrau Natascha, falls du die kennst. Die speist täglich Kaviar seit Neuestem und braucht bald Rat von Kati. Wegen Generalsanierung!"

Das Publikum wiehert, Kati macht eine nur leicht abwehrende Handbewegung. Das hat gesessen! Didi, ganz der alte, angriffsfreudig, auch was seinen Prozess und die Folgen betrifft. Diese Natascha kann einpacken! Jetzt holt er sich den Sieg über sie mit dem Hallenpublikum, mit den Fernsehzuschauern. Nur Vögelchen lacht nicht mit. Nur sie kennt Didi wirklich.

Michhhhail bedankt sich artig und nimmt noch im Hinausgehen einen kräftigen Schluck aus der Wodka-Pulle. Großes Gepoltere hinter der Bühne. Er ist über ein Kabel gestürzt.

„Is nix Niveau bisher", konstatiert Ali. Kati greift sich an beide, aus dem Dekolleté hervorquellenden Brüste und urteilt: „Tut weh, bisher keine Schwergewichte!"

Das ändert sich schon beim nächsten Auftritt. Der Kandidat heißt Udo Luther. Er kommt aus Österreich und singt ein Lied, das er Martin Luther in den Mund legt: „Ich war noch niemals in New York, ich war noch niemals auf Hawaii, ging nie durch San Francisco in zerriss'nen Jeans. Ich war noch niemals in New York, ich war noch niemals richtig frei, einmal verrückt sein und aus allen Zwängen flieh'n." Nach Ende des Songs erläutert er den Bezug zum Reformator.

„Luther hat um seine Freiheit gekämpft. Freiheit im Glauben. Aber er war dennoch ein Gefangener seiner Zeit. Hat sich den Ordnungen damals unterworfen. Hatte Angst vor Wildwuchs in der Kirche. Heute ist das Gegenteil der Fall. Die Kirche ist erstarrt. Vorausgesetzt, Luther hat keine Flugangst, setzt er sich angesichts der Misere in Deutschland in den ersten Flieger in die USA und untersucht, warum dort viele Menschen die Kirche brauchen. Und warum bei uns nicht. Ich danke für die geschätzte Aufmerksamkeit. Küss die Hand, gnädige Frau Kati, meine Herren, meine Damen und Herren hier in dieser wunderschönen Halle und an den Fernsehschirmen, habe die Ehre."

Man merkt, ein absoluter Bühnenprofi, galant, geübt, gescheit. Er hat auch den Instinkt, auf seinen zweiten Titel, *Wittenberger Wein*, zu verzichten. Nur verschlechtern könnte er sich. Der Applaus heftig, die Diskussionen in der Jury angeregt.

„War wirklich nie in USA, der Luther!", geht Ali Bauer aus der Deckung und spricht von „Usa", also ein Wort. „Der Luther war auch nicht frei, hat gegen uns Muslime geschimpft! Weil es alle getan haben! War Sklave von Mainstream! Hat keinen einzigen Muslim gekannt! Luther, weiß ich, habe mich vorbereitet für diesen Contest!" Die Jury, aber auch das Hallenpublikum spüren den qualitativen Sprung bei diesem Auftritt. Es „luthert endlich los", wie es Didi ausdrückt.

Hans-Peter Luther kommt mit Wanderstock, weitem Büßerhemd und Jesuslatschen die Showtreppe herunter.

Im Gegensatz zu seiner äußeren Erscheinung spielt die Technik Hip-Hop ein und Hans-Peter Luther rappt cool auf die Melodie eines Peter Fox-Liedes:

„Hi, ich bin dann mal hier, laufe nie mehr weg
Ich bau mir ein Haus, ein kleines Versteck
Ich such mein Ego, wer ich wohl bin
Geh in mich hinein, hoff' es ist jemand drin.
Heimat, hu hu hu huuuu
Heimat, hu hu hu huuuu
Ich such mich, hu hu hu huuuu
Wo bin ich, hu hu hu huuuu
Ich find mich, hu hu hu huuuu
Was will ich, hu hu hu huuuu
…"

Gibt es so etwas wie eine Heimat für die Seele, diese Frage schwebt auch über den weiteren Versen. Frenetischer Applaus brandet auf. Eine moderne Frage, die aber auch Luther, den Sucher nach der höheren Macht, umgetrieben hat, führt Hans-Peter Luther aus. Er erfasst die Gemütslage, sogar Kachel, der Erfolgsproduzent, schüttelt kräftig bejahend seinen Riesenschädel und klatscht mit den Pranken am längsten von allen.

„War geil", kommentiert Ali kurz und treffend. „Supergeil", ergänzt Kati und wirft sich die fast gelb getönten Haare zurück. „Megageil", rühmt Didi den Auftritt. Hans-Peter Luther verabschiedet sich mit einer Verbeugung vor der Jury und winkt mit einer vornehmen Handbewegung, die an die der niederländischen Königin erinnert, ins Publikum.

Ein Bruch in jeder Hinsicht ist der nächste Act. Die erste Frau tritt auf, Alice Luther. Mit Nachdruck fordert sie die Titulierung als „Alice, die Lutherin" ein. Sie trägt ein Stoffteil am Körper, das, aschgrau und völlig konturlos, mehr an einen Kartoffelsack als an ein Kleid erinnert und schon Frau Käthe, Luthers Ehefrau, auf den Gedanken der Altkleidersammlung gebracht haben könnte. So manche Träne tritt in die Augen der Älteren im Publikum, als die Musik von Juliane Werdings Cover-Titel *Am*

Tag, als Conny Kramer starb aus dem Jahre 1972 anklingt. Allerdings verfliegen diese Sentimentalitäten schnell beim Text, den Alice, die Lutherin, singt:

„Am Tag, als Martin Luther starb,
da wurde ich zur Emanze
Am Tag, als Martin Luther starb,
da blätterte ab sein Glanze
Da sprach Käthe bitter:
‚Er hat mich als Putze benutzt
Er versprach oft, ich lass es sein
Das gab mir wieder neuen Mut.
Und ich redete mir ein
Mit Liebe wird alles gut
Doch zu der Küche kam das Bad
Es gab keinen Raum, der nicht schmutzig war
Der Alte schaute gerne zu
Aber niemals bot er mir Hilfe an …‘
Am Tag, als Martin Luther starb, …“

Die Reaktionen schon während des Liedes sind heftig. Irgendwie haben es die aggressionsbereiten Damen, die vor der Halle gegen Didi demonstriert haben, in die Halle geschafft und entrollen jetzt ein Transparent: „Didi und Luther, Frauen nur Futter, pfui!“, das die Ordnungskräfte nur mit Mühe einziehen. Kameras haben die Szene eingefangen, die anfänglich so gelöste Stimmung droht zu kippen.

Didi reagiert erstaunlich milde. „Versteh euch schon. War ja auch ein aufreibender Prozess. Aber zumindest dem Luther geschieht damit Unrecht. Hat doch auf lange Sicht was für die Frauen getan! Mit der Heirat der Nonne Katharina, mit seinen Aussagen zum Sex hat er jahrhundertealte Tabus gebrochen. Also, bleibt fair, Ladies, okay?“

Er sieht den Biographen in der ersten Reihe an, der ihm bestätigend zunickt. Didi atmet auf. Gut, dass er noch einen Schnellkurs Luther beim Mann in der Lederjacke absolviert und auch dessen Luther-Buch gelesen hat!

Alice, die Lutherin, ist in der Zwischenzeit abgetreten. Die Kandidaten kommen keineswegs alle aus dem deutschsprachigen Raum. Auflage ist nur, ausschließlich deutsche oder englische Texte zum Besten zu geben. So tritt als Nächster ein tschechischer Kandidat aus der Bierstadt Pilsen auf, den seine Karriere bis nach Prag geführt hat: Karel Luther. Lieblingsgericht: Gurken aus Znaim. Von denen muss er gerade eine quer auf der Zunge liegen haben, denn er singt etwas verhalten, gequetscht. Später, nachdem er offenbar die Gurke verschluckt hat, trällert er mit Schmelzstimme, die Blattgoldstimme aus Prag, von elegischen Streichern untermalt:

„Weißt du wohin die Träume alle flieh'n?
Die Kirche nimmt sie fast nicht mehr wahr.
Weißt du wohin mein Herz auf Reisen geht?
Wenn immerzu es sich nach Liebe sehnt!
Zu einer anderen Wirklichkeit
Zu ihr, aber ich bin allein!
Weißt du wohin die Träume alle flieh'n
…"

„Is mir zu glitschig", sagt Ali. „Ich find den Sänger erotisch, echt geiler Junge", bringt Kati ihre Sicht der Dinge zum Ausdruck und zwinkert dem schüchternen Tschechen zu. „Leute, das war doch eine Botschaft. Ihr müsst auch mal auf den Inhalt achten. Der fragt den Laden Kirche an, warum sie nicht die Leute bei den Träumen abholen. Mann, Scheiße noch mal, ihr dürft nicht immer nur auf das Äußere achten!"

Mit dieser Kritik an den Mitjuroren hat Didi auch hier die Claims abgesteckt und die kurze Unsicherheit abgestreift, die ihn durch die Frauendemonstration befallen hatte. Jetzt ist er wieder der unangefochtene Herrscher über das Geschehen, der über den Banalitäten Schwebende, der über das Seichte Erhabene.

Die nächsten Kandidaten verlegen sich auf Luthers politische Ansichten, auf die Zwei-Reiche-Lehre. Also auch auf das Verhältnis von Staat und Kirche, das politische Engagement des Einzelnen und die Frage, ob Luther heute ein glühender Demokrat wäre. Das Hallenpublikum und die Jury spenden nur mäßig Applaus, auch weil die Präsentationen wenig kreativ ablaufen. So erntet Barack Luther (mit ti-ejtsch gesprochen) mit seiner Version von Amy Winehouses *Back to Black* gar Pfiffe. Sein glückloser Auftritt im Loddarr-Gehampel mit Lalala und dem bloßen Refrain „Back to black" entbehrt jeden Luther-Bezugs. Didi bedauert das, wäre doch das Schicksal von Amy und ihr Song mit dem Weg ins Schwarze ein guter Aufhänger gewesen: Luther vor den Dunkelheiten seines Lebens, die Anfrage an die höhere Macht, wo sie in solchen Situationen sei. Manchmal juckt es Didi, wie in alten Zeiten selbst zur Gitarre zu greifen und Luther-Soul zu texten, zu komponieren. Jetzt, nach seiner Reifung, nach dem Abwurf der alten Haut. Jetzt, wo er sich in Vögelchens Gegenwart manches Mal wie ein Schmetterling fühlt, zu dem er sich entpuppt hat. Er blickt zu ihr hin und sieht ihre Augen im gleichen Augenblick auf ihn gerichtet. Wenn es so etwas wie blindes Verständnis gibt, dann erlebt er es in diesen Tagen und Wochen wie noch nie zuvor. Liebe, sie kommt manchmal spät, aber dann so intensiv, dass du meinst, jetzt das Lebensziel erreicht zu haben, sterben zu können, wenn es in den Armen der Geliebten geschieht …

„He, Didi", stupst ihn Ali über das Mikro an, „wo bist du denn mit deinem Kopf, he? Strahlst so glücklich wie ich beim Rauche von Wasserpfeife, he?"

Dieses Necken durch Ali ist okay, gehört zur Showstrategie. Es macht seine Dominanz nur noch deutlicher, wenn er die Größe hat, das zuzulassen. Er wendet sich wieder der Bühne zu, wo Heiner Luther für das Projekt „Worms 21" wirbt. Konkret: die Verschiebung der Reformationsfeierlichkeiten von 2017, dem 500. Jahrestag des Thesenanschlags, ins Jahr 2021. Luthers mutiger Auftritt vor dem Wormser Reichstag 1521 als Aufhänger.

„Die Ostdeutschen, nicht wahr, haben ja seit der Wende, nicht wahr, schon genug an Vorteilen genossen, nicht wahr. Man merkt das, nicht wahr, an den Autobahnen, nicht wahr. Wenn du früher, nicht wahr, gemerkt hast, nicht wahr, dass du in den Westen kommst, nicht wahr, weil die Autobahnen keine Schlaglöcher hatten, nicht wahr, so ist das heute, nicht wahr, genau umgekehrt, nicht wahr. Damit die Westdeutschen nicht untergehen, nicht wahr, und am Schluss nur die Ostdeutschen oben bleiben, nicht wahr, schlage ich vor, für Worms 21 einen Stresstest zu machen, nicht wahr, und wenn der gut ausfällt, nicht wahr, das Jubiläum, nicht wahr, dorthin zu verlegen, nicht wahr, sprich, die ganzen Infrastrukturmaßnahmen, nicht wahr, für die erwarteten sechs Millionen Besucher, nicht wahr, ich sage nur Sommermärchen 2006, nicht wahr, das soll sich ja wiederholen, nicht wahr, also die Gelder für diese Maßnahmen, nicht wahr, müssen endlich mal auch wieder in den Westen, nicht wahr, fließen, nicht wahr. Aber ich will nicht falsch verstanden werden, nicht wahr, ich finde gut, nicht wahr, dass im Osten so viel passiert ist, nicht wahr, und selbstverständlich muss dort 2017 auch viel, nicht wahr, stattfinden, auch, nicht wahr, mit Steuermitteln, nicht wahr."

Karl Theodor Graf Luther tritt mit auffallend viel Pomade im Haar auf, thematisiert die Frage von Original und Fälschung bei so einem Wettbewerb wie DSL und spricht von dem „Kairos", dem schicksalsgeschickten Augenblick, der ihn zu seiner „Performance" geführt hat. Kaum aber hat er sich so eingeführt, verschwindet er auch schon wieder von der Bühne. Die „Performance" war das Sprechen darüber, einen eigentlichen Auftritt gibt es nicht.

„Warum hat der Graf die Fliege gemacht? Und so schnell?", staunt Ali. „Hat wohl gedacht, wir wählen ihn, nur weil er Graf ist!", spekuliert Kati. Didi äußert sich gar nicht.

Es folgt Silvio Luther. Er singt Rudi Schurickes Lied von den Caprifischern, dichtet wilde Bunga-Bunga-Partys hinein und ändert den Refrain nur in einem Detail ab:

„Bella, bella, bella Marie
Bleib bei mir, ich komm bestimmt bis Morgen früh."

Didis Nachfrage, was das mit Luther zu tun hat, beantwortet Silvio mit Luthers Standfestigkeit. Darauf beruft sich auch der nicht minder schwache Kandidat Dominique, der als Franzose die Aussprache „Lütér" erbittet. Er singt, ohne Textveränderung, *Voulez-vous coucher avec moi*, kein Beifall, peinlicher Abgang, in Frankreich hatte Luther schon immer schlechte Karten.

Didi leitet zur Pause über. Ausführliche Werbung im Fernsehen, für die Hallenbesucher Zeit für Toilette, einen dritten oder vierten *Aperol Spritz*, Small Talk.

Danach tritt Peter Sluter, ein Philosoph, auf, ja, das „S" am Beginn des Nachnamens ist ihm wichtig, auch das fehlende „h". Er fabuliert über reformatorischen Deichbau und nachreformatorische Dammbrüche. Nach sieben Minuten nennt er seine bisherigen Ausführungen das Proömium und den Vorschaum vor dem Hauptgedankenwaschgang, den er in 37 Punkten abzuhandeln gedenkt, muss aber empört zur Kenntnis nehmen, dass er mit seinen Auslassungen die Zeit überschritten und die Bühne zu räumen hat.

Welch freudiger Wechsel ist es da zu Michael und Sebastian Luther mit Basecaps von Motorenölherstellern, die das Lied *Im Wagen vor mir fährt ein junges Mädchen* von Henri Valentino und Uschi aus dem Jahre 1977 vortragen, verbunden mit der Frage, ob Luther heute mit dem eigenen PKW, mit der Bahn oder nach wie vor mit der Kutsche reisen würde.

Boris Luther, mit ritzerotem Haar, singt nicht nur wegen dieser Analogie zu Katja Ebstein deren Lied vom Jäger: *Im Leben, im Leben geht mancher Schuss daneben*. Er philosophiert im Anschluss über Fehltritte, Fehlverhalten, Fehlerquellen und darüber, dass Luther sicher auch so manchen Fehler gemacht habe.

„Kannste glauben, denk mal an seine Geschimpfe über die Muslime", bestätigt Ali. „Ja", haucht Kati, um wenigstens etwas gesagt zu haben. „Ja, und mit den Juden und mit den Bauern, da hat er sich auch ein paar dicke Eier geleistet", ergänzt Didi.

Noch drei Beiträge stehen aus. Sie sind geschickt an den Schluss gesetzt, versprechen sie doch noch einmal Sternstunden des Entertainments, große Augenblicke der Emotion. Die letzten Eindrücke sind immer die wichtigsten, weiß Didi, der alte Fuchs, aus langjähriger Erfahrung. Davon hängt die Quote der nächsten Sendungen, hier bei DSL der Vorentscheid auf der NOFRETETE und das Finale am Freitag, ab!

Marius Müller-Luther trägt *Freiheit* vor. Beim Refrain singt die ganze Halle mit, sogar Kachel, der alte Haudegen des Showbiz, oberste Geißel der Quote. Auch der Biograph bewegt die Lippen und fällt zum ersten Mal aus seiner reinen Beobachterrolle. Grandios auch die Deutung des Marius Müller-Luther. Er hat sich mit Theologen der Universität Erlangen beraten und den Refrain des Textes zwar beibehalten, die Strophen aber auf Luthers Schrift *Von der Freiheit eines Christenmenschen* aus dem Jahre 1520 bezogen. Freiheit als eine der größten Sehnsüchte des Menschen, Marius sieht in Martin Luther einen der wichtigsten Kämpfer für dieses Gut. Einer, der es versteht, die emotionalen Bedürfnisse seiner Zeit aufzufangen und zu formulieren. Frei sein von der Angst vor Fegefeuer und Höllenstrafen, das war damals das Bedrängende. Heute ist es die Einsamkeit, die Ohnmacht vor dem, was man gemeinhin Schicksal nennt. Wer „schickt" das „Sal"? Mit diesem nachdenklichen Wortspiel tritt Marius Müller-Luther ab.

Lena Luther singt von einer unbändigen Liebe. Wie ein Satellit kreist sie, die Liebe der Sängerin, um ihn, den Angebeteten. Neue Unterwäsche in Blau hat sie gekauft und sogar die Zehennägel für ihn angemalt. Und er? Reaktion nicht bekannt. Satellit war das Stichwort. In ihrer Rede geht sie auf Luther ein, der noch ganz in der Vorstellung eines dreigeschossigen Weltbilds gelebt hat. Himmel, Erde, Hölle. Die Erde eine Scheibe, um die sich die Sonne dreht. Zentrum des Universums. Und Kopernikus mit seinen ganz anderen Beobachtungen? Ein Narr! Aber heute, da würde doch Luther nicht ernsthaft weiter an diesem Weltbild festhalten! Das Glaubensbekenntnis, das in vielen Kirchen gesprochen wird, überholt! Kein Wort vom Leben des Mannes aus Nazareth, seinem Wirken, seinem Zeigen auf die höhere Macht! Luther, so Lena, verstünde das Bild des Songs so: Gott ist der Satellit, er kreist um uns mit seiner Liebe. Neue Bilder für die Liebe, griffig, vielleicht blumig, in jedem Fall transzendent. Ende des Beitrags. Heftiger Applaus für Lena, am längsten von Vögelchen, mit Blick zur Jury, ein Leuchten.

Zum Schluss Herbert Luther, vierschrötig, rau, authentisch. Die Krönung. *Land unter*. Als Einleitung die Rede über die drei Jonglierbälle. Der eine steht für die Liebe zur höheren Macht. Der zweite für die Liebe zu einem Menschen, dem Lebensmenschen. Der dritte bedeutet die Liebe zu mir selbst. Denn wer sich nicht selbst liebt, kann nicht andere lieben, kann nicht die höhere Macht lieben. Die Bälle in der Luft halten, alle drei: die höhere Macht, der andere Mensch, mich! Das ist die Aufgabe. Fällt einer runter, kommt das Leben aus dem Gleichgewicht. *Land unter*, der Song kann sich auf den Lebensmenschen beziehen, auf die höhere Macht, und tut mir gut:

„Geleite mich heim
Raue Endlosigkeit
Bist zu lange fort
Mach die Feuer an
Damit ich dich finden kann
Steig zu mir an Bord
Übernimm die Wacht
Bring mich durch die Nacht
Rette mich im Sturm
Fass mich ganz fest an
Dass ich mich halten kann
Bring mich zum Ende
Lass mich nicht mehr los.“

In der Halle ist atemlose Stille eingekehrt. Herbert Luther hat sie alle in ihrer existenziellen Not gepackt, in ihr Innerstes getroffen. Nur Kachel rutscht unruhig auf seinem Stuhl hin und her. Solche Stille bei einer seiner Sendungen, das kennt er nicht. Er kennt überhaupt keine Stille.

Applaus, endlos. Herbert Luther winkt ins Publikum, beachtet die Jury nicht und tritt ab.

Werbepause, heftige Diskussionen in der Halle und an den Bildschirmen. Die Jury zieht sich zurück, isst Wiener Würstchen, trinkt lauwarmen Kaffee. Das Fernsehvoting läuft, die Zuschauer in der Olympiahalle geben ihre Stimme ab, die Jury einigt sich auf vier Kandidaten. Alles wird miteinander abgeglichen, dann das übliche Prozedere vor den Kameras. Alle Kandidaten sitzen in Schalensesseln, der Jury gegenüber, auch Loddarr Ludderr und Peter Sluter, wiewohl chancenlos. Sie werden als erste benannt: Rausgeflogen. Loddarr flucht, Sluter flüchtet. Als nächstes müssen gehen: Michhhhail Luther; Alice, die Lutherin; Barack Lu-ti-ejtsch-er; Karl Theodor Graf Luther; Silvio Luther; Dominique Lütèr.

Knisternde Spannung. Die meisten haben ihre Favoriten noch im Rennen. Didi ergreift das Mikro und erhebt sich, geht auf und ab vor den Schalensesseln, schaut ihnen allen in die Augen.

„Als nächstes muss gehen ... – und du hast echt 'ne gute Nummer hingelegt, nur zu viele Worte. Überhaupt kein Singen. Obwohl das meistens gut kommt. Sorry!"

Na wer? Geschrei in den hinteren Reihen. Mädchen mit Taschentüchern, zerknüllt und an die Wangen gedrückt. Fleckige Gesichter, angstvolle Blicke.

„Es ist ..., tut mir echt leid, sorry ..."

Wer? Schreie! Sag schon!!!

„Es ist, trotz einer Super-Performance, Heiner Nichtwahr 21 Luther!"

Schweren Schrittes tappt der Betroffene zu Didi hin, will ihm das Mikro entreißen, einen Stresstest fordern, eine Schlichtung vorschlagen, Kampf ums Mikro, die Saalordner sprungbereit, da räumt er das Feld, geschlagen.

Auch die weiteren Rauswürfe: Temperiert, langsam, die Fans gequält, Kreischorgien contra Verzögerungstaktik.

Als nächste erwischt es die Sportler: Boris, Michael, Sebastian. Dann die goldene Schmelze aus Prag, Karel. Ausgeträumt!

Bleiben noch fünf, von denen einer rausfliegt: Udo Luther, Hans-Peter Luther, Marius Müller-Luther, Lena Luther, Herbert Luther.

Großes Gekreische, erste Kreislaufkollapse, Rettungssanitäter mit Liegen, allgemeine Unruhe. Die Halle: Ein Schiff auf hoher See, Wellenbewegungen im Publikum. Noch fünf Schalensessel besetzt. Didi, die Arme gekreuzt, den Zeigefinger schräg an den geschlossenen Mund gelegt.

Ali Bauer: „Eh, ist das voll geil, oder?"

Kati von Wangenheim, vorgebeugt, die Brüste auf dem Tisch, undeutliche Handbewegungen unter dem Tisch: „Tja, einer kommt nicht rein!"

Ali: „Häeee?"

Kati: „Ins Finale, du Dummchen, hach hahaha …"

Didi: „Leute, es war ein wunderbarer DSL-Vorentscheid. Das Finale in Palma wird megageil. Könnt ihr euch denken. Deutschland sucht Luther. Deutschland wird ihn finden. Vier von den fünfen hier haben noch die Chance. Nur einer oder eine …"

Teenager-Geschrei. Nein, nein, nein, nicht Lena, nein, nein …

„Schaut in die Gesichter dieser fünf wahnsinnig tollen Performer! Ihr wart richtig gut drauf. Echt! Volle Kanone! Aber leider muss ich euch sagen …", lautes, nicht abebben wollendes Gekreische, jetzt auch auf den mittleren Rängen. Didi wartet, bis Ruhe einkehrt. „… leider muss ich euch sagen, dass einer oder eine … Wir geben erst mal ab zur Werbung."

Nach der Werbung, nach endlosen Wiederholungen und allmählichem Erschlaffen der Dramaturgie – aber wenn da einer ein Gespür für hat, dann Didi – fällt der Name: Hans-Peter Luther!!!

Jubelschreie auf den meisten Plätzen, die Fans der vier anderen natürlich in Überzahl. Das Ergebnis steht. Die vier verbliebenen Kandidaten liegen sich in den Armen. Lena küsst Udo, Herbert klatscht Marius mit High Five ab. Der DSL-Jingle läuft. Ein letzter Schwenk der Kamera über die vier Sieger, den bedröppelten Hans-Peter Luther, der seine Sachen packt und ganz schnell mal weg ist, die Jury, Vögelchen und, zum Schluss, den strahlenden Kachel. Die Kameras aus, Autogrammjägerinnen, die After-Show-Party bis in die Morgenstunden. Dann Kachel, Vögelchen, Didi und der Biograph in den ersten Flieger nach Barcelona. Schampus in der First Class. Alle Kosten übernimmt die Kachel Media Productions GmbH & Co. KG. DSL. Wenn das auf der NOFRETETE genauso gut läuft, könnte es Kachels größter Erfolg werden. Didi sei Dank. Wenn, ja wenn ...

XVIII

Ein Platzregen im hochsommerlichen Barcelona. Selten, aber heute ist es soweit. Das Brautpaar eilt ins Standesamt, Hand in Hand. Die Braut im schlichten blütenweißen Jerseykleid, Kai im dunklen Anzug, die Haare frisch gegelt. Den vielen Papierkram haben sie vor der Reise abgewickelt, jetzt prüft der Standesbeamte die Unterlagen. Alles stimmt, auch die vorgeschriebenen Trauzeugen sind da: Wolle Luther und Paloma, die Barkeeperin, die als Venezolanerin auch beim Übersetzen hilft. Das „Ja" von Jenny nur geflüstert, aber der Blick dazu! Kai dagegen spricht es kurz und markig, fast militärisch aus. Einer muss ja hier die Fassung bewahren!

Nach zwanzig Minuten ist alles vorbei. Das Paar küsst sich. Wolle, mit einem bei der Abendshow ausgeliehenen Frack und Zylinder, und Paloma, mit rosa Blütenkleid, beide wohlgenährt und stämmig, stehen daneben und wirken selbst wie ein Brautpaar. Sie gratulieren Jenny und

Kai, küssen sie rechts und links ab. In einer kleinen Tapas-Bar in der Nähe trinken sie Portwein und essen garnierte Sardellen, marinierte Fleischspießchen.

„Schade, dass das mit der kirchlichen Trauung nicht klappt“, sagt Jenny in die ausgelassene Stimmung hinein.

„Ja, echt blöd“, stimmt Wolle zu, „aber ich werde heute noch mal den Pfarrer angehen. Vielleicht lässt er sich ja doch noch überzeugen.“

„Aber du kannst das doch machen, Wolle!“

„Ach, Kinders, das würde ich ja zu gerne tun. Aber ich bin ja kein ordinierter Pfarrer. Und dann bekommt ihr noch Ärger mit eurer Kirche. Das möchte ich nicht!“

„Mit unserer Kirche? Also Kai gehört ja zu gar keiner Kirche, obwohl er mir gesagt hat, er sei in Sachen Glauben an eine höhere Macht ins Nachdenken gekommen.“

„Ja“, schaltet sich jetzt Kai ein, „vor einem Jahr ist meine Mutter gestorben. Sie war nicht mal fünfzig Jahre alt. Bauchspeicheldrüsenkrebs. Es ging alles rasend schnell. Das hat mich total fertig gemacht. Ich saß an ihrem Bett, während sie dahindämmerte. Dann noch einige Tage im Koma, und weg war sie.“

„Da hast du dich gefragt, was das Ganze soll?“, hakt Wolle nach.

„Ja, nein, also es war irgendwie so ein Gefühl, das kann nicht alles gewesen sein zwischen meiner Mutter und mir. Das Gefühl, nur vorübergehend Abschied genommen zu haben, das bewegt mich bis heute. In den Tagen damals habe ich zum ersten Mal in meinem Leben gebetet, auch wenn ich gar nicht weiß, ob ich das richtig gemacht habe. Ich habe einfach meine Gedanken ausgesprochen und um Hilfe gebeten.“

„Es gibt kein richtiges oder falsches Beten“, sagt Wolle. „Kinders, es hilft alles nichts, wir müssen zurück zur NOFRETETE.“

Der Regen hat kaum nachgelassen. Zur Feier des Tages nehmen sie auch für den Rückweg ein Taxi und stürmen auf das Schiff. Cruise Director Bea Bloch hat von der Trauung Wind bekommen und erwartet sie bereits. Sie nimmt sie mit auf die Brücke, wo Lars Aicher gerade das Kommando übergeben hat und sich auf seinen Heimaturlaub bei der Familie in Rostock freut. Er öffnet eine Flasche *Dom Pérignon* und stößt mit dem Paar und den Trauzeugen an. Mit eindeutigem Blick zu Wolle stellt er fest: „Schön, wenn Menschen sich zueinander bekennen und Treue geloben!" Paloma versteht nur Bahnhof, auch das Brautpaar ahnt nichts von der Anspielung. Der Kapitän verabschiedet sich und sieht noch, wie Kräne tonnenschwere Technik auf die NOFRETETE hieven. Die Kachel Media Productions GmbH & Co. KG fährt ihre Geschütze auf. Die DSL-Show live von der NOFRETETE, das ist eine Herausforderung und die Zeit denkbar knapp, zumal der Regen den Aufbau erschwert.

Die Stimmung unter den NOFRETETE-Gästen an diesem späten Donnerstagvormittag ist nicht die beste. Viele haben angesichts des Regens darauf verzichtet, auf Gaudís Spuren zu wandeln oder über Las Ramblas zu flanieren und den Straßenmusikern zuzuhören. Sie sind auf dem Schiff geblieben und sehen, wenn sie nicht gerade bei Beauty & Wellness sind, den Aufbauarbeiten für die große Show zu. Manche von ihnen haben sich bei der Schiffsleitung beschwert. Niemand habe ihnen vor der Buchung gesagt, was da auf sie zukäme, diese ganze Hektik, die eingeschränkte Nutzung des Pool- und des Sonnendecks. Die NOFRETETE-Geschäftsführung hat aber vorgesorgt und besänftigt die Gemüter mit reichlich Cocktail-Gutschriften und Bonuspunkten für die nächste NOFRETETE-Buchung. Vergünstigungen, die ihnen leicht fallen, zahlt doch die Kachel Media Productions GmbH & Co. KG einen horrenden Mietzins. Noch mehr aber wiegt die Publicity, die die Live-Übertragung von Vorentscheid und Finale in Millionen Haushalte in Deutschland, der Schweiz und Österreich bringt.

Wolle hat am Vorabend den Vorentscheid in der Münchner Olympiahalle am Fernsehen verfolgt. Von den Siegerbeiträgen ist er mehr als beeindruckt. Er fragt sich, ob sein Beitrag an diese Qualität heranreicht, ja, ob er es überhaupt bis ins Finale schafft. Ihm muss etwas ganz Besonderes einfallen. Was ihm Mut macht, sind die Mitkonkurrenten auf der NOFRETETE. Außer ihm selbst haben sich noch sechs Mitbewerber gemeldet. Vier von ihnen kann er einschätzen, denen reicht er auf jeden Fall das Wasser. Bange macht ihm der DSL-Beitrag Guido Hansens. Bei dem Gedanken, der nautische Wachoffizier werde in seinem Beitrag die Zuneigung zu ihm, Wolle, vor einem Millionenpublikum öffentlich bekunden, schüttelt es ihn. Der große Unbekannte beim Wettbewerb ist ein Herr, der in Barcelona zugestiegen und dazu eigens von Mallorca in die katalonische Hauptstadt geflogen ist. Ein kluger Schachzug, muss er sich doch so nicht in München der übermächtigen Konkurrenz stellen, sondern nur die überschaubare Zahl der NOFRETETE-Kandidaten ausstechen, zumindest fünf. Sein Name ist Jürgen Luther. Wichtig ist ihm aber der Zusatz „König von Mallorca“. Wie er sich in einen Sessel der TagundNacht-Bar wirft, wie er Anweisungen an die Kellnerinnen gibt, das hat in der Tat etwas Königliches, Dominantes, Souveränes.

Als Sauna-Seelsorger hat sich Wolle heute frei genommen. Mit dem Akkordeon, das ihm das Duo *Erste Sahne* überlassen hatte, übt er sein Lied ein. Die Zweifel, ob sein Vortrag wohl reicht, nehmen zu, je näher der Auftritt heranrückt. Auch geht das Üben nicht ohne Störungen ab. Einmal holt ihn Rauschi aus der Kabine an Deck. Der Regen hat in der Zwischenzeit nachgelassen und die Sonne brennt die Pfützen auf Deck in Minuten weg. Gekommen sind Kachel, Vögelchen, Didi und der Biograph.

„Tach, schön dich mal kennenzulernen, Wolle“, begrüßt Didi ihn mit der ihm eigenen Direktheit. „Hier, Wolle, das ist dein Biograph. Kennt ihr euch eigentlich persönlich?“

Der Biograph schüttelt den Kopf.

„Nein“, bestätigt Wolle, „der muss monatelang hinter mir hergeschlichen sein, ohne dass ich es gemerkt habe. Aber mein Leben, das hat er ganz gut beschrieben.“

„Du bist also zufrieden damit?", fragt Didi nach.

„Na ja. Bricht ja einfach so ab, das Buch. Und von meinem Leben vor dem Campingplatz weiß er fast nichts. Ich würde ihm gerne noch einiges erzählen. Dann versteht er manches vielleicht besser. Aber, meine Dame, meine Herren, bitte entschuldigen Sie mich, ich muss mich auf meinen DSL-Auftritt vorbereiten."

Wolle stiebt davon. Die neu eingetroffenen Herrschaften gönnen sich erst mal einen Prosecco in der Afrika-Bar, bevor sie die Außendecks inspizieren. Didis vordringliche Aufgabe ist es, bis zum Vorentscheid zwei Mitjuroren zu finden. Er bespricht sich mit Cruise Director Bea Bloch, die sich im Vorfeld mit dieser Aufgabe befasst hat und ihm einige potenzielle Juroren benennt. Didi sieht kurz in die Akten, fragt manches nach und entscheidet sich dann für Gesine Harms und, zu ihrer Verblüffung, für Bea Bloch.

„Doch, Mädelchen. Du gefällst mir. Hast so was Strenges, Zofiges, zugleich was Lässiges, Mondänes. Das kommt gut rüber, glaub mir, bei mir machst du noch Karriere!"

Bea Bloch errötet, geschmeichelt und aufgeregt von dieser Anfrage des großen Didi Dollmann.

Wolles Frust über den geplanten Beitrag zum Vorentscheid steigert sich noch, als er seinen Schatten bemerkt. Hat der nicht auch zu üben? Wo er auch geht und steht, irgendwo in der Nähe lugt ein Guido-Auge oder ein Mister Spock-Ohr hinter einer Säule hervor.

Das Casting startet um 20.15 Uhr. Noch nie hat die NOFRETETE so etwas erlebt. Die Leute von Kachel haben ganze Arbeit geleistet. Das Schiff fährt bei ruhiger See und angenehmer Wärme Richtung Palma de Mallorca und gleicht einem schwimmenden Circus Maximus, ausgestattet mit Technik in Perfektion. Den Zuschauern an den Fernsehgeräten bieten sich atemberaubende Schnitte: Das von den Schiffsschrauben aufgewühlte Wasser, die am Horizont wie ein Feuerball untergehende Sonne, die erholten Gesichter der NOFRETETE-Gäste, die voller Erwartung auf das Geschehen an der Freitreppe und im Poolbereich blicken.

Didi eröffnet gewohnt souverän, mit ein paar Spitzen gegen die NOFRETETE, die Gäste, die Kandidaten. Gesine Harms und Bea Bloch, das merkt er bereits nach den ersten launigen Sprüchen, die er ihnen zuwirft, haben nicht das Profil von Ali Bauer und Kati von Wangenheim. Sie bieten zu wenig Reibungspunkte. Für das Finale wird er, das ist schnell klar, auf die Münchner Mitjuroren zurückgreifen.

Auch die Beiträge der NOFRETETE-Gäste bleiben deutlich unter dem Niveau der Besten aus dem Münchner Vorentscheid. Sie werden es schwer haben, gegen Herbert Luther und Konsorten zu bestehen.

Als erster tritt Hugo Luther auf, natürlich mit Panamahut. Er singt das Lied von der Biene Maja und bewegt die Schulter in merkwürdiger Weise vor und zurück. Ob er Läuse hat, die gerade auf seinem Rücken Polonaise tanzen? Ottilie Greis und einige andere Kneipperinnen fühlen sich bei dem Lied in die Zeit ihrer Paarwerdung versetzt und werfen beim Klatschen die Hände in hohem Bogen in die Luft. Die anderen Panamahüte setzen mehrmals zu einer La Ola an, bleiben aber damit alleine. Irgendwann merkt auch der letzte Imker, dass Hugo Luthers Beitrag sich auf Loddarr- und Michhhhail-Niveau bewegt, ja, vielleicht sogar noch darunter. Er hat den Originaltext, wie ihn Karel Gott schmelzt, nur im Refrain geändert, und dort auch nur das eine Wort „Maja“ durch „Luther“ ersetzt:

„Diese kleine freche Biene Luther
Luther, alle lieben Luther
Luther Luther
Luther Luther
Luther, erzähle uns von dir.“

„Ich glaub’, ich bin’s nicht“, ätzt Didi los. „Eh, Honigmann, das ist ja noch nicht mal Scheiße, was du ablieferst. Das ist ja weniger als Null. Das ist ja, also echt, was meint ihr, Mädels?“

Bea Bloch, etwas befangen, weil es sich bei Hugo Luther immerhin um einen NOFRETETE-Gast handelt, spricht diplomatisch von „nach obenhin noch offenen Potenzialen" des Kandidaten. Gesine Harms, schon deutlicher, meint: „Wir in Norddeutschland, wir sagen in so einem Falle, der Vortrag war ein bisschen fickerig. Also nervös, unruhig. Und ohne Tiefgang. Totale Ebbe, was den Inhalt betrifft."

Mary Ann Luther verzichtet auf eine Musikeinspielung. Stattdessen begleitet Bonsai ihren Gesang live mit Bambusrohr und Fußrasseln, traditionellen philippinischen Musikinstrumenten. Die Melodie von Mary Anns Song erinnert ein wenig an das Winnetou-Lied, so elegisch und wehmütig kommt es daher. Man sieht im Publikum viele Augen feucht, manche mit kurzzeitiger Schnappatmung. Mary Ann singt von der Armut in ihrem Land, von der Bedeutung des katholischen Glaubens, von der Marienstatue in der südlichen Meeresbucht von Batanga. Die Philippina hat Charisma, bewegt die Herzen und, mit ihrer Anfrage, ob mit der Muttergottes als Symbol für die bergende höhere Macht keine Annäherung an die Lutheraner möglich sei, auch die Köpfe. Großer Beifall, nachdenkliche Gesichter auch bei der Jury.

Ein rasanter Qualitätssprung nach unten ist der Beitrag von Siegfried T. Luther. Er tritt verschleiert auf, um nicht erkannt zu werden. Das *Alla Turca* aus Mozarts elfter Klaviersonate hat er sich ausgewählt und dazu einen simplen Text verfasst, der seine Islamophobie aufgreift und sich unreflektiert und ahistorisch auf Luthers Abneigung gegen Türken beruft. Im Anschluss schimpft er auf die Naivität der Muslime, die die Oma als wichtigste soziale Instanz ansähen.

„Ist nicht Oma, ist Umma, die muslimische Gemeinschaft, du Dummkopf!" Die Stimme des Zwischenrufs kommt Didi bekannt vor und er erkennt überrascht Ali Bauer im Publikum, neben ihm Kati von Wangenheim. Sie ahnen wohl schon ihren Einsatz morgen beim Finale und sind hinterhergereist.

Jupp Luther bringt mit seinem Song *Ich bin so froh, dass ich so evangelisch bin* wieder etwas Stimmung. Er karikiert ein im Kölner Karneval beliebtes Lied des Blödelbarden Jürgen Becker und streicht heraus, was die evangelische Kirche alles an Positivem zu bieten und Luther zu verdanken hat: Die Akzeptanz auch kritischer Stimmen aus den eigenen Reihen; Pfarrerinnen, ja sogar Bischöfinnen; offener Umgang mit Schuld, siehe Margot K.

„Solide, aber ohne Emotions", kritisiert Didi knapp. „Aber sehr lutherisch", wirft Gesine Harms ein. „Mir etwas zu verkopft", ergänzt Bea Bloch.

Guido Luther trägt schmachtend das alte Lied *Ich bete an die Macht der Liebe* vor. Dabei blickt er sich ständig nach Wolle um, der sich aber wohlweislich noch im Backstage aufhält. Die Auslegung des Liedes in Bezug auf den Menschen, den man liebt, aber auch auf die höhere Macht, erinnert an Herbert Luthers großen Auftritt in München, lässt aber dessen Tiefgang vermissen.

Als vorletzter Teilnehmer hat die Jury Jürgen Luther, den König von Mallorca, ausgelost. Er ist ein Partylöwe, ein Ballermann-Star, einer, der das Show-Handwerk von der Pike auf gelernt hat. Seinen Song *Ein Bett im Kornfeld*, mit weitem rotem Regentenmantel, Zepter und Goldkrönchen vorgetragen, kombiniert er mit Bibelstellen, in denen von den Lilien auf dem Felde und den Vögeln unter dem Himmel die Rede ist. Rhetorisch fragt er nach Ende des Songs, ob nicht Luther auch heute bedeutsam ist, weil er die höhere Macht in allen Dingen erkennt. Die Beziehung zu einer anderen Wirklichkeit als doppelter Boden des Lebens, ein Schutznetz, das einen auffängt bei den großen Abstürzen, die jedem blühen. Sogar die These, Luther habe einen König gehabt, den Mann aus Nazareth, der ihn fürs Leben stark gemacht habe, gibt er zu bedenken. Das Publikum staunt über die tiefgründigen Reflexionen des ansonsten eher auf Partys am Strand von S'Arenal beheimateten Königs und bejubelt seinen Auftritt.

Wolle Luther ist als Letzter dran. Er ist – nervös ist gar kein Wort dafür. Seine Hände zittern. Mit seinem Akkordeon sitzt er auf einem Plastikstuhl mitten zwischen den Whirlpools. Ja, er muss sogar noch einmal absetzen, so heftig schlägt sein Herz. Endlich legt er los. Ohne irgendwelche weitere Instrumentalbegleitung spielt er *Ein feste Burg ist unser Gott* und legt nur langsam die Nervosität ab. Die erste Strophe singt er mit Originaltext, dann folgen welche, die er selbst am Nachmittag zusammengeschustert hat. Die Reime oft unsauber und mehr assonant, die Botschaft aber unmissverständlich. Die Strophen thematisieren zunächst die Liebe, dabei schaut er kurz zu Jenny und Kai auf. Dann die Vergebung durch die höhere Macht und durch Menschen, sein Blick ging in Richtung Didi. Schließlich die Hoffnung, die Kraft und Sinn spendet. In der Nachrede geht er kurz auf Luthers angebliches Zitat zum Weltuntergang ein, ja, auch er, Wolle, könne sich diese Sicht aneignen: „Wenn morgen die Welt unterginge, dann würde ich heute noch ein Apfelbäumchen pflanzen." Bei den letzten Worten schweift sein Blick über all die Zuschauer an der Innenreling des Sonnendecks und auf dem Pooldeck. Jetzt, auf den letzten Drücker, hat er sie noch emotional gepackt. Er sieht es ihnen an, sie sind berührt.

„Guter Schlussspurt!", bestätigt Didi. Die beiden Mitjurorinnen nicken zustimmend. „Wir ziehen uns jetzt zur Beratung zurück. Bitte, ihr Lieben hier auf Deck und an den Bildschirmen, votet jetzt. Bis bald nach der Werbung!"

Eine Stunde später, nach zahllosen Verzögerungsschleifen, spricht Didi von einem denkbar knappen Ergebnis. Die beiden, die es ins Finale geschafft haben, sind Mary Ann Luther und Wolle.

„Du hast nur um Zehntelprozente vor dem König von Mallorca gelegen, Wolle. Für das Finale morgen musst du dich deutlich steigern!" Didis Ansage in der Tagund-Nacht-Bar ist mehr als deutlich. Ein paar Hocker weiter sitzt der Biograph am Tresen, ganz hinten an der Wand

Mister Spock, der sich die Kante gibt. Hat er es endlich aufgegeben? Wolle stiert in seinen *Mojita* und rührt mit dem Löffel darin.

„Sag mal", interessiert sich Didi, während Wolle nur vor sich hin schweigt, „wie war das eigentlich, als du dich als Martin Luther gefühlt hast? Ich meine, damals, nach dem Unfall. Ist da noch irgendwas übriggeblieben? Also, ich mein, fühlst du dich jetzt auch noch manchmal als richtiger Luther oder warum nimmst du an DSL teil?"

Jetzt redet Wolle. Erst in den frühen Morgenstunden gehen die beiden auseinander. Gesine Harms dreht da schon wieder ihre ersten Runden auf dem Sonnendeck.

XIX

Ein Knistern in der Luft, hektisches Hin und Her, freudig erregte Gesichter, wohin man schaut. Im Hafen von Palma Menschenmassen auf der Suche nach den besten Plätzen auf der Fanmeile. Überall riesige Großleinwände, Public Viewing, zum ersten Mal bei einer Didi-Show. Die deutschen Touristen: Geduscht, aufgeräumt, leicht angetrunken. Tops mit Spaghettiträgern und Jäckchen darüber bei den jungen Damen, wenige Shorts bei den Männern – die DSL-Entscheidung wird dauern. Selbst auf Mallorca gibt es kühle Nächte. Sie, die gerade zu dieser Zeit auf der Ferieninsel im Urlaub sind, sie, die Auserwählten von welcher Macht auch immer, sie sind dabei, ein historischer Augenblick, fast wie 1989! Noch ihren Enkeln werden sie davon erzählen. Irgendwann, ein halbes Jahrhundert später. Das Entertainment erreicht eine neue Dimension. Erstmals gelingt es, einen deutschen Denker, dazu noch einen Theologen, in die Gegenwart zu holen, millionentauglich.

Da, ist das nicht Didi? Ja, ich seh ihn. He, halllOooo, Didi, krieg ich ein Autogramm? Und da, das ist sicher sein Bodyguard, der Typ mit der Lederjacke und der Sonnenbrille.

Ist er aber nicht. Es ist der Biograph.

„Wie weit bist du eigentlich mit meiner Biographie?", fragt Didi ihn in einer Hafenbodega.

„Wird schon. Termin wird gehalten." Mehr ist nicht aus ihm rauszuholen. Stumm trinken sie ihren *Latte macchiato*. Ob der das hinkriegt mit der Biographie, zweifelt Didi. Eine andere Form müsse die bei ihm haben, nicht chronologisch. Was das wohl wird? Ach ja, und ein, zwei Botschaften solle er sich für die Biographie überlegen. Da weiß er welche.

Sein Handy vibriert. Vögelchen, sie lässt sich gerade von der Beauty-Abteilung der NOFRETETE verwöhnen. Damit sie am Abend die Schönste ist. Sie will nur wissen, was Didi so macht. Manchmal findet er das ein wenig nervig. Dieses Hinterhertelefonieren. Ist da eine erste Quelle der Unzufriedenheit auszumachen? Etwas, das sich zu einem grundsätzlichen Konflikt auswächst, zu heftigen Streiten mit Beleidigungen, hingeworfenen Eheringen und schließlich zur Trennung? Den anderen so annehmen, wie ihn die höhere Macht geschaffen hat, auch mit seinen Fehlern, hat er irgendwo mal gelesen. Wenn das nur so einfach wäre!

Auf Deck hat Wolle Luther über seinen Account bei Facebook noch mal alle seine Freundinnen und Freunde auf das Finale hingewiesen. Bitte zuschauen und voten! Rauschi läuft ihm über den Weg.

„Unsere Turteltäubchen möchten so gerne zu ihrer Eheschließung gesegnet werden", spricht Wolle das Thema an, das ihn neben DSL am meisten beschäftigt. „Aber der Pfarrer spielt nicht mit. Ich mach noch mal einen Versuch, ihn zu überreden. Wenn das gelingt, brauchen wir ein Traukissen für die Ringe. Meinst du, Rauschi, auf der NOFRETETE ist so was zu finden? Und eine Traukerze für das Paar bräuchten wir ja auch."

„Nee, wees ick nich, ob uff den Kahn so wat Speziellet zu finden is. Aber ick besorg dir Kissen und Kerze. Bin schon weg!"

„He, Rauschi, da willst du jetzt eigens vom Schiff und

in die Stadt? Vielleicht wird das nichts mit der Trauung. Dann war alles vergeblich. Das geht doch nicht."

„Also, wenn ick dit anbieten tu, denn mach ick dit ooch. Wenn uff Rauschi Verlass is, denn is uff Rauschi Verlass. Un jetze is Ruhe im Kartong!"

Die letzten Worte hat er apodiktisch gesprochen, Widerspruch zwecklos. In Wolle steigt ein Verdacht auf. Rauschi, der Kleptomane. Er wird doch nicht?

Wolle begibt sich in die Bibliothek, wo er sich mit *Erste Sahne* trifft, dem Duo, das ihm so imponiert hat. Für seinen Auftritt im Finale kann ich nicht wieder die *Ein feste Burg*-Nummer abliefern, weiß er. Ich muss mich steigern, das ist klar. Was für eine Konkurrenz, diese absoluten Super-Stars wie Herbert, Udo, Marius oder Lena!

Mit schweren Limousinen bahnt sich die Politprominenz den Weg durch die dicht beparkten und begangenen Hafengassen: Das halbe Kabinett, der Staatsminister im Bundeskanzleramt und Beauftragte der Bundesregierung für Kultur und Medien, einige Ministerpräsidenten, fast alle Kultusminister der Länder. Es geht nicht mehr um Didi, es geht um Luther, um deutsche Geschichte. Die beiden Vorentscheide haben gezeigt, wie viel da aufzuarbeiten ist. Political Correctness ist gefragt, Plätze in der ersten Reihe, neben den mallorquinischen Politikern, die die noch profilierteren Plätze bekommen. Man ist ja schließlich keine Besatzungsmacht, nur Gast, weiß, was sich gehört.

Die Auslosung der Kandidaten. Das gibt es nicht, denken alle, wieder wird Wolle Luther als Letzter gezogen. Er nickt zufrieden, so hat er es sich gewünscht.

Die Bühne im Theater, noch nie war sie so glanzvoll ausstaffiert. Palmen, Orangenbäume, im Hintergrund ein angedeuteter Hain von Mandelbäumen.

Die ersten Quoten für das Vorprogramm sickern Backstage durch. Zwölf Millionen! Kachel strahlt. Sein größter Triumph. Jetzt können sie einpacken, die Butzens und Müller-Vogelmänner. Er ist der Größte, zu Recht!

Jetzt kommt die Show, jetzt kommt das reine Vergnügen. Einen *Aperol Spritz*, schnell!

Im weiten Rund des NOFRETETE-Theaters ist es erstaunlich still. Nicht das *Einer ist der Doofste*-Publikum, das klassische. Das hat sich eher im Hafen versammelt, vor den Bildschirmen, *Angel d'Or Sundowner* in der Hand.

Marius Müller-Luther beginnt. *Freiheit.* Der Staatssekretär der FDP faltet die Hände wie zum Gebet. Das Publikum ist noch nicht warm, einige Unruhe auf den oberen Plätzen, wo manche jetzt erst Platz nehmen. Der Sänger wirft den Blick seitlich nach oben, zur gläsernen Decke des Theaters. Leuchtende Sterne, Reflexionen, nur angedeutet, zum leidenschaftlichen Luther des Jahres 1520, dann der Übergang zum Refrain. Plötzlich haben Viele kleine Taschenlampen in der Hand und schwenken sie hoch über den Köpfen. *Freiheit, Freiheit* ... Nicht nur der, der auf der Bühne steht, ist ein Vollprofi, auch sein Team. Die Taschenlampen haben sie am Eingang jedem geschenkt, der sie wollte. Und natürlich wollten alle, auch die Anhänger der anderen DSL-Kandidaten. Die Macht des Souvenirs, ich war dabei, schau her, sieh, was auf der kleinen Taschenlampe steht: Marius Müller-Luther, DSL-Sieger 2011. Der harte Kern der Marius-Gemeinde hat sich auf alle Decks des Theaters verteilt. Jetzt, beim ersten Refrain, stehen sie auf und, es gelingt, die anderen ziehen mit. Sogar Kachel, die Ministerpräsidenten, alle. Der liberale Staatssekretär mit tränenüberströmtem Gesicht. Existenzielle Überwältigung. *Freiheit.* Ja, auch er wird sich bald outen. *Standing ovations for freedom, for Marius.* Botschaft und Botschafter verschmelzen. Das Publikum: in Trance. Ehrfurcht und Entzücken. Der Übergang ins Sakrale, die kollektive Heiligsprechung nur noch eine Frage von Sekunden. Doch dann passiert das Undenkbare. TONSTÖRUNG! Die fehlende Zeit für den ausgiebigen Soundcheck, die verkürzte Generalprobe. Schicksal! Aber wer schickt das Sal? Marius Müller-Luther, der Kaiser ohne Kleider. Die bisher kaum sichtbaren Techniker rennen hinter den Kameras durch den

Saal, suchen die Ursache. Das Publikum hat wieder Platz genommen, staunendes Geflüster. Jetzt ist Didi gefordert. Wenn einer so eine Situation retten kann, dann er. Von den Gefahren der Freiheit spricht er.

„Kenne ich. Freiheit als Gefahr. Ihr wisst, ich habe die Freiheit oft genutzt. Viele Häuser, viele Autos, viele Frauen. Aber bei Frauen, da kommt die Freiheit an Grenzen. Ich sag's euch! Dein Scheiß-Maserati ist nicht eifersüchtig, wenn du einen Ferrari neben ihn in die Garage stellst. Aber eine Frau ist kein Maserati. Gefühle, sag ich euch, die kennt jede Frau, jeder Mensch. Und wenn du die mit Füßen trittst, dann rächt sich das irgendwie."

Kachel wiegt den Kopf hin und her. Didi ist ihm zu ernst heute, führt ja fast Selbstgespräche. Keiner lacht mehr im Publikum. Das treibt die Quote nach unten, denkt Kachel, und versucht Blickkontakt mit Didi aufzunehmen.

Nach einer gefühlten Ewigkeit kommt das Signal der Technik. Wir können wieder. *Freiheit*, beim Refrain steht jetzt nur noch die Marius-Gemeinde. Emotionale Talfahrt. Die Schlacht ist verloren. Schicksal. Höflicher Applaus nach dem Song. Da hilft auch nicht mehr die gesteigerte Leidenschaft, die Marius Müller-Luther in seinen Vortrag legt. Die Frage nach dem Schicksal, der Lebensangst. Kaum jemand wird angerührt, zumal er sich gegenüber dem Vorentscheid nichts Neues hat einfallen lassen. Hätte er mal die Foren im Internet gelesen! Marius, was ist, wenn mein Freiheitswunsch mit dem Freiheitswunsch eines anderen Menschen kollidiert? Marius, was ist, wenn ich vor der Freiheit Angst habe und sie gar nicht will, weil ich dann als entscheidungsschwacher Mensch verschiedene Optionen und damit die Qual der Wahl habe? Fragen, wichtige Fragen. Und Marius Müller-Luther übersieht sie, überhört sie, bleibt zu siegessicher auf seiner einmal gewonnenen Sicht stehen und meint, das Publikum mit Floskeln von vorgestern zudecken zu können. Aus Sympathien werden Antipathien, das Wort „arrogant" macht die Runde. Ist der Bote unglaubwürdig, verliert auch die Botschaft die Kraft. Das Problem der Missbrauchsfälle in der Kirche.

„Der Klugscheißer", murmelt Hugo Frank sogar und lüftet kurz den Panamahut, „der sollte mal in einen Bienenwagen kommen. Dann wüsste er, dass Freiheit ohne Ordnung nicht funktioniert."

Didi bleibt erstaunlich gelassen. Mit dem Augenwinkel spürt er Kachels stechende Blicke. Gezielt schaut er an ihm vorbei zu Vögelchen. Dann, beim Werbeblock, sortiert er seine Moderationskarten. Über ihm der Sternenhimmel, kurzer Kameraschwenk, von ihm aufwärts zur Glaskuppel: „Ja, Leute, wir holen heute die Sterne auf die NOFRETETE, in den Hafen von Palma, in eure Wohnzimmer. Ein Stern, der vom Himmel gefallen ist, heißt Lena. Begrüßt mit mir herzlich Lena Luther!"

Die junge Frau mit dem optimistisch-lasziven Blick strahlt königinnengleich. Alles ist neu gegenüber dem Vorentscheid: neues Outfit, neuer Song, neues Thema. Um einen Fremden geht es, einen Fallensteller. Der Mann wird zum Symbol für das Bedrohliche des Lebens, das zugleich eine Faszination hat. Bungee-Jumping, Wildwasser-Rafting, Gleitschirmfliegen. Warum sucht der Mensch das Fremde, das Bedrohliche? Lena Luther weist auf Luther in Augsburg, in Worms hin. Gespräche mit den höchsten Repräsentanten der damaligen Macht. Warum hat er nicht einfach einen Rückzieher gemacht? Hätte doch Jurist werden können, mit seiner Intelligenz wäre er weit gekommen. Käthe heiraten, kein Problem. Aber er sucht die Gefahr, das Bedrohliche, will sehen, was die höhere Macht mit ihm vorhat. Stellt er sie auf die Probe?

Lena ist mutig, der Vortrag frisch und ungekünstelt. Aber das Publikum denkt noch an die bedingungslose Liebe, das Bild des Satelliten. Der Song vom Vorentscheid, ein Ohrwurm. Das Lied vom Fremden, ein zu schneller Sprung in ein komplett anderes Thema. Vor allem aber keine Transzendenz. Ein Hungern und Dürsten gerade danach im NOFRETETE-Theater. Verhaltener

Applaus. In Lenas Augen ein Hauch von Wehmut. Sie ahnt es, sie hat es vergeigt.

Was wohl Udo Luther und seine Berater geritten hat, statt *Ich war noch niemals in New York* im Finale *Wittenberger Wein* zu singen, das bleibt wohl späteren Forschern der Mediengeschichte vorbehalten. Empfand er die USA-Bezüge als zu dünn? Befürchtete er, mit dem New-York-Hawaii-San-Francisco-Hinweis von evangelikalen Gruppen und Bible Belt-Fundamentalisten vereinnahmt zu werden? *Wittenberger Wein* jedenfalls bringt die ganze Trostlosigkeit des modernen Protestantismus zum Ausdruck. Verkopfte Theologie, blutarme Liturgie, graues Erscheinungsbild. Die sich auf Luther berufende Kirche von heute wirkt säuerlich, gepflanzt auf ausgedorrtem und steinigem Gelände und nicht auf fruchtbarem Humus. Der Kandidat deutet nur an, woran das seiner Meinung nach liegt. Vor allem die Distanz zum wasserspendenden Fluss, zum Strom der Begegnungen mit der höheren Macht, wie sie uns die in der katholischen Tradition so zahlreichen Heiligen vorleben, macht er dafür verantwortlich. *Wittenberger Wein* mit seinem spröden Text, in dem Udo Luther die gequälte Langeweile und Aussagelosigkeit vieler evangelischer Gottesdienste aufgreift, avanciert unfreiwillig zu einem Sinnbild dafür, wer diese vertrocknete und sinnenfeindliche Form des Evangelischseins heute noch existenziell braucht: niemand mehr! Wie konnte einem so alten Hasen wie Udo Luther ein solcher Fauxpas passieren? Noch nie hat ein Beitrag einen Contest gewonnen, dessen Grundtenor negativ war. Und *Wittenberger Wein* war nur negativ! Betretene Gesichter bei der Udo-Gemeinde, riesige Enttäuschung, sogar ein vereinzelter Pfiff ist nach Udos Abgang zu hören.

Kachel fragt sich, was da im Finale nur los ist. In der nächsten Werbepause wirft er einen Blick auf die Monitore über dem Technikpult, die den Hafen mit der Fanmeile zeigen. Die Stimmung wirkt noch gut, ein bisschen ausgelassen. Aber jetzt müssen noch die Kracher kommen. Sonst wird das Finale ein Flop. Die Quote im freien

Fall, wenn nicht bald ein Mega-Beitrag erfolgt. Und wer ist dran? Mary Ann Luther und ihr Bonsai. Ob das was wird?

Kachels Befürchtungen bestätigen sich. Das philippinische Paar begeht denselben Fehler wie Marius Müller-Luther. Sie liefern eine ähnliche Vorstellung ab wie beim Vorentscheid. Wieder Live-Musik mit Bambusrohr und Fußrasseln, eigentlich ein Bonus. Wieder der Bezug zu Maria, die das Kind schützende und hegende Mutter, Identifikationsfigur für die vielen hungernden Mütter der Welt, die verzweifelt versuchen, ihren Kindern ein Minimum an Nahrung zu bieten. Auf der Leinwand werden Bilder von ausgemergelten afrikanischen Frauen eingespielt, die ihre ebenfalls bis auf die Knochen dünnen Kleinkinder an die leeren Brustschläuche drücken. Nachdenkliche Gesichter, aber der Luther-Bezug ist noch weniger einleuchtend als beim Vorentscheid. Keine Anspielung auf Luthers soziales Engagement. Der „gemeine Kasten" in Wittenberg, für die Armen der Stadt. Kein Wort dazu. Trotz Winnetou-Anklängen kommt es dieses Mal zu keiner Schnappatmung im Publikum. Traurig verlassen Mary Ann und Bonsai die Bühne. Aus der Traum von der Show-Karriere. Morgen wird sie wieder Handtücher für die neuen Gäste auf der NOFRETETE austeilen, und Bonsai Ananas anbraten und Perlzwiebeln glasieren.

Kachels Gesicht verfinstert sich zusehends. Sind wir hier bei einer Benefizgala, einer schlechten, fragt er sich. Spätestens jetzt geht die Quote nach unten. Ein Debakel. Alle Hoffnungen ruhen auf Herbert Luther, dem Favoriten.

Herbert Luther springt auf die Bühne. Sein Beitrag ist ein komplett neuer. Das Lied handelt von einem Menschen, der sich um einen anderen dreht. Lebensmenschen nennt er ihn in seinen Ausführungen nach dem Song, wie schon beim Vorentscheid. So einen musst du haben, dann bestehst du das Leben. Aber dieses Mal bringt er nicht den Bezug zur höheren Macht. Spricht nur vom

Ich und vom Du. Vom Füreinanderdasein in den Krisenzeiten: „Wenn sich alles verdunkelt, bring ich dich durch die Nacht." Er geht auf eigene Lebenskrisen ein und schlägt die Brücke zu Psalm 23, die Rede von dem finsteren Tal, das wir auf unserer Lebensreise immer mal wieder zu durchlaufen haben.

„Das Bild vom finsteren Tal, das ist Luthers Übersetzung", stellt er den Bezug zum Reformator her, „ein jüdischer Übersetzer formuliert die ‚Todschattenschlucht', durch die wir hindurch müssen. Wie nennt ihr solche Lebensphasen? Ja, sucht euch eure eigene Übersetzung. Wichtig ist, Bilder zu finden für alles, was in uns vorgeht. Gutes und Schlechtes. Ich mach mich jetzt mal vom Acker. Ja, Acker, auch so ein Bild. Ciao, danke! Liebt euch! Bis demnächst!"

Tosender Beifall. Auf Herbert Luther ist Verlass. Die Konkurrenz ist gegenüber dem Vorentscheid schwächer. Hat das Finale unterschätzt. Nicht aber er. Dieses Mal zwinkert er der Jury zu. Ein dankbarer Wink von Didi, ein bestätigendes Nicken von Kachel in der ersten Reihe. Jetzt wird doch noch einmal alles gut. Ende des Wettbewerbs, denkt Kachel und erhebt sich halb. Doch Vögelchen flüstert ihm, dass Wolle Luther noch drankommt. Ach der Dicke, nickt Kachel und verschränkt die Arme über seinem Bauch. Neben ihm huschen die Hände des Biographen über die Tastatur des Notebooks.

Wolle Luther, wie er auf den Stufen der Bühne steht: Ein Berg von einem Mann! Sein Bart wallt bis zum Bauchansatz. Während des DSL-Jingles, das nach dem Werbeblock den letzten Beitrag einläutet, steht er mit geschlossenen Augen, den Kopf nach oben gestreckt, auf der von Scheinwerfern eingehausten Bühne. Sein kleines Reich, zugleich das Tor zur großen Welt. Monatelang hat er von so einer Gelegenheit geträumt. Wird er sie jetzt nutzen können oder obsiegt die Nervosität?

Er setzt auf die Karte Live-Musik, aber nicht eigene. Kein Akkordeon, kein eigener Gesang. Das Duo *Erste Sahne* unterstützt ihn. Lydia, die sinnliche Stimme,

Michael, der empathische Pianist. Techniker haben einen weißen Flügel auf die Bühne gerollt.

Michael spielt dezente Klaviermusik von Ludovico Einaudi. Ein Klangteppich, auf dem Wolle seinen Vortrag beginnt.

„Herbert, Kollege, danke für deinen wunderbaren Vortrag!“, spricht er ins Publikum, da Herbert schon im Backstage verschwunden ist. „Mir hat dein Bezug zu diesem Bibelvers gefallen. Da ist von schweren Zeiten im Leben die Rede, den finsteren Tälern. Aber auch von guten Zeiten, in der Welt der Hirten erfasst mit dem Bild von den grünen Auen.“

Wolle blickt meditierend zum Boden, das Klavier zieht in der Lautstärke kurz an, ebbt dann wieder ab, als Wolle fortfährt:

„Welche Bilder fallen uns ein? Wir sind ja keine nomadischen Viehhirten mehr wie die Menschen damals, als die Bibel entstand. Wir sind moderne Nomaden, seelisch oft heimatlos, die Wurzeln unseres Lebens suchend. Gestern hatten viele von euch schlechte Laune wegen des Regens, der euch den Barcelona-Aufenthalt zerstört hat. Ja, das Leben, es ist manchmal auch ein Platzregen. Es gibt nicht nur Sonnentage.“

Kachel sieht zum ersten Mal auf die Uhr. Redet schon ganz schön lange, der Dicke, denkt er sich, hat nur noch drei Minuten für seinen Song.

„Ich kenn den Platzregen auch“, hebt Wolle mit Blick zu Michael am Flügel an, der sofort ins pianissimo verfällt.

„Meine Eltern sind bei einem Verkehrsunfall ums Leben gekommen, als ich dreizehn Jahre alt war.“ Er erzählt von dem erstarrten Blick, der belegten Stimme, mit dem ihm die Großmutter das damals beibrachte. Sie hatte ihn mit ins Krankenhaus genommen, wo die Mutter noch einige Tage im Koma lag. Er erlebte mit, wie sie starb, wie das Blut aus dem Gesicht wich, wie die blasse Nase, aber auch ein Anflug von heiligem Lächeln den letzten Anblick der Mutter prägte.

„Das war nicht mehr meine Mutter. Wo aber war sie dann? Einfach nur weg? Diese Fragen haben mich nie mehr losgelassen. Bis heute habe ich keine Antwort gefunden. Weiß jemand von euch da mehr?“, fragt er ins völlig überraschte Publikum. Niemand rührt sich, nur Kachel. Der rutscht wieder unruhig auf dem Stuhl hin und her. Einmal wegen der für ihn unerträglichen Stille, in die Wolles Worte wattegleich eingehüllt sind. Zum anderen weil die Zeit fortschreitet und nichts passiert. Nur dieser Nostalgiker erzählt etwas, was mit Luther und DSL nichts, aber auch gar nichts zu tun hat, denkt er sich.

„Ihr fragt euch vielleicht, was das, was ich da gerade von meinen Eltern erzähle, mit DSL und Luther zu tun hat?“, fragt Wolle und gibt sogleich die Antwort. Luther, der Seelsorger, das ist die Kompetenz, die ihn im 21. Jahrhundert bedeutsam macht. Allerdings nur, wenn diese Kompetenz ein Upgrade erfährt. Jeder Mensch muss dem anderen zum Seelsorger werden. Wenn Luther gesagt hat, alle Menschen sind Priester, dann gilt das heute in diesem Sinn: Ich habe eine existenzielle Not, mit der ich nicht fertig werde. Also gehe ich zu dem Menschen, der mir nahesteht, und vertraue mich ihm an.

„Solche einem nahestehenden Menschen sind an erster Stelle die Eltern. Was aber tun, wenn einem die so früh genommen werden? Oder wenn man sich nicht mit ihnen versteht? Klar können die Großeltern ein Ersatz sein. Aber manchmal sind die altersmäßig von den eigenen Problemen zu weit weg. Auch der Lebenspartner, die Partnerin sind natürlich geeignet. Aber wenn man den Richtigen oder die Richtige nicht findet? Oder wenn der Tod auch da einen Strich durch die Rechnung macht?“

Sein Blick trifft auf Ottilie Greis und auf die drei Offenbacher Witwen, die ihm mit offenem Mund zuhören. Was folgt ist eine Eloge auf die Freundschaft. Gute Freunde zu haben, das ist neben engen verwandtschaftlichen Beziehungen ein großes Geschenk. Eine zweite Melodie im Leben, die zu pflegen Sinn macht.

Auf ein stilles Zeichen Wolles hin singt jetzt das Duo aus dem Westerwald das *Hallelujah*, das von Leonard Cohen stammt. Die Stimme der Sängerin ist nah dran an der kanadischen Interpretin K.D. Lang. Nach einer Weile geht der Pianist wieder dazu über, Wolle einen Klangteppich auszurollen.

„Von einem kalten und sehr einsamen Halleluja ist hier die Rede", erläutert Wolle. „Das kennt doch jeder von uns. Dass uns das Halleluja-Jubeln im Halse stecken bleibt." Verordneter Jubel, der wirkliches Trauern nicht zulässt. Wolle erinnert an seine Erlebnisse bei einigen Freikirchen, das künstliche Halleluja-Geschrei und das Die-Hände-hoch-Strecken.

Kachel reicht es. Er ruft einen seiner Produktionsleiter zu sich, zischt ihm ins Ohr, fragt nach den Modalitäten des Wettbewerbs. Kann doch nicht sein, dass da einer so rumlabert. Was wird aus der Quote? Nie wird im Fernsehen länger als 90 Sekunden von einer Person am Stück gesprochen, jedenfalls nicht im privaten. Bei den Öffentlich-Rechtlichen geht das noch, Wort zum Sonntag, Neujahrsansprache der Bundeskanzlerin und so was. Aber doch nicht in seiner Produktion. Da muss es knallen, fetzen, abgehen. Ständige Schnitte. Keine Standbilder wie jetzt. Dann auch noch mit diesem komischen Kauz, diesem Schwätzer. Warum schreitet Didi nicht ein? Die Zeit des Beitrags ist doch längst überschritten.

Für Kachel kommt es noch viel schlimmer. Wolle hat in der Zwischenzeit Rauschi auf die Bühne geholt und erzählt zum Vergnügen des Publikums, wie er mit Hilfe Rauschis versucht hat, einen männlichen Verehrer abzuschütteln. Wie das Ganze gescheitert ist. Immerhin weiß jetzt Ottilie Greis das Geschehen in der TagundNacht-Bar zu deuten.

„Rauschi, das ist mein Freund für alle Fälle. Ihm vertraue ich an, was mich belastet. Und das ist eine große Hilfe!"

Rauschi steht mit feuerrotem Kopf auf der Bühne. Die große Öffentlichkeit ist seine Sache nicht und er sieht beschämt wegen des vielen Lobs ins Leere. Den Namen seines Verehrers gibt Wolle nicht preis, sagt aber ganz allgemein: „Liebe zwischen erwachsenen Menschen ist immer ein Geschenk, egal welche Liebe. Aber sie hat nur eine Berechtigung, wenn sie erwidert wird. Liebe lässt sich nicht erzwingen." Dabei schaut er in die Richtung, in der er vorhin kurz Mister Spock erblickt hat. Aber der Sitz ist leer. Er geht kurz auf Luthers Ehe mit Katharina von Bora ein, auf das Bahnbrechende, das die Eheschließung für das partnerschaftliche Zusammenleben hatte.

„Damit sind wir bei unserem Gastgeber, dem Herrn Dollmann, angekommen." Jetzt verschluckt sich Kachel so schwer, dass er einen Hustenanfall bekommt. Was spielt sich hier gerade ab, fragt er sich konsterniert. Das ganze Sendungskonzept gerät aus den Fugen. Läuft irgendwo eine versteckte Kamera und er ist das vorbestimmte Opfer?

Didi hat sich erhoben, nimmt eine Gitarre. Zum ersten Mal seit langem wieder laute Reaktionen im Theaterpublikum. Didi spielt! Wie zu Beginn seiner Karriere! Und ich bin dabei, Wahnsinn!

Doch er hält sich zurück. Lydia singt *My heart will go on*, erste Tränenausbrüche bei einigen Zuschauerinnen. Er nimmt das Mikro von Wolle, wandelt jetzt über die Bühne. Das Liebesthema des Titanic-Films, nur mit dem Piano gespielt, wird zum Klangteppich für sein Bekenntnis zu Vögelchen. Er geht zu ihr in die erste Reihe, wo Kachel mit aggressiver Miene und heftigen Schweißausbrüchen sitzt, sich aber angesichts der vielen Kameras nichts zu sagen traut. Jetzt ergreift Didi Vögelchens Hand und zieht sie auf die Bühne. Sie ist schön, sehr schön. Aus Frauen, die glücklich sind, strahlt eine Schönheit, die unabhängig von Alter und äußerer Erscheinung ist.

„Ich habe diese Frau geheiratet, weil sie bei mir war, als alle anderen", er schaut ins weite Theaterrund, dann in die Kamera direkt vor ihm, „mich verurteilt haben. Sie war bei mir, als ich dachte, nichts geht mehr. Sie hat mir einen Biographen besorgt, der bald beschreiben wird, warum Didi Dollmann Didi Dollmann wurde und was es heißt, viele Brüche im Leben zu haben, ohne daran zu zerbrechen. Auch das Leben unseres Kandidaten Wolle Luther hat er aufgezeichnet. Bis zu jenem Punkt, wo er geglaubt hat, Martin Luther selbst zu sein und durch die Städte zieht."

Der Biograph, der still neben dem schwitzenden Kachel sitzt, versteht die Anspielung. Didi wünscht sich eine Fortschreibung des Wolle-Buches, eine Rehabilitation. Wolle soll nicht für immer als Pseudo-Martin-Luther belächelt werden. Aber das wird schwierig. Zu kurz ist der Kontakt, seitdem sich der Biograph auf die NOFRETETE begeben hat. Er weiß zu wenig über Wolles Bordleben. Außerdem hat er nicht die Zeit, zwei Biographien zu schreiben.

Didi berichtet in der Zwischenzeit von seiner unglücklichen Liebe zu Ulrike Braunholz.

„Leute, damals hätte ich einen richtigen Freund gebraucht. Einen, der mir in den Arsch tritt, mit mir Tacheles redet, was weiß ich. Hatte ich aber nicht. Nur einen Erpresser, der so tat, als wolle er mir helfen." Zwar nennt er Hubert Knabe nicht beim Namen. Aber die Pressemenschen werden das schon richtig mit gewissen selbsternannten Zeugen beim Prozess kombinieren, sagt er sich. Und wenn nicht, ist auch nicht schlimm. Er ist seit dem Prozess, seit der Heirat gelassener, unabhängiger von der öffentlichen Meinung. Was er nicht ahnt: An einem deutschen Fernsehmonitor sitzt eine Ulrike geborene B., Mutter von zwei erwachsenen Kindern, die zum ersten Mal davon hört, Zielperson einer leidenschaftlichen Liebe gewesen zu sein.

Didi küsst Vögelchen vor laufender Kamera, blinzelt dem verdatterten Kachel zu und geht zurück zur Bühne. Das Publikum gebannt, Didi also verheiratet, wer hätte das gedacht!

Wolle ergreift das Mikrophon und geht auf Didis Prozess ein, auf sein Gespräch mit Didi in der Tagund-Nacht-Bar.

„Didi Dollmann ist nicht anders als wir alle, liebe NOFRETETE-Gäste, liebe Leute an den Fernsehschirmen. Er hat ein Gewissen, in der letzten Zeit verstärkt ein schlechtes. Er hat sich falsch verhalten, kann manche Kränkung, manche Verletzung von Frauen nicht mehr rückgängig machen."

Raunen, Erstaunen, ungläubige Blicke im weiten Rund des Theaters.

„Der wird von dem Didi bezahlt", spekuliert Mutti Becker, „um ihn öffentlich reinzuwaschen. Der Dollmann ist doch ein Frauenverarscher!"

Wolle hört diese Stimmen nicht, spricht von Rechtfertigung, die wir alle suchen, wenn wir uns falsch verhalten haben.

„Rechtfertigung, das ist ein schwieriger Begriff", räumt er ein. „Man kann sich letztlich oft vor lauter Schuld nicht rechtfertigen. Nur auf Vergebung hoffen. Wenn sie uns von Menschen nicht gewährt wird, so von einer anderen, höheren Macht. Das hat Luther jedenfalls zu erkennen geglaubt. Auch Didi Dollmann ist gerechtfertigt wie wir alle."

Kachel rudert heftig mit den Armen, fordert eine neue Werbepause, um Wolle von der Bühne zu holen und Didi den Kopf zu waschen. Das Ganze kommt ihm wie ein Komplott vor. Dieser Dollmann! Nie wieder bekommt der eine Sendung der Kachel Media Productions GmbH & Co. KG. Nur eins verunsichert ihn, der Blick auf die Monitore. Die Fanmeile im Hafen ist so dicht gedrängt wie noch nie zuvor am Abend. Warten auf den Sieger von DSL? Oder sollte dieser unsägliche Moralscheiß und dieses abgehobene Geschwätz von höheren Mächten die Leute wirklich interessieren? Das war doch ein völlig anderes Verhalten als das von *Einer ist der Doofste* bekannte. Unmöglich, er musste sich täuschen.

„Danke, Wolle. Leute, ich will euch noch zwei Botschaften heute mit auf den Weg geben", spricht Didi erstaunlich leise ins Mikro. „Ich habe mir die letzte Zeit überlegt, was ich sagen würde, wenn ich am Sterben bin.

Was habe ich an Botschaften, an Messages, die ich der Nachwelt schenke. Ich meine, ich bin ja keine ganz unbekannte Person. Bin viel rumgekommen. Habe viel erlebt. Botschaft eins: Ehrlich währt am längsten, auch wenn es verletzend ist. Ich nehme nichts zurück von dem, was ich meinen Kandidaten bei *Einer ist der Doofste* an den Kopf geworfen habe. Die haben sich freiwillig gemeldet. Müssen halt auch in Kauf nehmen, dass ich sie fertig mache, wenn sie sich als kleine Klugscheißer aufspielen. Ehrlich sein hilft aber auch in schwierigen Lebenslagen am besten. Sonst kommst du in eine Lügenspirale. Irgendwann zieht sie dich in den Abgrund hinunter. Und die zweite Botschaft heißt: Lasst Emotionen zu! Ich hätte das schon als Kind und Jugendlicher tun sollen. Nicht alles in mich reinfressen. Gebt euren Gefühlen Raum. Sperrt sie nicht weg. Irgendwann explodieren sie. Dann werdet ihr hart und ungerecht gegen andere. Oder sie implodieren. Und machen euch krank."

Michael auf dem Piano spielt eine Melodie an und die Menge im Theater spürt schon die ersten Töne direkt ins Herz gehen, erst Recht, als Lydia den Text beginnt.

„Ich habe einen Schatz gefunden,
und er trägt deinen Namen.
So wunderschön und wertvoll
mit keinem Geld der Welt zu bezahlen."

Didi holt einen Strauß mit zweihundert roten Rosen aus dem Backstage, zwinkert Wolle zu und überreicht ihn Vögelchen. Das Lied von Silbermond geht immer wieder in einen Klangteppich über, während Wolle und Didi sprechen, dann folgen wieder Verse aus dem Lied, von Lydia gesungen:

Didi: „Das ist für mein Vögelchen. Sie nimmt es stellvertretend für alle, die einem anderen ein Schatz sind. Fragt euch das, Leute: Bin ich für jemand anderen ein Schatz und wenn nicht: Wie kann ich es werden?"

Wolle: „Wenn ihr wissen wollt, was es heute heißt, einer höheren Macht zu vertrauen und ihr zu dienen, dann hört die Verse, die ungewollt erfassen, was Martin Luther von der anderen Wirklichkeit geglaubt hat!“:

„Du bist das Beste was mir je passiert ist,
es tut so gut, wie du mich liebst.
Vergiss den Rest der Welt,
wenn du bei mir bist!
Du bist das Beste was mir je passiert ist,
es tut so gut, wie du mich liebst.
Ich sag's dir viel zu selten,
es ist schön, dass es dich gibt.“

Wolle: „Das Lied habe ich hier auf der NOFRETETE zum ersten Mal gehört. Ich habe nachgedacht: Was ist das Beste, was mir je passiert ist? Eine Frau fürs Leben habe ich nicht gefunden. Meine Eltern sind früh verstorben. Freunde waren gut und wichtig. Wenn ich sagen sollte, was mir das Beste ist, dann, ja dann das: Mein Leben erschöpft sich nicht im Wichtigtun, im Karrierestreben. Ich muss nicht immer noch was werden, sondern bin schon wer. Zumindest gibt es eine unsichtbare Macht, die mir das zusagt. Das tut mir gut.“

„Wenn sich mein Leben überschlägt,
bist du die Ruhe und die Zuflucht.
Weil alles was du mir gibst,
einfach so unendlich gut tut.
Wenn ich rastlos bin,
bist du die Reise ohne Ende.
Deshalb leg ich meine kleine große Welt
In deine schützenden Hände.“

Wolle ist während der Strophe backstage verschwunden, kommt jetzt zurück mit Jenny im weißen Jerseykleid zu seiner Rechten und Kai im dunklen Anzug zu seiner Linken.

Wolle: „Diese beiden erbitten den Segen der höheren Macht. Jenny ist das besonders wichtig. Sie hat von Kindheit an eine Beziehung zur höheren Macht. Kais Weg ist da ein anderer. Er wird euch das selbst erzählen.“

Kai hält einen Zettel in der Hand. So was kann er nicht frei vortragen. Er hat seine Gedanken am Nachmittag aufgeschrieben. Kachel hat gerade das Theater der NOFRETETE verlassen. Er strebt zum Hafen, um zu überprüfen, ob die Sendung ein Debakel ist oder, was er kaum glauben kann, beim Publikum von *Einer ist der Doofste* ankommt. Kai liest, unaufgeregt, vor:

Kais Bekenntnis

Hallo Eltern und Verwandte und Freunde an den Bildschirmen! Ihr fragt euch vielleicht: „Was hat der Kai mit der anderen Wirklichkeit zu tun? Hat doch noch nie an sie geglaubt!" Meine Antwort: Es gab in der letzten Zeit Situationen, in denen mir das Logische, das Praktische und Erklärbare, eben, wie man so schön sagt, das Irdische nicht geholfen hat. Ich war oft gefangen und unglücklich in einer Welt der Ausweglosigkeit und nichts, aber auch nichts schien mich aus dieser Dunkelheit herausholen zu können.

Und manchmal, abends, wenn ich ganz allein war, hab ich heimlich nach oben geschaut und gesagt:

„Hey du! Du da oben! Falls es dich geben sollte, jetzt könnteste mir eigentlich mal helfen! Oder mir wenigstens einen Tipp geben! Oder machen, dass ich zumindest den Tag morgen heil überstehe ...!"

Und dann kam der nächste Tag und ich hab ihn heil überstanden und mein „Dankgebet" bestand aus den Worten: „Na supi! Da haste meine Bettelei ja doch kapiert! Ach ja, ... und Danke!"

Ich weiß nicht, ob es EINEN Gott gibt, oder DEN Gott.
Ich glaube nicht an Namen oder Personen.
Ich kenne die Bibel nicht und keine Kirchenlieder.
Bei Gebeten schweige ich, weil ich die Texte nicht weiß.
Aber ich glaube an die Hoffnung!
Ich glaube an die Träume!
Ich glaube an Freundschaft und Sorgen,
an Tränen und Zuversicht,
und ich glaube an Dankbarkeit und Vergebung.

Ich glaube an Ehrfurcht und Respekt vor der Kathedrale des Meeres, wie Wolle die NOFRETETE nennt, wenn auf ihr eine heilige Handlung wie die Segnung einer Ehe geschieht.

Ich glaube an die tröstende Kraft von Gebeten.

Und ich glaube an die Macht der Liebe!

Heute möchte ich „Dem da oben" sagen, dass sich seine Hilfe gelohnt hat.

Deshalb bin ich hier und erbitte seinen Segen für Jenny und mich.

Euer Kai.

Rauschi kommt wieder auf die Bühne, dieses Mal mit einem total kitschigen, aber gerade deshalb auch irgendwie schönen grün-goldenen Brokatkissen. Irgendwoher kenne ich das, schießt es Wolle durch den Kopf. Klar, das habe ich doch in der Vitrine des Beauty-Bereichs gesehen. Da waren die teuren Anti-Falten-Cremes drauf drapiert. Oh, Rauschi, alter Dieb!

Jetzt ruhen darauf die beiden Ringe. Man spürt die erregten Herzen, auf der Bühne, im Theater, im Hafen, an den Bildschirmen. Zwei Menschen sagen Ja zueinander und erbitten höchsten Beistand, und man ist völlig überraschend dabei. Die Klaviermusik nach der Melodie von Silbermond im Hintergrund hat etwas Beruhigendes und dann auch wieder Aufwühlendes. Nur Schwacke beobachtet düster das Geschehen vom Seitenrang des obersten Decks, hinter einer Säule, und macht eifrig Notizen. Gesine Harms dagegen lächelt stumm vor sich hin. Sie träumt von einer kleinen Kapelle im Inneren ihres Corcovado-Luthers im Offshore-Windpark *Alpha Ventus* vor der niedersächsischen Nordseeküste. Taufen und Trauungen, warum nicht auch Trauerfeiern im kleinen Kreis, die Kirche wird sich vor Anfragen kaum retten können.

„Jenny, möchtest du Kai wirklich auch vor der höchsten Macht heiraten?", fragt Wolle. Jenny nickt.

„Möchtest du für ihn da sein, wenn es ihm schlecht geht? Wenn's ihm gut geht, natürlich auch. Möchtest du ihm der Lebensmensch sein? Möchtest du, dass ihr in eurer Ehe umgeben seid von dem, der das Leben schenkt, von dem, der hoffen lässt und von dem, der unsichtbar tröstet?"

„Ja, das möchte ich", sagt Jenny.

„Und du Kai, möchtest du für Jenny da sein, immer, wenn sie Hilfe braucht? Liebst du sie von ganzem Herzen? Möchtest du dem da oben auch weiter vertrauen? Dem, der nicht nur da oben ist, sondern auch in dieser Welt?"

„Ja, na klar möchte ich das", sagt Kai.

„Dann gebt euch die Ringe als Zeichen eurer Liebe!"

Die beiden streifen sie sich über, nervös vor Glück.

„Jetzt gebt euch die rechte Hand", bittet Wolle und legt seine eigene Hand drauf. „So segne eure Ehe der, der die Liebe stiftet, der sie will und der sie ist. Er sei bei euch in guten und schweren Tagen und er schenke euch Liebe, ewige Liebe."

Jenny und Kai küssen sich. Wolle strahlt und macht ein Victory-Zeichen in die Kamera.

„Jetzt schenk ich euch noch eine Kerze, die Rauschi, mein Freund besorgt hat", sagt Wolle und sieht die Kerze zum ersten Mal. Grauenvoll hässlich mit schwarzweißer Gothic-Verzierung. Bestimmt auch irgendwo geklaut von Rauschi, dem alten Kleptomanen. Aber sie erfüllt ihren Zweck. Wolle erzählt von einem Ehepaar, das sich im Laufe der Jahre verloren hat. Man lebt zwar noch zusammen. Man redet noch über den Einkauf am Wochenende, wer was wann mitbringt. Aber das ist alles. Sie haben einander verloren. Vor allem der Mann will nach Feierabend nur seine Ruhe, seinen Fußball im Fernsehen, sein Bier. Die Frau ist für ihn Luft, eine Nullexistenz, bestenfalls die Haushaltshilfe, die ihm die Unterhosen wäscht. Eines Tages streicht die Frau um den Mann in seinem Fernsehsessel herum, eine brennende Kerze in der Hand. Der Mann nimmt sie erst nach einer Weile wahr. Jetzt leuchtet sie unter seinen Sessel, dann auf seine Schulter, dann in den Wohnzimmerschrank hinein. Irgendwann wird ihm das zu bunt, jetzt, wo gerade Schalke gegen Dortmund spielt. Er herrscht sie an, was der Quatsch mit der Kerze denn soll. „Ach nichts", sagt die Frau, „ich bin nur auf der Suche nach einem guten Wort von dir."

Einen kurzen Augenblick stutzt der Mann, dann fällt es ihm wie Schuppen von den Augen. Er stellt den Fernseher aus, empfindet tiefe Scham und nimmt seine Frau in den Arm: „Lass uns noch mal neu beginnen!"

„Euch beiden, liebe Jenny, lieber Kai", schließt Wolle die Geschichte ab, „euch schenke ich diese Kerze als Mahnung, wenn ihr einander verliert, einer den anderen vergessen sollte. Ich meine nicht, mal am Bahnhof oder so. Ich meine, in der Ehe. Nicht mehr zu merken, da ist ein Mensch an meiner Seite, dem ich am heutigen Tag Liebe zugesagt habt. Hier vor der NOFRETETE-Gemeinde, hier vor der höheren Macht."

Das Brautpaar dankt herzlich und Jenny drückt Wolle und Rauschi einen dicken Kuss auf die Wangen. Welch ein Anblick: Wolle und Rauschi, die Freunde, mit tomatenroten Köpfen!

Applaus brandet auf, erst nur von Vögelchen und dem Biographen, dann im ganzen Theaterrund. Alle erheben sich und die Imker ziehen sogar ihre Panamahüte.

Du bist das Beste was mir je passiert ist, singen jetzt alle. Dann geht die Musik über in Stevie Wonders *You are the sunshine in my live*. Julia Schmitz tanzt mit ihrem Vater ausgelassen auf der Bühne. Helga Haseneier, gesprochen Hase-neier, Philomena von Pfuel oder Roswitha Knarz werfen lustig die Arme in die Luft und scherzen: „Habe keine Mittel mehr, denn ich war im Mittelmeer. Hach, ha, hach, ha, hach!" Die Damen des Frauenkneippvereins Harmonie Stuttgart-Bad Cannstatt üben sich im Formationstanz und nippen gücksglucksend an grünen Cocktails mit winzigen Sonnenhüten im Apfelsinenschnitz. Familie Becker strebt mit leerem Mund und kauenden Bewegungen zum Nachtbuffet und die sächsischen Imker gönnen sich am letzten Abend noch mal reichlich spanischen Rotwein. Sogar einige Teilnehmende der

Luther-Tagung mischen sich unters NOFRETETE-Volk, allen voran Gesine Harms, die Trockenobst Trockenobst und Biobeerensaft Biobeerensaft sein lässt und Whisky pur in der Afrika-Bar reinkippt. Auch Siegfried T. Maurer spricht heftig dem Alkohol zu. „Der Araber als solcher, hicks, ist to …, ist to …, ist total …" Irgendwie hängt die Platte und er schafft es nicht, die Hürde zum letzten Wort des Satzes zu nehmen.

Gegen Mitternacht geht Didi, auf massiven Druck Kachels und unzähliger Anrufer hin, nochmal auf Sendung und verkündet das Ergebnis von DSL. Gewonnen hat Herbert Luther, vor Marius Müller-Luther und Lena Luther. Wolle Luther war nicht in die Wertung gekommen, auf eigenen Wunsch.

XX

Es geschah auf der Rückfahrt ins Haus am Tegernsee. Didi holte seinen *Speedster* aus dem Parkhaus des Münchner Flughafens und startete Richtung Süden. Auf dem Münchner Autobahnring in Höhe der Ausfahrt Ottobrunn kam der purblaue Porsche bei einer Geschwindigkeit von 180 Stundenkilometern ins Schleudern, überschlug sich mehrfach und landete in der Stahlschutzplanke am Fahrbahnrand. Didi war sofort tot. Vögelchen kam für mehrere Monate ins Krankenhaus mit einem Schädel-Hirn-Trauma, Rippenfrakturen und schweren Gesichtsverletzungen. Mehr als ein Dutzend plastische Operationen folgten.

Der Biograph erfuhr vom Tod seines Auftraggebers aus der Sonntagszeitung. Er wollte Vögelchen im Krankenhaus besuchen, aber die Oberärztin wies ihn ab. Das mit der Gesundung werde dauern, wenn überhaupt, sagte sie.

Wochen später las er von einer Pressekonferenz der Kriminalpolizei. Die kriminaltechnischen Untersuchungen der Bremsspuren, die Lackspuren am Wagen des DSL-Moderators sowie die Aussagen von zwei Zeugen aus anderen Autos ergaben unzweifelhaft eine Fremdeinwirkung. Demnach hatten zwei schwere schwarze Mercedes den *Speedster* in die Zange genommen und von der Strecke abgedrängt, bevor sie sich mit sehr hoher Geschwindigkeit Richtung Salzburg entfernten. Niemand hatte das Kennzeichen gesehen. Die Fahndung nach den Fahrzeugen blieb erfolglos. Vögelchen hatte keine Erinnerung an den Unfall. Sie laborierte an ihren Gesichtsverletzungen und war weitgehend entstellt. Auch seelisch fand sie kein Gleichgewicht mehr. Als sie in einer Reha-Klinik eine Anfrage erhielt, ob ein Wolle Luther sie besuchen dürfe, lehnte sie dankend ab. Das alte Leben war zerstört, ein neues nicht in Sicht, und jede Erinnerung riss den Schmerz neu auf.

XXI

Die rauschende DSL-Nacht auf der NOFRETETE war für Wolle Luther erst zu Ende gegangen, als Gesine Harms auf dem Sonnendeck ihre letzten Runden vor der Abfahrt drehte, um 5.15 Uhr früh. In der aufgehenden Sonne erinnerte Wolles glänzendes Angesicht an einen goldleuchtenden Auerhahn während der frühmorgendlichen Balz. Auch sein Verhalten entsprach dem. Er landete nicht in seinem Kabinendoppelstockbett unter Rauschi, sondern in den Armen Palomas, der Bardame aus Venezuela. Mit ihr hatte er demonstrativ vor Guidos Augen geflirtet, bis aus gespieltem Flirt ein richtiger wurde und die vielen *Caipirinhas* zusätzlich ihre Wirkung taten. Außerdem hatte er den NOFRETETE-Gast Paul Wurm kennengelernt, einen 83-jährigen Opa, der behauptete, drei Kinder von vier Frauen zu haben, in Wirklichkeit aber vier Kinder von drei Frauen hatte. Das jüngste, ein Junge mit semmelblonden Haaren, war mit an Bord, gerade mal fünf Jahre alt. „Siehste, Sauna-Seelsorger“, krakeelte der rüstige Opa, „normalerweise musst du die Menschen ermutigen. Heute ist es mal umgekehrt.“

Solcherart bestärkt nuschelte Wolle Paloma das einzige spanische Wort, das er kannte, ins Ohr und hängte sich in ihren Arm: „Vamos!" Paloma hatte für einige Tage keine Mitbewohnerin. Sie und Wolle, zwei kurvenreiche Körper. Wohin mit der Körpermasse, den speckigen Rollen, den wabernden Muskeln? Das Kabinenbett, zu eng, eine Zumutung. Der Lattenrost ächzte und stöhnte unter der nicht vorgesehenen Last.

Um zehn Uhr verabschiedete sich Wolle von dem venezolanischen Vulkan. Er hatte einen Termin in der Sauna wahrzunehmen. Auf dem Weg dahin begegnete er Cruise Director Bea Bloch, die ihm ein Fax überreichte. Es kam aus Rostock und war unterzeichnet von Natalie Holler, Vice President Human Resources Management. Für die Dauer von vorerst zwei Jahren war er offiziell zum Sauna-Seelsorger und freien Trauungsprediger der NOFRETETE ernannt. Der Vertrag werde ihm über die Hauspost in den nächsten Tagen zugehen. Bea Bloch drückte ihm das Mobiltelefon in die Hand. Natalie Holler hatte sie gebeten, eine Verbindung mit Wolle Luther herzustellen. Ob die Kirchen gegen diesen Titel protestierten, sagte Natalie, wolle man abwarten. Eigentlich hoffe man darauf. Eine bessere Werbung könne gar nicht passieren.

Im Saunabereich, zwischen Kelo- und Aromasauna, hatten die Techniker des Schiffes eine kleine Holzzelle gezimmert. Darin ein schlichter Birkentisch und zwei ebensolche Stühle, damit Wolle ungestört seine seelsorgerischen Gespräche führen konnte. Am Eingang der Holzzelle prangte ein bescheidenes Schild, das ihn aber stolzer machte als sämtliche katalanischen Yachtbesitzer zusammen: Wolle Luther, offizieller Sauna-Seelsorger, freier Trauungsprediger der NOFRETETE.

Er sah auf die Uhr. Es war zehn Uhr und er betrat die Aromasauna. Da saß sein Gast.

„Hallo, Herr Biograph!"

„Hallo, Wolle Luther!"

Sie schwiegen einen Aufguss lang und schwitzten den vielen Alkohol der DSL-Nacht aus ihren Körpern.

Wolle bat den Gast nach dem Saunagang in seine neue Holzzelle, nicht ohne ihn auf den historischen Moment hinzuweisen. Es war die erste Nutzung, die inoffizielle Inbetriebnahme des engen, aber heimeligen Stübchens.

„Darf ich mal was fragen?", unterbrach Wolle das anfängliche Schweigen. Der Biograph nickte stumm.

„Woher weiß der Herr Biograph so viel über mich? Ich meine, das, was er da in seinem Buch geschrieben hat über mich, das ist ja mehr, als ich manchmal selbst weiß."

Der Biograph zögerte, dann lächelte er und beschied Wolle: „Investigativer Biographismus!"

„Was für ein Ding?"

„Ach, vergiss es, Wolle."

Wieder schwiegen sie, bis Wolle die Stille erneut aufhob.

„Die Biographie von Didi, ist die schon fertig?"

„Fast, aber es wird keine gewöhnliche Biographie."

„Aha, keine gewöhnliche? Was für eine denn dann?"

„Na, jedenfalls keine chronologische. So mit Jahreszahlen und von dann und dann hat er das und das getan."

„Aha!"

Noch eine Frage brannte Wolle auf den Nägeln. Aber er traute sich nicht, sie zu stellen. Jedenfalls nicht so direkt. Er hoffte, der Biograph käme vielleicht von selbst auf die Idee, sein, Wolles, Leben weiter zu beschreiben. Jetzt, nachdem er, Wolle, nicht mehr glaubte, Martin Luther selbst zu sein. Jetzt, wo er sich aber dem Reformator verpflichtet fühlte, ihn gegen seine museale Glorifizierung und theologische Mumifizierung in Schutz zu nehmen.

„Schreibt er manchmal, sagen wir mal ganz allgemein, auch Biographien in mehreren Teilen?"

Ein Lächeln zuckte um die Mundwinkel des Biographen.

„Nur wenn ich an der Person dran geblieben bin. Die letzte Zeit habe ich ja vor allem mit Didi erlebt. Von Wolle Luther, wenn das der Hintergrund der Frage war, weiß ich seit dem Aufenthalt im Suhler Arbeitsamt fast nichts mehr. Habe dort erfahren, er habe als Animationsassistent auf der NOFRETETE angeheuert. Als Teilnehmer bei DSL habe ich ihn dann wieder erlebt. Sonst aber fehlen mir die Infos."

„Ach so", sagte Wolle scheinbar beiläufig. Er pfiff leise vor sich hin und starrte auf die leere Holzwand. Angestrengtes Nachdenken, dann hob er wieder an:

„Dann weiß er also noch gar nicht, wie ich mich hier auf Deck hochgearbeitet habe? Vom Animationsassistenten zum Sauna-Seelsorger? Und fast nichts von meiner Verehrerin, die Guido heißt? Er weiß nichts vom Frauenkneippverein Harmonie Stuttgart-Bad Cannstatt und von den sächsischen Imkern mit den Panamahüten? Nichts von diesem komischen Pfarrer Cornelius Schwacke und Gesine Harms und der Tagung zum Reformationsjahr 2017? Er hat noch nichts gehört von der Fresssucht der Familie Becker, von den drei Witwen Helga Haseneier, gesprochen Hase-neier, Philomena von Pfuel oder Roswitha Knarz, von Jupp Schmitz und Tochter Julia? Nichts von Bea Bloch? Nichts von meiner Begegnung der besonderen Art mit Kapitän Lars Aicher, dem Sohn meiner früheren Lebensgefährtin auf dem Campingplatz *Blaue Bucht*? Er weiß noch nichts von meiner Freundschaft zu Rauschi, außer dem, was ich gestern bei DSL erzählt habe?"

Wolle tippte, wie ein Pianist in die Tasten, mit den Fingern auf die Holzkante des Birkentischs.

„Darf ich?", fragte der Biograph und klappte auch ohne Antwort sein Notebook auf.

„Das kennt er alles nicht?", hakte Wolle gedankenversunken nach, fast entrüstet. „Er kennt nicht meine Gedanken zur Kathedrale des Meeres? Die NOFRETETE, ein religiöser Ort, in der die Menschen das finden, was ihnen das Leben lebenswert macht und auf der sie Kraft schöpfen für den Alltag? Der Whirlpool, ein Symbol für die belebende Wirkung der Taufe! Die TagundNacht-Bar, ein Zeichen für den Kreislauf des Lebens, für Tod und Auferstehung! Beauty & Wellness, ein Gleichnis für die von der höheren Macht geschenkte Schönheit des menschlichen Körpers und die Gabe des Regenerierens! Die Sauna, ein neuzeitliches, positiv besetztes Purgatorium, aus dem der neue Mensch hervorgeht, gereinigt von aller Schuld, die er auf sich geladen hat, und entschlackt von all dem Seelenmüll, den er mit sich herumschleppt! Das Schiff, ein Quellort positiver Emotionen! Das kennt er alles nicht?"

Sein Gegenüber schüttelte verneinend den Kopf. Mit einem Mausklick öffnete er eine neue Word-Datei. Er gab ihr den Namen „Luthers Kreuzfahrt" und tippte los, während Wolle zu erzählen begann. Und er erzählte und erzählte und erzählte.

EPILOG

Kreuzfahrten sind in. AIDA Cruises, der deutsche Marktführer, lässt Jahr für Jahr ein weiteres neues Kreuzfahrtschiff mit mehr als eintausend Kabinen vom Stapel laufen. Solche Clubschiffe fahren in kurzer Zeit viele Häfen an, bieten Kulturgeschichte in komprimierter Form: Heute die antiken Ausgrabungen in Karthago, morgen der malerische Hafen von La Valetta auf Malta, übermorgen das sizilische Catania. Auf dem Schiff gibt es üppige Buffets, Animation, Regeneration, Sport, Wellness, Bars, Discos, Casinos, Shows, Partys. Der Spaßfaktor steht ganz oben auf der Liste der Erwartungen.

Casting-Shows sind in. Die Staffeln von *Das Supertalent*, *Germany's Next Topmodel* oder *Deutschland sucht den Superstar (DSDS)* locken Tausende junger Menschen zur Teilnahme und Millionen vor die Fernseher. Mit Singen, Tanzen oder als Model berühmt werden, das ist der Traum, den die Shows für einige wenige einzulösen versprechen. Während der Staffeln sind die Shows Gesprächsthema Nummer eins auf deutschen Schulhöfen.

Kreuzfahrten auf Clubschiffen sind in. Casting-Shows sind in. Nicht in ist die Kirche. Kontinuierlich nimmt die Zahl der Kirchenmitglieder in Deutschland ab. Gefragt ist Kirche an den Lebenswendepunkten wie Geburt, Eheschließung oder Tod. Hier stellt die christliche Tradition mit Taufe, Trauung und Trauerfeier Rituale bereit, die helfen, die neue Lebenssituation anzugehen und sich eines tragenden Grunds zu versichern. Hinzu kommen die weihnachtlichen Gottesdienste, für viele auch Kirchendistanzierte ein willkommener Bestandteil der Einstimmung auf das Fest, das aber vor allem als Zusammenkommen der Familie und nicht religiös konnotiert ist. Gesucht wird schließlich, in Krisenzeiten, die seelsorgerische Kompetenz von Pfarrerinnen und Pfarrern.

Aber der ganz gewöhnliche Sonntagsgottesdienst? Und Pfingsten? Ja, selbst Ostern? Das Erscheinungsbild der Kirche im Großen und Ganzen? Auf den Kolumnisten Harald Martenstein wirkt die Kirche heute wie das „Zitat einer Religion, die es früher einmal gegeben hat", wie „Folklore" (DIE ZEIT, 08.02.2007). In die gleiche Richtung zielt der Jesuitenpater Friedhelm Hengsbach, wenn er nach dem Papstbesuch 2011 in Deutschland in einem Interview mit Hans Hoffmeister fragt: „Welche Botschaft verkünden die Frauenkleider der Bischöfe und des Papstes? Sind sie Zeichen echten Glaubens oder bloß Konvention und Folklore, die diesen zumüllen?" (Thüringische Landeszeitung, 19.10.2011). Man stelle sich vor, auf dem Sonnendeck eines Clubschiffs erscheint eine Schlesier-Gruppe in Tracht, um an das Trauma der Vertreibung am Ende des Zweiten Weltkriegs zu erinnern. Oder ein Bräutigam von heute tritt in Ritterrüstung vor den Altar. Das passt nicht, denken wir. Und viele denken das, wenn sich Kirche einbringt oder Kirchenferne einlädt. Fluchtbewegungen, wenn bei Partys das Thema Gott und Glaube aufkommt, das ist die übliche Reaktion. Die Rede von Gott, sie ist dank missionierender Vereinnahmung und moralischer Belehrung ein No-Go der modernen Gesellschaft. Dazu kommen Schwellenängste, kirchliche Angebote anzunehmen.

Nirgendwo verdichtet sich die Distanz vieler Menschen zur Kirche so sehr wie beim sonntäglichen Gottesdienst. Zahlreiche Lieder der gängigen Gesangbücher sind veraltet und schwer singbar, die Liturgie wirkt befremdlich und wird in vielen Gemeinden nur noch von einem kleinen Teil mit vollzogen. Viel gewichtiger aber ist die theologische Grundlage des gottesdienstlichen Geschehens: Sie ist weit entfernt von dem, was der Religionsstifter selbst den Menschen vorlebt, zuspricht, mitgibt. Über bald zwei Jahrtausende hat hier der Prozess der Entfremdung um sich gegriffen. Kunstvolle theologisch-rationale Denkgebäude haben die unmittelbaren Bezüge des Mannes aus Nazareth zum Leben der Menschen überdeckt. Entmythologisierung und historische Bibelkritik haben zwar den Kern der jesuanischen Botschaft freigelegt, aber zu keinen grundlegenden Revisionen in den verbindlichen Agenden und Liturgien der Gottesdienste geführt.

Die Kirche mit ihren Gottesdiensten ist zu einer „Sonderwelt“ abgedriftet, wie es der Religionspädagoge Joachim Kunstmann eindringlich und mit vielen Belegen beschreibt: „Woher kommt die blutleere Inspirationslosigkeit dieser altehrwürdigen Tradition, die immer mehr zu einer befremdlichen Sonderwelt am Rande und im Abseits des modernen Lebens wird?“ (Rückkehr der Religion, Gütersloh 2010, 12 f.). In einer dualen Bewegung hat sich die Kirche sowohl von ihrem Religionsgründer wie vom Menschen der jeweiligen Gegenwart entfernt bzw. hat diesen seit der Reformation nie wieder in den Fokus der religiösen Rede gerückt, von Ausnahmen wie Jörg Zink, Dorothee Sölle und Margot Käßmann auf evangelischer und Hubertus Halbfas, Hans Küng und Eugen Drewermann auf katholischer bzw. ehemals katholischer Seite abgesehen. In einem Abwehrreflex und mit der misanthropischen Geste des Angewidertseins sehen die Lordsiegelbewahrer einer weltfernen Theologie im Boom der Kreuzfahrten und Casting-Shows und vieler anderer neuzeitlicher Welten den Ausdruck einer Spaßgesellschaft und fordern bierernst und spielverderberisch: Schluss mit lustig! Dabei hat der Mann aus Nazareth gerne gefeiert und das Leben als Geschenk gepriesen. Sich selbst lieben ist eine seiner grundlegenden Forderungen neben der Liebe zum anderen Menschen und zu einer höheren Macht. Nur wer sich selbst etwas gönnt, ist auch frei, andere zu achten, zu lieben und mit ihnen zu teilen. Wer sich selbst immer nur kasteit, wird verbittert, miesepetrig, ein Schrecken für seine Umwelt. Schon Friedrich Nietzsche gibt, mit Blick auf eine freudlose christliche Spezies, durch Zarathustra Hinweise, wie selbst die kritischsten Geister für eine Bindung an eine erlösende Instanz zu gewinnen sind: „Bessere Lieder müßten sie mir singen, daß ich an ihren Erlöser glauben lerne: erlöster müßten mir seine Jünger aussehen!“ (Also sprach Zarathustra, Zweiter Teil,

„Von den Priestern“). Dorothee Sölles These von Jesus als dem „glücklichsten Menschen, der je gelebt hat“, kündigt im Gegenzug an, welche emotional-beglückende Perspektive das Leben in der Nachfolge des Mannes aus Nazareth bietet (s. Martin Koestler, Stirbt Jesus am Christentum? Ein Plädoyer für die ursprüngliche Verkündigung Jesu, EA 1982, Gütersloh 1986, 103 f.).

Wer tiefer geht, sieht hinter dem Boom der Kreuzfahrten etwas, woran die christliche Religion und die inspirative Präsenz des Jesus von Nazareth genuin andockt: Die Sehnsucht nach dem Meer und damit nach einem weiten Leben fernab vom Tunnelblick des Alltags, das Ausbrechen aus dem Karrieredruck und dem Getriebensein durch Termine, die Teilhabe an einer sympathischen Gesellschaft. Das gilt genauso für Casting-Shows: Die Suche nach der eigenen Bestimmung, nach geschenkten Gaben, nach Anerkennung, nach Bestätigung auch im Scheitern.

Was die Kirche braucht, ist: Mut! Eine mutige Kirche duckt sich nicht länger vor den aus der historisch-kritischen Bibelforschung hervorgehenden Erkenntnissen weg, sondern spürt die Flügel wachsen, die der von Gott gesandte Mann aus Nazareth über alle Zeiten hinweg schenkt, noch stärker gerade nach der kritischen Sichtung der Quellen und der Verifizierung der Mythen als je zuvor. Eine mutige Kirche verirrt sich nicht weiter in hanebüchenen exegetischen Konstruktionen zur Rettung eines antik-mittelalterlichen Weltbildes als Folie für die biblischen Aussagen, sondern nimmt die naturwissenschaftlichen Erkenntnisse der letzten Jahrhunderte ernst und definiert den Glauben und das Gottvertrauen neu als eine moderne Religion mit alten und wertvollen Wurzeln. Eine mutige Kirche ist radikal im Wortsinne (lat. radix = die Wurzel), sie geht zurück auf den Mann, dem sie ihre Legitimation verdankt, spürt nach, wie Gott ihn beruft, erleuchtet und zum überzeitlichen, ja ewigen Hoffnungsträger erhebt. Eine mutige Kirche nimmt sich, in wahrhaftiger Nachfolge dessen, dem die ort- und orientierungslosen Migranten, die perspektivlosen Hartz IV-Empfänger, die schon als Kinder an Aids Erkrankten, die vom Hungertod Bedrohten usw. am Herzen liegen, auch weiterhin und noch stärker der sozialen Probleme weltweit an, bildet jeden und jede zum Seelsorger und zur Seelsorgerin für den oder die andere aus und zeigt Wege in spirituelle Welten und mystische Tiefen.

Warum nur haben so viele in der Kirche eine irrationale Scheu vor einem Aufbruch? Scheu vor einer Akzeptanz der Ergebnisse der historisch-kritischen Bibelforschung über den Elfenbeinturm der theologischen Fakultäten hinaus? Es hat absurde Züge, wenn Studierende der Theologie in alle Facetten der Bibelkritik eingeführt werden, dann aber im pfarramtlichen Alltag zu einer Formeltheologie übergehen, die inhaltlich dem Erlernten oft diametral entgegensteht. Schon vor dreißig Jahren hat der Schweizer Sozialethiker Martin Koestler im Hinblick auf die Ergebnisse der Bibelkritik gefordert: „Die Verkündigung des Evangeliums muß befreit werden von der Verkrustung, die sich um sie gelegt hat". Für ihn ist das Christentum an einem Scheideweg angelangt: „Wen meinen wir mit dem Wort ‚Christus', wenn wir glauben, beten, Gottesdienst halten, theologische Wissenschaft betreiben, das Evangelium verkünden? Ist Jesus im heutigen Christentum eine religiöse Gottesfigur, oder ist er der lebendige Jesus, wie er uns in der Darstellung der Evangelien begegnet? Stirbt Jesus im Rahmen des heutigen Christentums erneut den Tod des Ausgestoßenen?" (ebd., 44,83).

Noch einmal gefragt: Woher rührt die Scheu, die Ergebnisse der historisch-kritischen Bibelforschung in das kirchliche Leben und in die Liturgien und Predigten zu integrieren?

Der Religionspädagoge Hubertus Halbfas erklärt diese Scheu aus katholischer Sicht so: „Dieser Umgang mit der Bibel resultiert aus einer verdrängten, dennoch im Tiefenbewusstsein eingenisteten Verunsicherung und Angst, das ganze dogmatische System würde stürzen, wenn die exegetische Forschung dessen biblische Fundierung untersucht. Die apologetische Grundstruktur dieser Angst siebt alles aus, was die traditionelle Lesart des katholischen Glaubens beirrt. Damit sind aber die Voraussetzungen für Wahrhaftigkeit bereits verfehlt." (Glaubensverlust. Warum sich das Christentum neu erfinden muss, Ostfildern Patmos, 2011, 82).

Die Bibel kennt die Geschichte von Jesus, der über das Wasser geht. Der Kern dieser Geschichte ist nicht das Wunder, sondern der sinkende Petrus und das Gottvertrauen, das Jesus dem Sinkenden als Rettungsperspektive entgegenhält. Gibt es eine größere Ermutigung für die Kirche unserer Tage als diese?

Eine andere Ermutigung kommt von Martin Luther und den anderen Reformatoren: „Wo haben die Reformatoren ihren Glauben gefunden? Im Leben ihrer Kirche oder in der Erforschung der Heiligen Schrift? Wo wären sie geblieben, hätten sie nicht hebräische und griechische Textarbeit geleistet, exegetische Bibelarbeit über Jahre hinweg mit äußerster Verstandesschärfe betrieben und keine der damaligen humanistischen Wissenschaften vernachlässigt, um dem Volk ihre Erkenntnisse wahrheitsgetreu und wissenschaftlich überprüft vorzulegen? ... Sie haben dieses Wissen mit Paulus geteilt, der seinen Korinthern rät, lieber auf zehntausend gelallte Lobgesänge zu verzichten und dafür fünf Worte verständig und verständlich zu beten (1. Kor 14,19)." (Koestler, 90 f.)

Luther hat die existenziellen Nöte der Menschen erkannt, hervorgerufen durch apokalyptische Szenarien geldgieriger Päpste und ihrer treu ergebenen Ablasseintreiber. Fegefeuer und ewige Verdammnis, ein gnadenloser Gott, das waren die Bilder, mit denen die Kirche die Menschen verunsicherte. Mit der Entdeckung des gnädigen Gottes in den Briefen des Paulus fand Luther ein sedierendes Mittel, für ihn das Zentrum der Heiligen Schrift, um den verängstigten Menschen seiner Zeit die Furcht vor dem strafenden Gott und der drohenden Kirche zu nehmen.

Heute treibt die Menschen kaum noch die Frage um, wie sie einen gnädigen Gott bekommen. Stattdessen ist die Existenz Gottes als solche für viele angesichts von Naturkatastrophen, Hungersnöten, Unfällen, Krankheiten, aber auch von Auschwitz, das Menschen Menschen in vollkommener Gottvergessenheit zugefügt haben, in Frage gestellt. Heute herrscht bei vielen seelische Obdachlosigkeit. Die Gottesfrage steht. Würde Martin Luther nicht gerade hier ansetzen? Die Spuren Gottes im eigenen Leben suchen, das ist der erste Zugang zur Gottesfrage. Diese Spuren stimmen überein mit vielem, was die Psalmen, was Jesus berichten. Das Leben zwischen grünen Auen und finsteren Tälern, Heil und Unheil, Glück und Unglück, Hoffnung und Kreuz. Und nirgendwo ein Ort, wo Gott mich nicht umgibt. „Wir sollen Gott über alle Dinge fürchten, lieben und vertrauen", legt Luther das erste Gebot aus. Ein mutiger Mann wie Luther, er würde sich nicht vor den Möglichkeiten fürchten, die Bibel so zu betrachten, wie es jedem anderen historischen Text widerfährt. Ein mutiger Mann wie Luther, er entdeckt dann die bleibende und gesteigerte Kraft der in Jesus in die Welt gekommenen Lebensweise. Seine Antwort auf Jörg Zinks rhetorische Frage kann nur ein eindeutiges „Nein" sein: „Wollen wir denn nun sagen: Nach dem Abschluss der Redaktion der biblischen Texte hat Gott zu reden aufgehört?" (Gotteswahrnehmung. Wege religiöser Erfahrung, Gütersloh 2009, 78). Nein, Gottes Geist hat weitergewirkt und wirkt weiter, bis in unsere Tage. Bestärkt finden sich durch ihn Menschen wie Martin Luther King in seinem Kampf gegen die Diskrimierung der Schwarzen oder Mutter Teresa angesichts des Elends unter den Armen Kalkuttas, um nur zwei prominente Namen zu nennen. Aber auch die einsame alte Frau, die mit zittriger Hand Weihnachtspäckchen für Bedürftige einer städtischen Tafel in Deutschland schnürt oder der Jugendliche, der beim Bashing des Außenseiters in der Schulklasse nicht mitmacht, weil er von Jesu Einsatz für die am Rande Stehenden gehört hat, – solche Menschen spüren etwas von dem Geist, den die christliche Tradition mit gutem Grund den heiligen nennt. Diesem Geist nachzuspüren, in meditativem Aussteigen, im Nachsinnen über das eigene Leben, im Deuten religiöser Symbole, in betender Erwartung auf göttlichen Zuspruch, dafür die Räume zu schaffen und die Methoden einzuüben, das ist die Perspektive einer zukunftsfähigen Kirche.

Was der Kirche bevorsteht, sind viele Saunagänge. Schwitzen ist nicht unbedingt schön, aber gesund! Die Kirche muss entschlacken, Ballast abwerfen, sich neu definieren. Vor allem aber muss sie den entscheidenden Schritt tun: Glaube nicht verstehen als ein „Fürwahrhalten von Lehrsätzen", sondern ihn in eine „Haltung des Vertrauens in Gott" (Kunstmann, 155) überführen. Die Konsequenzen sind zahlreich. Statt sich hinter einer, im übrigen ganz unjesuanischen und unreformatorischen, Angst vor dem Verlust pfarramtlicher Pfründe und geistlicher Besitzstände zu verstecken, hat sie die Glaubensaussagen früherer Generationen zu überprüfen und, häufig, neu zu formulieren und zu deuten. Das Apostolische Glaubensbekenntnis, altehrwürdig zwar, aber auf dem dreigeschossigen Weltbild von Himmel, Erde und Hölle der Spätantike fußend und das irdische Leben des Gottessohnes ausblendend, ist für Menschen des Mondflug- und Atomzeitalters und angesichts des Abbruchs metaphysischer Weltsicht bestenfalls eine liebgewordene Gewohnheit, wie Jörg Zink (Das Christliche Bekenntnis. Ein Vorschlag, Stuttgart 1996) plausibel macht, nicht ohne eine Vielzahl von Alternativen zu bieten. Der christliche Liedschatz in den Gesangbüchern fußt zu einem erheblichen Teil auf falschen theologischen Voraussetzungen, so beispielsweise fast durchgängig in den Passionsliedern. Klaus-Peter Jörns belegt das jesuanische Verständnis des Abendmahls und der Kommunion gerade nicht als Sühnopfer, bei dem Gott seinen Sohn opfert, damit dieser die Schuld der Menschen auf sich nimmt (Notwendige Abschiede. Auf dem Weg zu einem glaubwürdigen Christentum, Gütersloh 4. Aufl. 2008). Das

Mahl mit den Jüngern ist vielmehr ein Mahl gegen die tödlichen Mächte der Welt, gegen Isolation, Schmähung, Verfolgung durch andere Menschen, ein Mahl der Liebe mit denen, die einem nahestehen. Auf den Punkt gebracht: „Jesus ist nicht für, sondern an unseren Sünden gestorben." (Kunstmann, 266). Auch ist die Ausgrenzung von einzelnen Menschen und Gruppen vom Mahl durch kein Wort des Begründers zu rechtfertigen, ganz im Gegenteil: Zum Abendmahl sind alle eingeladen (Buchtitel von Jörg Zink, Untertitel: Warum ziehen die Kirchen Grenzen?, Stuttgart 1997). Die Verniedlichung des Mannes aus Nazareth zum „Jesulein", auch in anderen Diminutiva, in manchem Liedgut konterkariert dessen revolutionäre, weltverändernde Kraft. Gebete hat er in ihrer geschwätzigen Form, wie sie so oft in Gestalt von endlosen, vorformulierten Fürbitten die Gottesdienste in die Länge ziehen, eindeutig abgelehnt, stattdessen selbst ein Konzentrat in Form des Vaterunsers als genügend angeboten. Die Lehre von der Dreieinigkeit Gottes ist als theologisch hochartifizielles Konstrukt anzusehen, mit weitem Abstand zu gelebter Religion und ohne emotionales Anrühren. Die göttlichen Überhöhungen des Mannes aus Nazareth widersprechen seinen eigenen Aussagen eklatant und sind Zeugnis für das antike Bedürfnis nach Herrschaftsnomenklatur, nicht aber für die gelebte Nähe zu den Zöllnern und Sündern, den Ausgestoßenen, Übergangenen, Verlorenen, Entrechteten, Verzweifelten.

Für diese notwendigen Veränderungen ist grundlegend die Sicht Gottes, des Jesus, des Menschen: „Alle Reformen müssen sich also messen lassen am zentralen Maßstab der Kirche: am geschichtlichen Jesus, wie er uns im Neuen Testament ... in den Umrissen seiner Verkündigung, seines Verhaltens und seines Geschicks völlig unverwechselbar als Christus der Christen begegnet. Er muss aber den heutigen Menschen in einer zeitgemäßen und nicht in einer altertümlichen dogmatischen und für ‚Laien' unverständlichen Sprache vermittelt werden. Dann tritt er lebendig in unsere Gegenwart und wird zum konkreten Maßstab." (Hans Küng, Ist die Kirche noch zu retten?, München/Zürich 2011,196). Was nottut, ist eine Reform des Gottesdienstes und des kirchlichen Lebens „an Haupt und Gliedern", wie schon im Mittelalter im Vorfeld von kirchlichen Konzilien gefordert. Zu entdecken ist die Tiefe der für die Lebensbewältigung kaum zu überbietenden christlichen Symbole. Zu bewahren sind die Kirchenräume auch als Orte der Poesie, des spontanen und zeitgenössischen Theaters, der heutigen Musik, der gegenwärtigen Malerei, alles Medien, in denen die Gottesrede sich beherbergt. Darüber hinaus sind andere Orte für kirchliche Rituale zu entdecken. So wie der Jordan Tauffluss für den Mann aus Nazareth war, gibt es keine fundierten Gründe, christliche Rituale ausschließlich an den Kirchenraum zu binden. Der von der Kirche verstoßene Adolf Holl hat mit Jesusworten belegt, wie wenig die Fixierung auf einzelne heilige Orte wie Kirchen, Münster, Sakralbezirke etc. dessen Denken entspricht (Jesus in schlechter Gesellschaft, Stuttgart 1971, pass.). Gott wirkt überall und lässt sich nicht an einem Ort festbinden. Das nimmt den Kirchen nichts von ihrer heiligen Aura und ihrer stillen Kraft als durchbetete Räume. Zudem sind sie Orte, an denen Emotionen ihre Heimstatt finden, gerade auch in Krisenzeiten wie beispielsweise nach den zerstörerischen Anschlägen 2001 in New York und 2011 in Oslo.

Mit dem Theologen Paul Tillich sind die existenziellen Fragen zuerst und mit einer grundsätzlich positiven Einstellung zum kreuzfahrenden, castingshowsehenden, kurzum: spaßsuchenden Menschen zu erkunden, um dann im Leben und Reden des Mannes aus Nazareth nach Antworten zu suchen. Zweifel sind ernst zu nehmen und nicht mit aufgesetzten Halleluja-Rufen wegzublenden. Wenn der Religionsstifter selbst am Kreuz Gott anzweifelt und darüber zu verzweifeln droht, ist das als christliche Grundhaltung mehr als legitim. Wege zur Mystik sind auszuloten, eine „Ent-bildung" in der Sprache Meister Eckharts anzustreben, das heißt ein „Freiwerden von Verhaftungen,

Gedanken, Überlegungen, Sorgen, traumatischen Erfahrungen und Belastungen, generell also allen Vorstellungsbildern, zu denen eben auch die theologischen Begriffe zählen" (Kunstmann, 308 f.). Zu wagen sind „notwendige Abschiede" (Klaus-Peter Jörns), die mitunter schmerzen, die aber zugleich der christlichen Religion und denen, die an ihr Interesse haben, neue spirituelle Wege in den Bahnen ihres Religionsstifters eröffnen.

Was nicht hilft, sind die Versuche des Schönredens. Die Gottesdienste am Sonntag werden von so vielen Menschen besucht wie die Fußball-Bundesliga, ist eine beliebte Rechtfertigung des status quo. Oder die Kirchentage zeigen die Relevanz der Kirche. Aber die Fußball-Bundesliga ist die ganze Woche über Gesprächsthema in privater Runde wie in den Medien, im Unterschied zu den meisten Gottesdiensten. An den Kirchentagen nehmen nicht mal 0,2 Prozent der Bevölkerung teil. Statt sich mit Zahlen einzulullen, sollte die ehrliche Bestandsaufnahme stehen und die Erkenntnis: Die Evidenz der Kirche ist neu zu erarbeiten. Das kann geschehen, wenn ein radikaler, an die Wurzeln, zum Mann aus Nazareth gehender Umbruch geschieht. Doch die Kirchen liegen wie schwere Tanker im öligen Brackwasser der Häfen. Die kleinen Jollen und Tretboote manch christlicher Sonderformationen sind mit der Hochsee überfordert. Dabei stehen die Menschen an den Hafenpiers Schlange. Sie lockt das weite Meer mit der Möglichkeit, den Tunnelblick abzustreifen, den Alltagsdruck hinter sich zu lassen und das Gefühl zu bekommen, etwas wert zu sein, egal wie erfolgreich man ist. Wer löst die festgezurrten Taue? Wann bricht das Schiff endlich auf? Wo sind die Landeskirchen und Bistümer, die zu einem Umbruch und zu einer Rückkehr an die Wurzeln ihrer Religion, zum jüdischen Mann aus Nazareth, mit Konsequenzen für Haupt und Glieder bereit sind? Wo sind die Gemeinden, die mit jesuanischer Überzeugung und reformatorischem Mut diesen Umbruch wagen?

Felix Leibrock